Robert C. Marley

Inspector Swanson und das Geheimnis der zwei Gräber

Inspector Swanson

und das

Geheimnis der zwei Gräber

Ein viktorianischer Krimi
von Robert C. Marley

⊘ DRYAS

Marley, Robert C.: Inspector Swanson und das Geheimnis der zwei
Gräber. Ein viktorianischer Krimi. Hamburg, Dryas Verlag 2021

1. Auflage 2021
ISBN: 978-3-948483-64-7

Dieses Buch ist auch als ePub erhältlich und kann über den Handel
oder den Verlag bezogen werden.
ePub: ISBN 978-3-948483-65-4
PDF-eBook: ISBN 978-3-948483-66-1

Lektorat: Andreas Barth, Oldenburg
Korrektorat: Katharina Palme, Hamburg
Satz: metiTec Satzsystem, me-ti GmbH Berlin
Umschlaggestaltung: © Guter Punkt, München
Umschlagmotiv: © Thomas Zsebok Images / iStock / Getty Images
Plus (oben) und
© Lucky-photographer / shutterstock (unten)

Bibliografische Information der Deutschen Nationalbibliothek: Die
Deutsche Nationalbibliothek verzeichnet diese Publikation in der
Deutschen Nationalbibliografie; detaillierte bibliografische Daten
sind im Internet über https://dnb.d-nb.de abrufbar.

Der Dryas Verlag ist ein Imprint der Bedey und Thoms Media GmbH,
Hermannstal 119k, 22119 Hamburg

Für Liesel,
die mit dem letzten Opfer der Jarmans
den Nachnamen teilt

»Ein Bierzapf ist ein gutes Gewerbe.«
William Shakespeare

»Ein alter Wandrer mit müdem Schritt
kam des Weges gegangen.
Sein Rücken ist krumm und müde sein Blick.
Er hat eine Sünde begangen.«
Renate Hagemann geb. Richert (1938 – 2003)

Vorbemerkung

Pubs sind etwas Wunderbares. Gäbe es sie nicht, sie müssten zwingend erfunden werden. Nichts geht über den Besuch eines Pubs, nach einem anstrengenden Tag, einem erfolgreichen Geschäft, oder einfach, wenn es darum geht, sich ausgelassen und zwanglos mit ein paar Freunden zu treffen. Pubs sind herrliche Gleichmacher; sie bringen Leute aus allen Gesellschaftsschichten zusammen. Am Tresen stehen Bänker und Bäcker einfach als Menschen nebeneinander.

Im Ostrich Inn, jener Schänke, die im vorliegenden Roman eine wesentliche Rolle spielt, ist es ebenso. Für die Gäste und Wirte vergangener Zeiten kann ich mich nicht verbürgen. Aber ich möchte ausdrücklich feststellen, dass ich bei meinen Besuchen dort niemanden angetroffen habe, der auch nur im Entferntesten den Eindruck auf mich gemacht hätte, er könne ein Verbrecher oder gar Mörder sein.

Die Beschreibung des Pubs entspricht im Wesentlichen den Gegebenheiten, wie man sie im ausgehenden 19. Jahrhundert dort vorfand. Und auch die Hintergrundgeschichte um den Mord an einem Reisenden namens Cole im 17. Jahrhundert, entspricht, soweit man das sagen kann, den Tatsachen.

R. C. M.

PROLOG

> »Nein, mein Herr:
> Bislang hat der Mensch
> sich nichts ausgedacht, das so
> viel Freude verbreiten könnte
> wie eine schöne Taverne oder
> ein Schankhaus.«
>
> Samuel Johnson (1709 – 1784)

Adolphus Abercrombie war ein kleiner, rundlicher Mann mit Halbglatze und Nickelbrille, der fest mit seinem Schreibtisch verwachsen zu sein schien. Vor ihm auf dem Tisch und rings um ihn herum in den Regalen und Aktenschränken, die in seinem Büro kaum Platz zum Treten ließen, stapelten sich die Papiere jener Leute, mit deren Leben er täglichen Umgang hatte.

Wenn es nach ihm ginge, blieben sie alle gesund, stieß ihnen niemals ein Unheil zu, lebten sie glücklich, wohlhabend und zufrieden, bis der Herr sie eines fernen Tages auf natürliche Weise und im höchstmöglichen Alter zu sich rief.

Menschen, so konnte man den Eindruck gewinnen, lagen Mr Abercrombie außerordentlich am Herzen. Und auf eine gewisse Weise taten sie das auch, wenngleich er keinerlei Wert darauf legte, ihnen mehr als einmal im Leben zu begegnen. Seine ausgenommene Freundlichkeit, seine Gastfreundschaft und die Tugendhaftigkeit seines zuvorkommenden Wesens, die jeder seiner Kunden genossen hatte, beschränkte sich auf eben diese eine Stunde ihres einzigen Besuchs.

Abercrombie, Geschäftsführer und Inhaber der Agentur Abercrombie Vermögensverwaltung & Versicherungen – und Arbeitgeber für seine einzige Angestellte, seine Nichte Bertha, die ihm den Schriftverkehr führte –, war so ungemein freundlich und zuvorkommend, wie alle Versicherungsmakler es sind, wenn es darum geht, eine neue Police zu unterzeichnen.

Benjamin Garrick, der blonde junge Mann, der Abercrombie in diesem Moment gegenübersaß, war sich dieser Tatsache selbstverständlich bewusst, denn er war ganz und gar nicht auf den Kopf gefallen. Im Gegenteil. Er war ein heller Bursche mit ausgezeichneten Manieren und einer guten kaufmännischen Ausbildung. Unglückliche Umstände hatten es jedoch bislang verhindert, dass er in beruflicher Hinsicht festen Boden unter den Füßen erlangte.

Nach seiner Ausbildung in einem Teekontor, wo er für den Import der Waren zuständig gewesen war, hatte er eine neue Stelle mit vielversprechenden Aufstiegsmöglichkeiten in einem aufstrebenden Unternehmen in Mayfair angetreten. Er hatte geheiratet und auf Kredit ein kleines Haus gekauft. Doch das Geschäft, in dem er bis vor wenigen Monaten angestellt gewesen war, hatte, bereits kurz nach der Geburt seines ersten Kindes, einer Tochter namens Ethel Pauline, einen raschen aber vollkommenen Niedergang erfahren. Und Garrick war, wie die übrigen Angestellten auch, von einem Tag auf den anderen auf die Straße gesetzt worden.

»Wenn Sie hier bitte unterzeichnen wollen«, sagte Abercrombie mit einem warmherzigen Lächeln. Er reichte Garrick den Federhalter und tippte mit dem Zeigefinger auf die fragliche Stelle. »Ich gehe davon aus, dass Sie mit den Modalitäten der Versicherungs-Police vertraut und einverstanden sind?«

»Das bin ich, ja«, entgegnete Garrick.

»Ich frage nur, weil ja alles seine Richtigkeit haben muss.«

Garrick nickte. Er war etwas nervös. Er spürte, wie ihm plötzlich ganz warm im Gesicht wurde. Und er begann am Rücken und an den Handflächen zu schwitzen. Nach einigem Zögern nahm er den Federhalter jedoch und schrieb in kantigen, exakten Buchstaben seinen Namen auf die dafür vorgesehene Linie.

»So«, sagte er und atmete erleichtert aus. Er legte den Federhalter auf die Schreibtischunterlage.

»Sehen Sie, das war es auch schon.« Abercrombie lächelte noch immer, als er das Vertragsformular wieder an sich nahm. Er klappte eine flache rote Ledermappe auf und legte das Schriftstück sorgsam hinein. Dann klappte er die Mappe wieder zu. Die linke Hand sanft daraufgelegt, wie ein Priester, der eines seiner Schäfchen segnet, sah er Garrick milde an. »Eine Versicherung über 5000 Pfund. Das ist eine große Ehre, die Sie da genießen, Mr Garrick. Und eine mächtige Verantwortung. Seien Sie sich dessen stets bewusst.«

»Das bin ich, Sir. Das bin ich durchaus.«

»Schön. Hoffen wir beide, dass es niemals zum Äußersten kommt, nicht wahr?«

»O ja«, beeilte Garrick sich zu sagen. »Das hoffe ich. Das hoffe ich sogar sehr.« Er sah den Versicherungsmakler an, der noch immer freundlich lächelte, und fragte sich, ob der Mann vielleicht etwas ahnte.

»Zwischen Ihnen und – nun, nennen wir sie die andere Partei – bestehen keine familiären Verbindungen; gehe ich da recht in der Annahme?«

»Das stimmt, Mr Abercrombie.« Seine Kehle fühlte sich mit einem Mal so trocken an, als habe er eine Schaufel Saharasand verschluckt. Er räusperte sich. »Ich kann mir vorstellen, wie ungewöhnlich Ihnen das vorkommen muss.«

»Hm, nicht ganz so ungewöhnlich wie Sie vielleicht denken mögen, Mr Garrick. Bei Alleinstehenden kommt es durchaus häufiger vor, dass jemand Fremdes –« Er malte mit beiden Händen Anführungszeichen in die Luft. »– als Nutznießer eingesetzt wird.«

»Das beruhigt mich etwas«, meinte Garrick mit einem kleinen, schüchternen Lächeln. »Ich hatte schon befürchtet, es könne den Eindruck machen, als wolle ich mich auf ungebührliche Weise bereichern.«

»Mein lieber Mr Garrick, wo denken Sie hin?« Abercrombie winkte ab. »Das zu denken wäre auch äußerst dumm, finden Sie nicht? Sie profitieren zwar von der Police, das ist richtig; allerdings erst, wenn beide verstorben sind. Und die Wahrscheinlichkeit, dass beide kurz hintereinander versterben oder gar auf unnatürliche Weise«, setzte er hinzu, »ist doch sehr gering.«

»Das stimmt wohl.«

»Sehen Sie? Sie dürfen also ganz unbesorgt sein. Solange niemand etwas Böses im Schilde führt – und davon gehe ich selbstredend aus – ist es für beide Seiten ein ausgezeichneter Handel.«

»Wahrscheinlich haben Sie Recht. Ich dachte nur, es könne unter Umständen einen merkwürdigen Eindruck machen«, meinte Garrick und nickte bekräftigend. »Unter keinen Umständen möchte ich als so etwas wie ein Erbschleicher gelten.«

»Wie gesagt, es ist ein Handel auf Gegenseitigkeit. Es ist ja immer gut, jemanden zu haben, der sich im Alter um alles kümmert, wenn die Familie fehlt. Und wenn wir mal ehrlich sind, ist doch manch freundschaftliche Verbindung oft weitaus beglückender, als die zur buckligen Verwandtschaft, habe ich Recht? Blut ist dicker als Wasser und so weiter – ich habe nie sonderlich viel davon gehalten.«

»Es ist im Grunde nichts weiter als eine Gefälligkeit, wissen Sie?«, sagte Garrick, um das leidige Thema ein für alle Mal abzuschließen.

»Dessen bin ich sicher. Sie sind ein patenter junger Mann mit einem ehrlichen Gesicht. Die Wahl hätte kaum auf einen Besseren fallen können.«

Garrick spürte, wie ihm das Blut in die Wangen zu steigen begann. »Ich bemühe mich redlich«, entgegnete er.

»Daran habe ich nicht den geringsten Zweifel.«

»Danke, Sir.«

»Haben Sie Familie, Mr Garrick?«

»Oh ja.«

»Glücklich verheiratet?«

»Gewiss«, entgegnete Garrick. »Außerordentlich glücklich sogar, darf ich sagen. Wir haben im letzten Jahr erst geheiratet.« Bei dem Gedanken an seine junge Familie musste er grinsen und seine Selbstsicherheit kehrte zurück. Er entspannte sich wieder. Die Nervosität verschwand allmählich. »Vor einem halben Jahr wurde dann unsere Tochter geboren.«

»Hach!« Abercrombie lachte ungezwungen. »Es gibt nichts Schöneres, als ein Leben in diese Welt zu setzen. Sie müssen der glücklichste Mensch der Welt sein.«

»Das bin ich.«

»Wie heißt denn die Kleine?«

»Ethel Pauline. Ethel nach der Mutter meiner Frau«, sagte Mr Garrick. »Und Pauline – nun, ich weiß es nicht, ehrlich gesagt.« Er strahlte über das ganze Gesicht. »Ich nehme an, meine Frau fand wohl, dass der Name gutbürgerlich klingt.«

»Das tut er«, versicherte Abercrombie. »Das tut er in der Tat.« Für einen Moment zog ein Schatten über das Gesicht des Versicherungsmaklers. »Ich selbst hatte leider nie dieses Glück.«

»Das tut mir leid«, sagte Garrick aufrichtig.

Doch Abercrombie winkte ab. »Früher hätte ich gern eine Frau gehabt. Und Kinder. Jetzt bin ich froh, nur für mich und meine Nichte sorgen zu müssen. Die Verantwortung«, setzte er vielsagend hinzu.

»Da sagen Sie was«, meinte Garrick. »Es ist manchmal wahrhaftig eine riesige Verantwortung.« Er dachte an die Geldsorgen. Und daran, wie verzweifelt Constance jedes Mal war, wenn er wieder von einem Bewerbungsgespräch zurückgekehrt war und eine abschlägige Antwort erhalten hatte. »Jedenfalls ist es nicht immer ganz leicht, das kann ich Ihnen sagen.«

»Das denke ich mir«, sagte Abercrombie. »Und so verhält es sich auch mit dem Vertrag, den Sie gerade unterzeichnet haben. Gehen Sie mit dieser neuen Verantwortung genauso um, wie Sie es mit Ihrer Familie tun.«

»Das werde ich.« Die Nervosität kehrte schlagartig zurück. Mr Garrick spürte, wie ihm das Lächeln des Versicherungsmaklers zuzusetzen begann. Niemand, dachte er bei sich, lächelt während einer Unterhaltung die ganze Zeit. Das taten bloß Schwachsinnige oder Menschen, die deutlich mehr wussten als man selbst.

»Nun denn, Mr Garrick –« Der Versicherungsmakler erhob sich nicht, als er dem jungen Kaufmann nun zum Abschied die Hand reichte. »Ich wünsche Ihnen für die Zukunft alles Gute.«

»Danke, Sir.«

»Meine Empfehlung an Ihre Frau Gemahlin.«

15

»Danke, Mr Abercrombie.« Er nahm die Hand des Versicherungsmaklers und schüttelte sie kräftig. »Ich werde es ausrichten. Ihnen weiterhin gute Geschäfte.«

»Wenn sich noch Fragen ergeben sollten, schicken Sie einfach ein Telegramm.«

»Das werde ich.«

»Sie finden den Weg selbst hinaus?«

»Natürlich.«

Und damit verließ Garrick das Büro, marschierte erleichtert die drei Treppen hinunter und trat auf die Park Street hinaus.

*

In seinem Büro rief Abercrombie nach seiner Nichte.

Wenige Sekunden darauf öffnete sich die Tür und sie streckte den Kopf ins Zimmer.

»Bertha«, sagte er. Das Lächeln war aus seinem Gesicht verschwunden. Mit sorgenvoller Miene sah er von der roten Ledermappe auf, auf der nach wie vor seine linke Hand ruhte. »Tu mir doch einen kleinen Gefallen, Liebes, ja? Mach eine kurze Notiz und lege sie diesem Vertrag hier bei.« Er reichte ihr die Mappe.

»Selbstverständlich, Onkel Adolphus«, entgegnete sie eilfertig und nahm die Mappe entgegen.

»Den jungen Mr Garrick sollten wir im Gedächtnis behalten. Ich habe da so ein unbestimmtes Gefühl, das mich zwickt, obwohl er ein netter Bursche zu sein scheint. Mir sind zwar die Hände gebunden, und ich kann nichts weiter tun, denn alles ist mit rechten Dingen zugegangen, aber mache trotzdem eine Notiz – für alle Fälle.«

»Gern.« Sie presste die Mappe an ihre flache Brust. »Was soll ich schreiben?«

Abercrombie schob nachdenklich die Unterlippe vor und schnalzte ein paar Mal mit der Zunge. »Schreib«, sagte er dann, »schreib, Mr Benjamin Garricks Hände haben geschwitzt.«

*

Zahllose Fuhrwerke, Droschken und Mietkutschen quälten sich rasselnd und lärmend in beide Richtungen die Straße hinauf, derweil Benjamin Garrick mit einem glücklichen breiten Grinsen auf dem Gesicht, den Gehsteig entlang nach Norden in Richtung Paddington Bahnhof spazierte.

Das Schlimmste war überstanden.

Das Leben meinte es endlich wieder gut mit ihm. Soeben hatte er das Geschäft des Jahrhunderts abgeschlossen; ach was, das Geschäft der Geschäfte. Wenn er es richtig anstellte, war die Zukunft seiner kleinen Familie von nun an gesichert. Keine Sorgen mehr wegen der hohen Kosten für das Haus, dass er auf Constances Drängen hin vor einem halben Jahr gekauft hatte; keine schlaflosen Nächte mehr wegen der Schulden, die er bei seiner Bank hatte; keine Gedanken mehr darüber, wie er für die Gehälter der wachsenden Zahl ihrer Hausangestellten würde aufkommen können.

Er hatte die Versicherungs-Police unterzeichnet. Von jetzt an, würde alles wieder ruhiger werden.

Die Streitereien mit seiner Frau, die ihm ständig wegen der unbezahlten Lebensmittelrechnungen in den Ohren lag, wären nun ebenfalls vorbei. Sie waren wirklich schlimm gewesen. Keinem seiner Freunde hätte er davon erzählen können, ohne Gefahr zu laufen, sein Gesicht zu verlieren.

Ihre fürchterliche Geldnot war während der letzten Monate dermaßen drückend und übermächtig gewesen, dass sie sich wie ein schwarzer Schleier aus Trauerspitze über ihre Ehe gelegt hatte.

Doch diese Zeiten waren von nun an vorbei. Worum er sich jetzt nur noch zu kümmern brauchte, war sein Alibi. Die Karten dafür hatte er bereits in der Tasche – eine Überfahrt nach Dieppe. Vier Wochen unbeschwerter Ferien in Frankreich würden Constance gefallen, dessen war er sich sicher. Und vielleicht, ganz vielleicht, würde sie abermals guter Hoffnung sein, wenn sie nach England zurückkehrten.

Er trat an den Rinnstein, hob die Hand und winkte einer Droschke. Bereits die zweite hielt an.

Das musste sein Glückstag sein.

»South Norwood«, rief er zum Kutschbock hinauf, klappte den Wagenschlag zu und ließ sich in die Polster zurücksinken.

Das hier wird ein radikaler Neuanfang sein, dachte er zufrieden, während die opulenten Häuserfronten von Mayfair an ihm vorüberzogen.

Trotz der Streitigkeiten liebte er Constance mehr denn je. Und endlich würde er ihr das auch beweisen können.

Benjamin Garrick war mehr als zufrieden mit sich.

Er war der glücklichste Mensch der Welt.

Und in etwas mehr als einem Monat, wäre er tot.

ERSTER TEIL

ZWEI GRÄBER

EINEN MONAT SPÄTER

> »Der Tod muss so schön sein.
> In der weichen braunen
> Erde zu liegen, während das
> lange Gras über einem hin
> und her schwankt.«
>
> Oscar Wilde (1854 – 1900)

KAPITEL 1
South Norwood, London, 1895

Der Regen klatschte den Männern in der Dunkelheit ins Gesicht und ließ den Schlamm, in dem sie knöcheltief standen, an ihren Stiefeln und Regenmänteln empor spritzen.

Der ehemals gepflegte Rasen sah im Licht der rings um am Boden aufgestellten Öllampen wie ein verdammter Kartoffelacker aus, in dem eine verzweifelte Horde hungriger Iren gewühlt hatte, dachte Police Inspector Walter Hughes.

Er stand im Dunkeln, in seinen wetterfesten Macintosh gehüllt, unter einem der alten Apfelbäume im verwilderten Garten des Hauses Nummer 27 Tennison Road, South Norwood und sah den beiden fluchenden Constables beim Graben zu. Seinen Schirm hatte er bereits in die Zweige gehängt. Der nützte ihm bei diesem Wetter ohnehin nichts. Der Regen schien aus allen Richtungen zu kommen.

Er hätte es gleich wissen müssen, dass dieser Tag kein gutes Ende nähme. Seine Frau war beim Frühstück schon zu freundlich gewesen. Und die plärrende Kinderschar der Nachbarn hatte um halb sechs am Morgen, als er sich aus dem Bett ins Bad gequält hatte, nicht wie sonst angeschlagen, wie eine Meute scharfer Hunde. Selbst als er sich an den Küchentisch gesetzt hatte, um die Zeitung zu lesen, war es nebenan mucksmäuschen still gewesen.

Wenn er an Mr Dawson, den kleinen aufgeregten Mann, dachte, der mittags auf der Wache aufgetaucht war und etwas von verschwundenen Nachbarn gefaselt hatte, stieg ihm jedes Mal eine Woge Magensäure wie Magma seine Speiseröhre hinauf.

An jedem anderen Morgen hätte Hughes den Mann und dessen verschwundene Nachbarn vermutlich an Police Sergeant Upright verwiesen, der sowieso viel besser darin war, als er, den mitfühlenden Dorfpolizisten zu spielen. So jedoch war er seiner guten Stimmung wegen nicht auf Zack gewesen. Statt Upright zu rufen, der irgendwo Aktennotizen verglich und sortierte – eine von Hughes Lieblingstätigkeiten – hatte er dem kleinen nervösen Mann einen Tee eingeschenkt und sich seine Geschichte angehört: Sein Name sei Dawson. Und es gäbe da ein Haus in der Tennison Road. Er mache sich um den Verbleib der Eigentümer sorgen. Sie seien verschwunden. Nur zwei Erdhügel seien übriggeblieben. Und die sähen wie Gräber aus.

Der Mann hatte sich weder beruhigen noch abwimmeln lassen. Und obwohl Inspector Hughes sicher war, dass nichts dahintersteckte, war er letzten Endes doch mit dem Mann in die Tennison Road gefahren und hatte sich das Haus und die vermeintlichen Gräber im Garten zeigen lassen.

*

Die beiden Erdhaufen lagen im weitläufigen, dicht bewachsenen Garten des Anwesens auf dem einzigen freien Flecken, der nicht mit Obstbäumen oder Strauchwerk bewachsen war, einer Art Lichtung. Das Haus selbst schien verlassen.

Doch von außen wies nichts darauf hin, dass hier etwas Kriminelles vor sich gegangen war. Die Hintertür, die auf eine kleine, überdachte Veranda führte, war ordnungsgemäß verschlossen. Ebenso die Haustür. Und sämtliche Fenster waren ebenfalls geschlossen und augenscheinlich unversehrt.

Die beiden Erdhaufen jedoch waren ungewöhnlich, das musste Hughes dem Mann lassen.

»Wer sind die Leute, die hier wohnen?« Hughes rieb sich seinen vom Hochstarren schmerzenden Nacken.

»Meine Nachbarn, das habe ich Ihnen doch bereits auf dem Revier erklärt.« Der Mann zog die Augenbrauen hoch und schüttelte den Kopf, so als spräche er mit einem begriffsstutzigen Kind.

Hughes ließ sich davon nicht aus der Fassung bringen. Er zog sein Notizbuch aus der Tasche und sagte: »Der Name?«

»Dawson«, antwortete Mr Dawson.

»Nicht Ihrer, Mann!« Hughes schloss die Augen. »Der der Nachbarn.«

»Ah, ja. O'Hanlon.«

»Und weiter?«

»Nichts weiter«, sagte Mr Dawson. »Einfach O'Hanlon.«

»Sind Ihnen die Vornamen nicht bekannt?«

»Doch, doch. Sicher.« Er nickte.

Hughes sog hörbar die Luft ein und schnaufte. »Und, Mr Dawson, wie lauten sie?«

»Nun, Sarah und Michael natürlich. Das ist das Haus von Sarah und Michael O'Hanlon. Das habe ich doch alles schon auf dem Revier erzählt.« Wieder zog er die Augenbrauen hoch und schüttelte den Kopf.

»Alter?«

»Schwer zu sagen.« Mr Dawson sog die Unterlippe ein, derweil er nachdachte. »Beide älter jedenfalls.«

Hughes ließ den Schreibblock sinken. Wenn sie so weiter machten, würden Sie noch morgen hier stehen. »Ich wäre Ihnen sehr dankbar, wenn ich Ihnen nicht alles aus der Nase ziehen müsste, Sir.«

»Nun, ich kann doch nicht wissen, was Sie so alles interessiert.«

»Welchen Wein Sie zum Braten bevorzugen und mit welcher Handarbeit Ihre Frau die Abendstunden zubringt können Sie auslassen«, knurrte Hughes. »Wann wurden die fraglichen Personen zuletzt gesehen? Seit wann lebten sie hier? Wer war die letzte Person, die Kontakt zu ihnen hatte? Und: Was macht Sie so sicher, dass sie nicht einfach für eine Weile verreist sind? Das Mr Dawson sind einige der Dinge, die mich interessieren.«

»Ich wohne gleich drüben auf der anderen Straßenseite«, begann Mr Dawson und wies grob in die Richtung, aus der sie gekommen waren. »Die O'Hanlons sind meistens für sich. Leben hier ganz allein. Seit zwanzig, fünfundzwanzig Jahren.«

»Irgendwelche Bediensteten? Jemand, der sich um das Haus kümmert?«

»Sie hatten mal eine Zugehfrau, soweit ich sagen kann. Aber die kommt seit etwa einem Monat auch nicht mehr her. Jedenfalls habe ich sie nicht gesehen seitdem. Und die O'Hanlons auch nicht. Seit drei Tagen nicht mehr – beide nicht. Und sie sind ganz bestimmt nicht plötzlich verreist.«

»Was macht Sie da so sicher?«

»Sie verreisen nie. Außerdem hat Michael – das ist Mr O'Hanlon – neulich erst zu Mr Conan Doyle gesagt, er wolle ihn diese Woche wegen irgendeiner Sache aufsuchen.«

»Wer ist Mr Conan Doyle?«, fragte Hughes, dem der Name vage bekannt vorkam.

»Arthur Conan Doyle, der berühmte Autor«, sagte Mr Dawson. »Er wohnt nur ein paar Häuser die Straße rauf. Sherlock Holmes und so weiter.«

»Tatsächlich?« Hughes war beeindruckt. »War er mit den O'Hanlons bekannt?«

»Nun, so bekannt, wie wir alle hier, will ich meinen. Wir können uns einer ausgezeichneten Nachbarschaft rühmen, wenn ich das so sagen darf. Und er wars ja auch, der mich gebeten hat, wegen der Sache zur Polizei zu gehen.«

»Warum ist Mr Conan Doyle nicht selbst zu uns gekommen? Warum schickte er Sie, Mr Dawson?« Insgeheim ärgerte er sich darüber.

»Er ist ein vielbeschäftigter Mann, Inspector.«

»Das erklärt es natürlich«, knurrte Hughes. »Sie verfügen über reichlich Zeit, nehme ich an. Ich benötige natürlich Mr Conan Doyles Adresse.« Er würde den berühmten Mann schon noch zu Gesicht bekommen. »Wir werden ihn ebenfalls befragen müssen.«

»Wohnt in Nummer 12«, sagte Mr Dawson.

Hughes notierte das, steckte dann Block und Bleistift in seine Uniformjacke und schob sich die Dienstmütze zurecht.

»Was werden Sie jetzt wegen dieser Gräber unternehmen?«, fragte Mr Dawson.

»Augenblicklich sind es für mich nur zwei Erdhügel, Mr Dawson«, sagte Hughes. Doch der kleine blasse Mann hatte Recht. Sie wirkten merkwürdig hier in diesem Garten. Sie würden sie untersuchen müssen.

*

Und genau das taten sie jetzt, viele Stunden später.

Der Regen prasselte noch immer vom Nachthimmel.

Wäre seine Frau doch nur mürrischer gewesen, dachte Hughes. Hätten die Blagen der Barnsleys doch bloß gelärmt wie immer. Ach, hätte er wegen des ungewöhnlich angenehmen Morgens doch nur nicht so verdammt gute Laune gehabt. Dann würde er jetzt gemütlich in seinem Bürostuhl am Schreibtisch sitzen, dem Trommeln des Regens lauschen, wie er aufs Dach und gegen die Fenster prasselte, und in aller Ruhe einen heißen Tee trinken.

Stattdessen stand er nun hier in der Dunkelheit, völlig durchnässt und beaufsichtigte die Constables Bernard und Hutchins dabei, wie sie auf einen einfachen Verdacht hin zwei vermeintliche Leichen ausgruben.

Es wäre komisch gewesen, wenn er die Geschichte von einem seiner Kollegen gehört hätte. So war es einfach nur lächerlich und noch dazu außerordentlich unangenehm.

»Wenn es so weiterregnet, brauchen wir 'ne Pumpe!«, rief Hutchins gegen das Heulen des Windes an. »Sieht aus wie'n verdammter Gartenteich!« Er stand in dem länglichen Loch, an dem er grub, mittlerweile knietief im Wasser. Er warf einen Blick zur Seite, wo Constable Bernard die Schaufel schwang. »Weiß nicht, ob das heute noch was wird, Sir. Das Wasser löst die Erde auf, und der ganze Schlamm läuft wieder in das Loch zurück.«

»Dann hören Sie auf zu klagen, Constable und sehen Sie zu, dass sie schneller Graben.« Hughes konnte das Gejammer nicht leiden. Jammerte er? Nein, das tat er nicht. Obwohl er allen Grund dazu gehabt hätte. Derweil seine Kollegen im Regen schwitzten, stand er sich die Beine in den Bauch und fror zum Gotterbarmen. »Wer von euch als erster auf sechs Fuß runter ist, bekommt auf der Wache einen Grog.«

Bernard lachte und warf eine Schaufel Schlamm über die Schulter nach hinten. Sie klatschte gegen den Stamm zweier dicht stehender Apfelbäume. »Es ist gegen die Regeln, im Dienst Alkohol zu trinken, Sir.«

»Wer sagt denn, dass in dem Grog Alkohol drin ist?« Hutchins rammte die Schaufel in den aufgeweichten Boden und stützte sich mit beiden Armen darauf. »Ist Alkohol drin, Sir?«

Hughes blickte ihn an, als sei er schwachsinnig. »Nein«, sagte er kalt.

Er nahm nicht an, dass bei der Graberei viel herauskam. Die Frage war nur, woher die Erde für die Hügel gekommen war. Nirgendwo sonst im Garten gab es Aushebungen. Wenn es sich – und da war er sich absolut sicher – bei diesen Erdhaufen nicht um menschliche Gräber handelte, woher war dann bloß diese ganze Erde gekommen?

»Ich glaub, ich bin da auf was gestoßen!«, rief Hutchins, der, verdreckt, wie er war, aussah, als sei er in letzter Sekunde einem heimtückischen Sumpfloch im Moor entronnen. Er nahm die Schaufel in beide Hände und rammte sie abermals einige Male in den Boden. »Da ist eindeutig ein Widerstand, Sir.«

Hughes verließ seinen Platz unter dem Baum und trat an das ausgehobene Schlammloch heran. »Worauf warten Sie, Mann?«, sagte er. »Graben Sie weiter. Weiter.« Er schickte ein stilles Stoßgebet gen Himmel und hoffte inständig, dass es sich bei dem Widerstand, was immer er sein mochte, nicht um eine Leiche handelte.

Hutchins grub derweil weiter. »Ich hab es gleich, Sir!«, rief er. Schlamm und grobes Erdreich sprenkelten Hughes Stiefel, als Constable Hutchins eine weitere Ladung Abraum aus dem Grab schaufelte.

»Können Sie schon was erkennen?«

»Nein, Sir«, stöhnte Hutchins. »Allerdings scheint es was Größeres zu sein. Und steinhart«, fügte er hinzu. Die Schaufel kratzte kreischend über den vergrabenen Gegenstand. »Könnte eine Metallkiste sein, so wie das klingt.«

Mit einer Metallkiste kann ich leben, dachte Hughes. »Solange Sie mir keine Leiche hier raufbringen, bin ich mit allem zufrieden.« Eine Leiche bedeutete Lauferei und unendlichen Papierkram. Und zu beidem hatte er keine Lust. Hughes hatte sich nicht ohne Grund nach South Norwood versetzen lassen. Hier gab es keine unvorhergesehenen Leichen. Jedenfalls keine, die in sein Ressort fielen. »Und?«

»Sekunde, Sir.« Eine weitere Schaufel Schlamm flog aus der Grube und rieselte in hohem Bogen in die Büsche. »Ich könnte etwas Licht gebrauchen.«

»Sie kriegen eine Lampe, wenn es tatsächlich was zu sehen gibt«, blaffte Hughes.

Ein enttäuschtes Grummeln, das Hughes nicht einordnen konnte, kam aus der Grube. »Was ist da unten, Constable?«, fragte er.

»Ach – es war wohl doch nichts. Bloß ein großer Stein.« Er warf ihn zur Seite und grub wenig enthusiastisch weiter.

Was Inspector Hughes betraf, so war er mehr als zufrieden damit. »Wie tief sind Sie?«

»Fünf Fuß vielleicht«, gab Hutchins zur Antwort.

»Und bei Ihnen Bernard?«

Constable Bernard, der abgewartet hatte, was Hutchins zu Tage fördern würde, schnappte sich knurrend seine Schaufel und machte sich wieder an die Arbeit. Sein Loch war noch nicht sonderlich tief. »Ist verdammt hart die Erde auf meiner Seite, Sir. Meinen Sie wirklich, das Ganze hat Sinn?«

»Sie graben weiter, bis wir auf sieben Fuß runter sind«, sagte Hughes und schüttelte sich in seinem Macintosh wie ein nasser Hund. »Wenn wir bis dahin nichts gefunden haben, gibt es hier nichts zu finden.«

So vergingen die nächsten anderthalb Stunden.

Es war halb elf in der Nacht – der Regen hatte in all der Zeit nicht einen Augenblick lang aufgehört, war allerdings in ein schwaches Nieseln übergegangen und es war den beiden Constables gelungen, das meiste Wasser aus den Gruben zu entfernen – da stieß Constable Hutchins einen freudigen Schrei aus. »Ich glaube, ich hab da wieder was. Scheint was Richtiges zu sein diesmal!«

Das Loch, in dem er stand, war gut sieben Fuß lang und jetzt so tief, dass bloß noch Hutchins Kopf herausschaute. Und der verschwand jetzt auch hinter der Kante, als er sich hinunter beugte.

»Was haben Sie?« Hughes schnappte sich eine der Lampen und war mit drei Schritten bei ihm. Er spähte in die Tiefe, wo Hutchins auf den Knien liegend mit beiden Händen Schlamm und Erde beiseiteschob. »Ja, was ist da unten?«, fragte Constable Bernard, der aufhörte zu graben und wie ein Maulwurf aus seinem eigenen Loch zu ihnen herüberäugte.

»Fühlt sich an, wie Holz.« Hutchins stand auf und streckte den Arm in die Höhe. »Geben Sie mir doch mal die Lampe, Sir.«

Hughes ging in die Hocke, reichte sie ihm und der Constable tauchte damit abermals in die Grube hinab.

Constable Bernard war mittlerweile aus seinem Loch herausgeklettert und verrenkte sich fast den Hals, als er, neben dem Inspector stehend, in die schwach erleuchtete Grube blickte.

»Verflucht, Sir!« Hutchins klang erschrocken.

»Was?«

»Da ist eine Holzkiste.«

»Sind Sie diesmal sicher?«

»Todsicher, Sir«, erwiderte Hutchins.

»Ist sie groß?«

»Ziemlich groß.«

»Wie sieht sie aus?«

»Kommen Sie runter, Sir, und sehen Sie sich das an.«

Das war ganz und gar nicht nach Hughes Geschmack. Es reichte, dass er hier seit Stunden in der Kälte im Regen stand und die Arbeit der beiden Constables beaufsichtigte. Er war Inspector. Er wurde nicht dafür bezahlt, sich im Dreck zu suhlen. Das war etwas für die Sergeants und Constables.

»Beschreiben Sie mir, was Sie sehen«, sagte Hughes laut und hüstelte pikiert. Dann sah er zu, wie Hutchins die Laterne am Boden abstellte, sich wieder auf die Knie sinken ließ und so gut es ging mit den Handkanten den restlichen Schlamm wegwischte.

Für einen kurzen Augenblick, ehe das braune Wasser es wieder zuschwemmte, blitzte etwas am Boden auf, das im Schein der Laterne golden oder silbern geschimmert hatte.

»Ham Sie das gesehen, Sir?«, fragte Bernard?

»Wischen Sie es ganz weg«, knurrte Hughes. »Gut möglich, dass die alten Leute hier ihre Schätze vergraben haben.« Oder das, was sie dafür hielten, fügte er im Geiste hinzu. Die Menschen waren seltsam. Sie vergruben alles Mögliche im Boden. Die Alten allemal.

»Da wo die hingegangen sind, brauchen sie keine Schätze mehr«, entgegnete Hutchins ernst. Sein Kopf tauchte am Rand des Loches auf. In der Hand hielt er die Öllampe. »Das ist ein Sarg, Sir.«

Hughes glaubte, seinen Ohren nicht zu trauen. »Was zum Teufel meinen Sie mit: Das ist ein Sarg?«

»Na, so, wie ich es sage.« Er schwenkte die Lampe und verschwand wieder in der Grube. »Hier ist ein Sarg vergraben, Sir.« Hutchins Stimme klang fest und von dem überzeugt, was er sagte. »Die Frage ist nur, wie wir ihn rauskriegen aus dem Loch.«

»Reden Sie keinen Unsinn!«, rief Hughes. Er beugte sich weit über die Kante, um in die Tiefe zu spähen. »Sehen Sie noch Mal genauer hin. Womöglich ist es doch bloß ein größeres Stück Holz.«

»Nein, Sir.« Constable Hutchins Augenbrauen wanderten im Licht der Laterne nach oben, seine Mundwinkel nach unten. »Es ist ein Sarg. Da gibt es kein Vertun. Es sei denn, jemand hat sich einen makabren Scherz erlaubt. Sehen Sie her.« Und er leuchtete mit der Lampe langsam den Boden ab.

Und da sah auch Inspector Hughes das große silberne Kreuz, das in den schwarzen Sargdeckel geprägt war.

Constable Bernard saß mit offenem Mund und weit aufgerissenen Augen neben dem Inspector am Grab. »Wir werden das Loch größer machen müssen, um das Ding zu heben. Sieht nach verdammt viel Arbeit aus.«

Inspector Hughes, dem sich das mit Matsch und Dreck verschmierte Kreuz wie ein Brandzeichen auf die Iris geprägt hatte, stieß Bernard grob mit der flachen Hand gegen die linke Schulter, sodass der der Länge nach in den Dreck fiel.

»Worauf warten Sie, Constable?«, brüllte Hughes. »Halten Sie hier nicht Maulaffen feil. Machen Sie, dass Sie in Ihr Loch kommen, verflucht nochmal. Und sehen Sie zu, dass Sie den verdammten zweiten Sarg auch noch finden.«

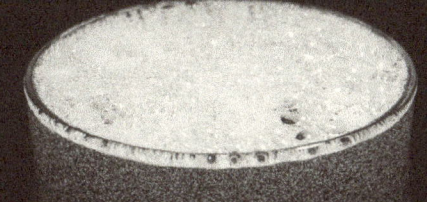

ZWEITER TEIL

UND EINEN AUF DEN TOD

>*Und sie nöthigten ihn*
Und sprachen: Bleibe
Bei uns denn es will
Abend werden und der
Tag hat sich geneigt.
Und er ging hinein
Bei ihnen zu bleiben.«

Lucä 24. V. 29

KAPITEL 2
27 Tennison Road, South Norwood, London

Es war etwa gegen acht Uhr am folgenden Morgen, als Chief Inspector Donald Sutherland Swanson vor dem Haus Nummer 27 Tennison Road aus einem Einspänner der Metropolitan Police stieg, der ihn und Sergeant Phelps nach South Norwood gebracht hatte. Er blieb auf dem Gehsteig stehen. Das Gewitter der Nacht war vorüber. Der Himmel war von einem klaren, hellen blau.

Die Adresse war ihm gleich vertraut vorgekommen, und nun wusste er auch warum. Während der Ermittlungen im Fall des berühmten Hope Diamanten waren sie schon einmal hier gewesen. Die Schmuckfabrik von einem der Opfer und das Haus von Arthur Conan Doyle lagen nur ein Stück weit die Straße hinauf.

Nummer 27, ein zweistöckiges Gebäude aus dem letzten Jahrhundert, sah aus, als sei es gut gepflegt worden. Die Fassade war weiß gekälkt und der schmiedeeiserne Zaun, der den mit Blumenrabatten bepflanzten Vorgarten umgab, schien frisch gestrichen zu sein.

Am Tor stand ein junger Constable in Uniform. Die Dienstnummer auf seiner Schulter verriet, dass Norwood nicht sein reguläres Revier war. Er legte zum Gruß die Hand an die Mütze. »Es ist hinten«, sagte er und wies vage in Richtung eines überdachten Durchgangs links vom Haus. »Bitte kommen Sie, Sirs.« Er hielt ihnen das Tor auf. »Ich zeige Ihnen die Gräber.«

Swanson und Phelps folgten ihm den gepflasterten Gartenweg entlang, durchquerten einen schmalen, mit Efeuranken bewachsenen Laubengang und erreichten nach wenigen Metern eine kleine, ebenfalls überdachte Veranda. Zwei Korbstühle standen darauf, und eine alte Holzkiste, die als Tisch fungierte. Alles war mit dunklen Moosflechten bewachsen und sah aus, als sei es Ewigkeiten nicht mehr benutzt worden.

War Swanson die Front des Hauses noch ausgesprochen gepflegt erschienen, so musste er zu seinem Erstaunen feststellen, dass es der Garten ganz und gar nicht war.

Vor ihm lag ein nahezu undurchdringlicher Dschungel. Ein enger Trampelpfad führte in einen Wald aus toten Apfelbäumen, deren kahle Äste mit grünen Flechten überzogen waren, und dichtem, mannshohen Dornengestrüpp.

Swanson blieb kurz stehen und blickte zur Rückseite des Hauses hinauf. Sie lag im Schatten, war, wie der Laubengang dicht mit Efeu berankt, das bis zum Giebel hinaufreichte, und wirkte so düster, als habe man ihr durch eine Art bösen Zauber einen Großteil des Lichts entzogen.

»Sir?« Der Constable hatte offenbar bemerkt, dass Swanson ihm und Phelps nicht ins Unterholz gefolgt war, und kam zurückgelaufen. Den linken Arm in Richtung des Dickichts ausgestreckt, sagte er: »Es ist dort drüben, Mr Swanson, nicht im Haus.«

Das wusste Swanson bereits aus dem Bericht. Er blickte noch immer zu den dunklen Augenhöhlen der Fenster hinauf, als er sagte: »Es ist ganz anders, als ich erwartet habe. Fällt Ihnen auf, wie dunkel es auf dieser Seite ist?«

»Nun, Sir«, sagte Peter Phelps, der neben dem Constable auftauchte. »Norden ist nicht gerade die Sonnenseite.«

Aber das war nicht der ganze Grund, dachte Swanson. Das Haus erinnerte ihn an ein Judy und Punch Kasperletheater, zu dem ihn sein Vater als Kind einmal mitgenommen hatte.

Von vorn betrachtet war alles bunt bemalt gewesen und die Figuren hatten so echt und lebendig gewirkt, dass er sich noch heute daran erinnerte, wie er mitgefiebert hatte, als das Krokodil die arme Judy gefressen und Punch dafür vom Polizisten die Prügel bezogen hatte. Swansons Vater war damals mit ihm hinter die Bühne gegangen, um dem weinenden, kleinen Donald zu zeigen, wie der Puppenspieler den Kasperl und die übrigen Figuren bewegte, und dass in Wirklichkeit niemandem etwas zugestoßen war.

Noch immer sah Swanson die schmutzig graue Rückseite des Puppentheaters vor sich, den hinter dem Vorhang stehenden alten Mann in abgetragenen Kleidern und die wie tot am Boden liegenden Figuren von Judy und Punch.

So kam ihm auch die Vorderseite dieses Hauses vor – wie eine Fassade. Aufgestellt, um nach außen hin den schönen Schein zu wahren, während seine Bewohner in Wahrheit bereits im Garten von den Würmern gefressen wurden.

»Es sieht unbewohnt aus«, sagte er bloß.

»Das ist mir auch aufgefallen.« Der Constable nickte. »Allerdings hat hier angeblich bis vor einer Woche noch ein Geschwisterpaar gewohnt.«

»Wer sind die Leute?« Alles, was Swanson wusste, war, dass sie vermisst wurden.

»Ein Mann und eine Frau namens O'Hanlon«, entgegnete er. »Sie haben keine bekannten Angehörigen. Ein Nachbar hat sie als vermisst gemeldet.«

»Ich nehme an, Sie haben bereits mit ihm gesprochen.«

»Selbstverständlich, Sir. Sobald ich den Bericht angefertigt habe, bekommen Sie ihn.«

»Vorerst wird es genügen, wenn Sie Sergeant Phelps seine Adresse geben. Dann werden wir ihn falls nötig noch einmal aufsuchen.«

»Selbstverständlich, Sir.«

»Was wissen Sie über die Vermissten?«

»Nicht viel, ehrlich gesagt. Außer, dass sie verschwunden sind, ohne jemandem Bescheid gegeben zu haben.«

»Verstehe.« Im Bericht der Kollegen war von zwei Kisten die Rede gewesen, die sie aufgrund der Vermisstenanzeige ausgegraben hatten. Ihm war nicht ganz klar, was das eine mit dem anderen zu tun hatte. »Was ich nicht verstehe ist, weshalb man uns hinzugezogen hat. Es wäre Aufgabe der örtlichen Beamten gewesen, zunächst den Verbleib der Leute zu klären.«

»Ich denke, das hat man versucht, Mr Swanson, Sir«, sagte der Constable. »Der Nachbar, der das Verschwinden der Leute gemeldet hat, klang äußerst besorgt. Das Haus wirkt verlassen. Und als man schließlich noch diese Gräber im Garten fand ...« Er zuckte mit den Schultern.

»Damit ich Sie richtig verstehe«, sagte Swanson. »Man hat die Leichen nicht gefunden, oder?«

»Nein, Sir. Nur zwei Särge. Ob jemand drin liegt, werden wir erst sagen können, wenn wir sie gehoben haben. Ich habe dafür gesorgt, dass sie in den Gräbern verbleiben. Inspector Hughes und seine Constables haben sie in der Nacht ausgegraben.«

Swanson blickte zum Dickicht des Gartens. »Nun, dann führen Sie uns jetzt mal hin zu diesen Gräbern«, sagte er.

Während der junge Constable durch die dicht stehenden Sträucher voran ging, in denen die Insekten surrten, und Zweige und Äste beiseite bog, um Swanson und Phelps passieren zu lassen, sagte Phelps: »Ein Gärtner hätte hier gut und gerne sechs Monate zu tun. Man spart doch immer an der falschen Stelle.«

»Die O'Hanlons legten offensichtlich nicht allzu viel Wert auf einen gepflegten Garten«, meinte der Constable. Und Swanson, der direkt hinter ihm ging, musste einem zurückschnellenden Zweig ausweichen, um nicht im Gesicht getroffen zu werden. »Sie sollen ohnehin etwas sonderlich gewesen sein, aber gemeinhin wohl äußerst beliebt.«

Swanson wurde hellhörig. »Was genau meinen Sie mit sonderlich?«, fragte er, derweil er sich zwischen zwei Dornenbüschen hindurchzwängte.

»Sie ließen niemanden ins Haus, soviel vorab«, entgegnete der Constable. »Obwohl sie regen Kontakt zu den Nachbarn hielten. Ich habe mich ein wenig bei den Leuten hier in der Straße umgehört, und es sah wohl so aus, dass die O'Hanlons zwar regelmäßig Besuche machten, selbst jedoch nur bei gutem Wetter Gäste empfingen, die sie dann im Vorgarten bewirteten.«

»Das ist sogar mehr als sonderlich«, bemerkte Phelps, der Block und Bleistift gezückt hatte und sich mit beidem in der Hand, durch die Büsche kämpfte.

»Waren Sie bereits im Haus?«, wollte Swanson wissen.

»Ja. Gleich nachdem ich mir die Gräber angesehen hatte. Es kam mir seltsam vor, wie ungepflegt der

Garten im Gegensatz zur herausgeputzten Front des Hauses aussah.«

»Und?«

»Ich sah meine Vermutung bestätigt, Chief Inspector. Es gibt weit saubere Wohnräume in den Armenvierteln von Lambeth oder Whitechapel, wo ich für gewöhnlich meinen Dienst tue. Das einzig ansehnliche an diesem Besitz ist die polierte Vorderseite.«

»Wahrscheinlich haben sie deshalb niemanden ins Haus gelassen«, bemerkte Phelps.

»Offenkundig sogar«, sagte der Constable.

»Wir werden uns das Haus von innen ansehen, sobald wir mit den Gräbern fertig sind.« Swanson strich sich mit Daumen und Zeigefinger über den Schnurbart. »Sagen Sie, wie kommt es, dass Sie heute hier Ihren Dienst versehen und nicht in Whitechapel?« In der Regel wurden Beamte nicht ohne Grund in eine andere Gegend geschickt. Schon gar nicht vorübergehend. Und H Division, zu der Whitechapel gehörte, war mächtig weit ab vom Schuss. »Gab es einen besonderen Grund dafür, dass man Sie nach South Norwood schickte?«

»Das weiß ich ehrlich gesagt nicht, Sir. Ich vermute allerdings, man hat nicht genügend Männer vor Ort. Ein Sergeant hält auf der Wache die Stellung. Und ich löste den Inspector und die beiden Constables ab, als ich heute Morgen herkam.«

»Demnach sind Sie hier ganz allein.«

»Ja, Sir. Leider.«

Das hatte Swanson befürchtet. Er würde bei Gelegenheit ein Wörtchen mit dem leitenden Beamten reden müssen. Einen mutmaßlichen Tatort ließ man nicht von einem einzelnen Streifenpolizisten bewachen. »Wo sind die beiden Constables und der diensthabende Inspector hingegangen?«

»Mittagessen und eine Mütze voll Schlaf nehmen, denke ich. Sie sind alle schrecklich müde und hungrig gewesen. Haben die halbe Nacht im Regen in diesem Garten verbracht und die Särge ausgegraben. Sie sahen fürchterlich aus, wie Sie sich denken können.«

Das war das Schicksal der Polizisten, dachte Swanson bei sich. Hart und entbehrungsreich. »Nur zu verständlich«, sagte er. »Dennoch hätten sie hierbleiben und auf Verstärkung warten müssen.«

»Ich weiß, Sir. Ich äußerte meine Bedenken dem Inspector gegenüber.«

»Wie reagierte er?«

»Nun, Sir – «

»Ja, Constable?«

»Ich weiß wirklich nicht, Sir …«

»Wie reagierte er?«, fragte Swanson noch einmal.

Der junge Constable blieb stehen, nahm Haltung an und räusperte sich. »Sagte, ich könne ihn mal am Arsch lecken, Sir.«

Phelps begann zu lachen, verstummte jedoch sofort, als er Swansons Blick bemerkte. »Bitte um Verzeihung, Sir.«

»Wo kann ich die Kollegen finden, wenn ich sie brauche?«

»Auf dem Revier, Mr Swanson. Ich bin sicher, sie werden sich gleich nach der Stärkung wieder auf der Wache einfinden.«

Swanson war nicht glücklich damit. Er würde später die Zeit finden, sich eingehender damit zu beschäftigen. »Wie weit ist es noch?«, fragte er.

»Wir sind gleich dort, Sir.«

Das Dickicht vor ihnen schien sich zu lichten, nur um gleich darauf wieder dichter zu werden. Nachdem sie eine kleine Anhöhe erreicht hatten, auf der eine Reihe Birken stand, kamen sie an einem verwahrlosten Tümpel vorüber, von dem ein Trampelpfad in eine leichte, ebenfalls bewaldete Senke führte.

Nach etwa zwanzig Metern erreichten sie eine kleine Lichtung.

Die freie Fläche inmitten der Bäume war nicht groß. Swanson sah gleich, was der Beamte vorhin gemeint hatte. Etwa acht bis zehn Meter vom Ende des Trampelpfads entfernt, befanden sich zwei rechteckige Löcher im Boden, die in Form und Größe an Gräber erinnerten. Daneben türmte sich das ausgehobene Erdreich auf.

Im Bericht des zuständigen Police Inspectors hatte gestanden, man habe im Garten des Anwesens zwei vergrabene Kisten unbekannten Inhalts gefunden. Doch als Swanson nun an eines der Löcher herantrat, musste er feststellen, dass es sich nicht einfach bloß um Kisten, sondern tatsächlich um Särge handelte.

Sie standen noch in den Gruben, in denen man sie gefunden hatte.

»Wie gesagt, wir haben uns nicht getraut, sie zu heben«, sagte der Constable. »Geschweige denn, sie zu öffnen. Ich war der Meinung, wir könnten unter Umständen wichtige Spuren zerstören, wenn wir das eigenmächtig in die Hand nähmen.«

»Gut der Mann«, sagte Swanson. Das kam selten genug vor. In der Mehrzahl der Fälle waren es der Übereifer und die fehlende Erfahrung der örtlichen Kollegen, die die meisten Spuren zerstörten. »Unglücklicherweise haben wir keine Kamera vor Ort, um die Bergung zu dokumentieren.«

»Das ist nicht ganz richtig, Mr Swanson, Sir«, sagte der Constable. »Ich habe mir nämlich erlaubt, eine aus dem Revier mitzubringen, da ich mir dachte, Sie kämen vermutlich ohne Photographen her. Ich habe sie sicher untergestellt, falls es wieder anfangen sollte zu regnen.« Er sah Phelps an. »Wenn Sie mir helfen würden? Das Ding ist nämlich teuflisch schwer.« Und damit verwanden er und Phelps im Gebüsch. Als sie wieder herauskamen, trugen sie einen grauen Holzkasten und ein dreibeiniges Stativ heran.

Swanson war mehr als beeindruckt. »Wie heißen Sie, Junge?«

»Wensley, Sir.« Er nahm Haltung an. »PC Frederick Porter Wensley.«

»Sie gefallen mir, Mr Wensley. Ihre Umsicht ist bemerkenswert.«

»Danke, Sir.« Er wuchs vor Stolz einen ganzen Zentimeter. »Ich gebe mir Mühe.«

Swanson nickte. »Dann machen wir uns mal an die Arbeit. Haben Sie zufällig auch zwei Seile und ein Brecheisen zur Hand, Constable Wensley?«

KAPITEL 3

Ein paar Häuser weiter, in Nummer 12 Tenny-
son Road, hörte der große bullige Mann mit dem
Walrossbart ihr schweres, rasselndes Husten aus
dem Zimmer nebenan und legte den Stift aus der
Hand.

Die kleine Ortschaft Friar's Oak, in der er seinen
Helden Rodney Stone, in ein Gespräch mit dessen
dandyhaften Onkel Arthur über Faustkämpfe ver-
wickelt hatte, verschwand vor seinem geistigen
Auge, und er kehrte in die graue Wirklichkeit zurück.
Das geschah jedes Mal, wenn er das Husten hörte.

Im Grunde machte es nichts, dachte er. Die Szene
würde er ohnehin streichen müssen. Sie war einfach
nicht gut genug.

Er rieb sich müde mit beiden Händen über Augen
und Gesicht, massierte seine Schläfen. Er war nicht zufrieden. Ganz und gar nicht. Dieser Tage flossen ihm
die Worte nicht so leicht auf das Papier, wie es noch
vor einigen Monaten der Fall gewesen war.

Der Grund dafür war die Sorge um Touies Ge-
sundheitszustand. Sie nagte weit kräftiger an seinem
Nervenkostüm, als er es sich eingestehen mochte. Da
halfen selbst die kleinen Fluchten in die Welt seiner
Fantasie nichts. Denn nicht ein Tag verging, ohne einen
von Touies alarmierenden Hustenanfällen. Tatsächlich
waren sie wieder deutlich schlimmer geworden, seit sie
aus der Schweiz zurückgekehrt war, wo er sie für eine
Weile in einem Luftkurhotel untergebracht hatte, weil

er sich von einer Klimaveränderung eine rasche und nachhaltige Verbesserung ihrer Gesundheit erhofft hatte. Doch sie hatte schreckliches Heimweh gehabt, und so hatte er sie, wider besseren Wissens, zurück nach Norwood geholt. Und die Bauarbeiten an dem neuen Haus in Hindhead, wo die Luft sauberer war, als hier in London, schritten auch nicht so schnell voran, wie er es sich gewünscht hätte. Wenn es so langsam weiterginge, würden sie erst in zwei Jahren umziehen können, dachte er. Er musste wirklich öfter auf der Baustelle vorbeischauen und die Arbeiter zur Eile antreiben, wenn er wollte, dass seine Frau die Fertigstellung des Anwesens überhaupt noch erlebte.

Er stand auf und blickte aus dem Fenster in den Garten hinaus, derweil das Husten nebenan schwächer wurde und schließlich ganz verstummte.

Er lauschte eine Minute in die Stille hinein, während er weiter dastand und in den Garten hinunterschaute. Wenn es so weiter ginge, würde er noch Depressionen bekommen. Nun, womöglich hatte er sie schon. Nichts bereitete ihm mehr Freude. Das war anders gewesen, als er Touie noch sicher verwahrt in der Obhut der Schweizer Ärzte gewusst hatte. Da hatte er wenigstens etwas Freude und Erfüllung in der Arbeit gefunden.

Selbst Jean, die teure und treue Seele, die ihn manchmal besuchte, und die ihn mit ihrer unbeschwerten jugendlichen Naivität aufzumuntern versuchte, mochte er gegenwärtig nicht sehen. Es schmerzte zu sehr, in ihrer Nähe zu sein.

Wenn Touie nicht wäre, dachte er manchmal …

Er hörte, wie sie nach ihm rief. Das tat sie oft, beinahe jede halbe Stunde. Ihre Stimme klang schwach und atemlos.

Er sollte hinüber gehen. Sollte nach ihr sehen. Doch er ertappte sich dabei, wie er hoffte, sie würde kleinbeigeben, würde glauben, er könne sie nicht hören, würde glauben, er habe das Haus verlassen, um Besorgungen zu machen.

Er wandte sich vom Fenster ab, stellte sich vor den ledernen Boxsack, der in der Zimmerecke von der Decke hing, und hämmerte minutenlang Kombinationen von Schlägen in den schwerfällig hin und her schwingenden Sack, bis er schließlich schwitzend und kraftlos die Arme sinken ließ.

Er war wütend, das merkte er jetzt. Wütend auf das Leben, das seiner Frau ein solch schweres Schicksal bescherte, wütend auf die Menschen, die ihm tagtäglich Briefe schickten, in denen sie die Rückkehr von Sherlock Holmes verlangten, und wütend auf sich selbst, weil er so verdammt anständig und gleichzeitig von solcher Schwäche war.

Jean, dachte er wieder. Zarte, verlockende Jean. Ihre Haut war wie Seide, ihr Haar wie fein gesponnenes Ebenholz.

Bloß einmal hatte er sie angerührt, in einem Moment großer Verletzlichkeit. Sie war zu ihm gekommen, nachdem er Touie in die Schweiz gebracht hatte, als er allein gewesen war in dem großen leeren Haus, mit all seinen düsteren Gedanken und den Sorgen um die Zukunft. Sie hatte ihm zugehört, wie niemand sonst es tat, ihm tief in die Augen geschaut, wortlos seine Hände genommen und sie auf ihre Brüste gepresst.

Wenn er an jenen Tag dachte, überkamen ihn noch immer Schuldgefühle. Zum einen, weil er seine Frau betrogen hatte, und zum anderen, weil er nicht zu dem stand, was sein Herz ihm so hartnäckig zuflüsterte. Er liebte seine Frau, das stand außer Frage; auf eine fürsorgliche, warmherzige Weise, die einen Mann seines Charakters zu absoluter Treue verpflichtete. Sie war die Mutter seiner Söhne und würde es für immer bleiben. Doch Jean liebte und begehrte er. Und das mit einer Intensität, die in Worte zu fassen er nicht vermochte.

Er spürte, wie er eine Erektion bekam, als er an jenen Abend und ihren makellosen jungen Körper dachte, auf dessen Rundungen das Licht der Kerzen verführerisch getanzt hatte, während sie sich leidenschaftlich liebten. Eine Tatsache, die der Arzt in ihm mit einer gewissen sachlichen Distanziertheit zur Kenntnis nahm.

Er ballte die Fäuste und schlug abermals mit solcher Kraft in den Boxsack, dass ihm die Fingerknöchel schmerzten.

Er hatte Jean an jenem Abend gesagt, das, was zwischen ihnen geschehen sei, dürfe sich niemals wiederholen, solange seine Frau am Leben sei. Sie hatte zwischen den zerwühlten Laken in seinem Arm gelegen, ihren Kopf mit dem duftenden schwarzen Haar auf seiner nackten Brust, und sie hatte geweint.

Touie rief wieder nach ihm. Ihr Rufen wurde gefolgt von einem heftigen Hustenanfall.

Er schlug noch einmal gegen den Boxsack, halbherzig diesmal, und wischte sich den Schweiß von der Stirn. Dann verließ er sein Arbeitszimmer, klopfte an Touies Tür, ehe er eintrat, und ging zu ihrem Bett.

Sie sah aus wie eine Puppe – zerbrechlich weiß wie Porzellan, und ihr ehemals wallendes blondes Haar lag dunkel und wie angeklebt um ihren Kopf herum. Ihre Finger zuckten in schwachen Krämpfen auf der Bettdecke.

»Du hast gerufen«, sagte er leise und beugte sich über sie. Mit dem Handrücken fühlte er ihre Stirn. Sie war kalt. »Ich bin nicht gleich zu Dir gekommen.« Er seufzte. »Es tut mir leid.«

»Ist schon gut«, sagte sie. Ihre Stimme war nur mehr ein Hauchen. »Ich weiß doch, wie beschäftigt du immer bist.« Sie lächelte schwach.

Das war das Schlimmste für ihn. Ganz gleich, was er tat, sie erzürnte sich nicht, war niemals ärgerlich mit ihm und schien für jede seiner Handlungen Verständnis zu haben.

»Hast du ein wenig geschlafen?«, fragte er. Er zog sich den Schemel heran, der neben ihrem Bett stand und setzte sich zu ihr. Das alte Holz knarzte unter seinem Gewicht. Als er ihre rechte Hand nahm, verschwand sie wie ein Spielzeug in seinen mächtigen Pranken, die ein unsensibler Journalist einmal als westfälische Schinken bezeichnet hatte.

»Ich glaube schon.«

»Ich brühe dir einen frischen Tee auf«, sagte er mit einem Blick auf die unberührte Kanne, die er am Morgen auf ihr Nachtschränkchen gestellt hatte.

»Nein«, sagte sie. »Nein, lass gut sein. Ich kann keinen Tee mehr sehen.«

»Er tut dir gut, Liebes.«

»Du tust mir gut.«

Er drückte ihre Hand. »Ich will in den Ort hinunter gehen. Kann ich dir irgendetwas mitbringen, was dir Freude macht?«

»Komm schnell zurück«, sagte sie. »Das ist mir Freude genug.«

Er nickte, legte ihre Hände behutsam auf die Bettdecke zurück und erhob sich. »Ich bin in einer Stunde zurück«, sagte er. »Kann ich dich solange allein lassen?«

»Ich bin ein großes Mädchen«, erwiderte sie und ein schmales Lächeln kräuselte ihre Lippen. »Mir wird schon nichts geschehen.«

»Ich werde dir trotzdem erst einen Tee aufgießen.«

»Meinetwegen, wenn du es nicht lassen kannst.«

»Ich bin der Arzt hier«, sagte er mit einem Augenzwinkern. »Ich weiß, was gut für dich ist.«

Er ging in die Küche hinunter und setzte den Wasserkessel auf. Während er darauf wartete, dass er kochte, nahm er ein Tablett vom Küchenschrank, stellte eine Schale mit Keksen darauf und pflückte im Garten noch einen kleinen Strauß Margariten, den er, in Ermangelung einer ordentlichen Vase, in ein Wasserglas stellte. Dann goss er den Tee auf und ging wieder nach oben.

Touie schlief und erwachte auch nicht, als er das Tablett ins Zimmer trug. Die Tuberkulose schien Sie heute noch mehr zu schwächen als gewöhnlich.

Er zog sich einen leichten Sommermantel über, hängte sich einen Weidenkorb über den Arm und verließ das Haus.

Als er die Straße hinunterging, sah er einen der Nachbarn auf der gegenüberliegenden Seite auf dem Gehsteig stehen und hektisch mit beiden Armen winkten. Es war Mr Dawson, den er vom Bridgespielen kannte.

»Mr Conan Doyle!«, rief er ihm bereits von weitem entgegen. »Mr Conan Doyle, ich muss Sie dringen sprechen! Es ist wegen der Leute aus Nummer 27, den O'Hanlons.«

KAPITEL 4

Die beiden Särge standen jetzt nebeneinander im Gras.

Mit vereinten Kräften und unter Zuhilfenahme zweier Seile, die Phelps unter jedes Ende geschoben und unter dem Sarg hindurchgezogen hatte, war es ihnen gelungen, sie sicher nach oben zu befördern. Da der vierte Mann fehlte, band Constable Wensley das eine Seilende an einem Baumstamm fest, sodass er an dem anderen nur noch zu ziehen brauchte, um den Sarg anzuheben.

Swanson stemmte keuchend die Hände in die Hüften. Und auch Phelps, der sich streckte und die Hände in seinen schmerzenden Rücken presste, blies, von der ungewohnten Anstrengung aus der Puste, die Wangen auf und ließ hörbar die Luft entweichen.

Nur Constable Wensley, offensichtlich jünger oder aus härterem Holz geschnitzt, schien die schwere Arbeit nicht das geringste ausgemacht zu haben. Er war gleich daran gegangen das Holzstativ aufzustellen und den sperrigen Holzkasten der Fotokamera darauf zu montieren.

Swanson sah mit wachsendem Erstaunen zu, wie der Constable geschickt mit den Schraubverbindungen hantierte, den Magnesiumblitz vorbereitete und ein Tuch über den hinteren Teil des Kastens hängte.

»Sagen Sie mal, Wensley«, meinte Phelps, »wie haben Sie all die Sachen überhaupt hierher bekommen?«

»Nun, das ist mir etwas peinlich«, antwortete er. »Ich bat den Sergeant, mich zu fahren. Dafür musste er die Wache allerdings kurzzeitig schließen.« Wensley breitete entschuldigend die Arme aus. »Doch anders wäre es mir kaum möglich gewesen, alles rechtzeitig zur Verfügung zu haben.«

Phelps nickte schweigend. Was hätte er auch sagen sollen? Niemand, den er kannte, hätte derart vorausschauend gehandelt.

Swanson lächelte begeistert. Der junge Mann schien ein Tausendsassa zu sein. »Können Sie das Ungetüm auch bedienen?«, fragte er und wies auf die Kamera. Es handelte sich um ein speziell für Tatortfotos konstruiertes Gerät, dessen Gehäuse sich kippen ließ, um Photographien sowohl von vorne, als auch von oben schießen zu können. Er hatte gesehen, wie speziell ausgebildete Beamten damit umgegangen waren, hatte jedoch selbst nie eine bedient.

»Ja, Sir«, entgegnete Wensley, mit einem Blick, als sei ihm die Tatsache etwas peinlich. »Ich machte dereinst einen Lehrgang bei einem professionellen Photographen, als ich ein paar Tage frei hatte. Die Photographie ist mittlerweile sogar eines meiner Steckenpferde geworden. Ungemein faszinierend«, fügte er hinzu. Dann stellte er sich hinter den Apparat und warf sich das Tuch über den Kopf. »Augen schließen, bitte.«

Das Magnesiumpulver verbrannte explosionsartig in seiner Schale und blendete die Männer, die ihre Augen lediglich mit der Hand beschirmt hatten.

Wensley zog eine Art Glasplatte aus der Holzkonstruktion und wickelte sie in ein Tuch. Dann schob er eine andere Glasplatte in den Apparat und kam dahinter hervor. »Die nächste Photographie fertige ich an, sobald die Särge geöffnet sind«, verkündete er.

»Haben Sie das Brecheisen zur Hand?«, fragte Phelps, der erfolglos an den Sargdeckeln herumgenestelt hatte. »Vernietet und vernagelt für die Ewigkeit«, stellte er fest.

»Ja, Sir.« Wensley eilte zu einem der Gebüsche, die die kleine Lichtung umstanden, und kam mit einer langen Brechstange zurück. »Damit wird es wohl gehen.«

Nach wenigen Minuten waren die Särge geöffnet. Constable Wensley schoss währenddessen unzählige Photos.

»Große Güte, wie fürchterlich«, entfuhr es Phelps, als er, zwischen den offenen Särgen stehend, auf die Toten darin hinabschaute.

Das Blitzlicht explodierte abermals zischend.

Die Leichen sahen aus, als seien sie von einem Bestatter zur letzten Ruhe gebettet worden, dachte Swanson. Offensichtlich waren es die eines Mannes und einer Frau zwischen fünfzig und sechzig. Der Mann trug einen schwarzen Sonntagsanzug und die Frau ein leichtes Sommerkleid aus grüner Seide. Beide trugen Strümpfe, aber keine Schuhe. Ihre Hände lagen ordentlich gefaltet auf der Brust, jeweils einen kleinen Strauß Wildblumen haltend.

Was jedoch ganz und gar nicht dazu passte, waren die blutigen, zertrümmerten Gesichter.

»Man hat ihnen den Schädel eingeschlagen«, bemerkte Phelps. Er räusperte sich, zog seinen Notizblock hervor und notierte die Verletzungen. »Denken Sie, das sind die O'Hanlons, Sir?«

»Schwer vorstellbar, dass es jemand anders sein könnte, finden Sie nicht, Phelps?«

»Ich dachte nur, weil man die Gesichter ja kaum noch erkennen kann.«

Phelps hatte Recht. »Jemand wird sie identifizieren müssen«, sagte Swanson. Constable Wensley hatte davon gesprochen, es gäbe keine Verwandten.

Der schleppte das Kameragestell heran und stellte es zwischen den beiden Särgen auf. »Ich werde jeweils eine Aufnahme des ganzen Torsos machen«, sagte er. »Und Detailaufnahmen der Köpfe und Hände.« Mit ein paar geschickten Handbewegungen löste er die Stellschrauben und richtete das Objektiv so ein, dass es nach unten schaute. »Augen zu, bitte.«

Und wieder zuckte ein Magnesiumblitz über die toten Leiber, die langsam die Fliegen anlockten.

»Wenn Sie mit den Aufnahmen fertig sind, Wensley«, sagte Swanson, »dann schließen wir die Särge wieder.« Er wollte, dass noch etwas übrig war, wenn sich der Polizeiarzt die Toten ansah. »Es ist verdammt warm. Wir müssen zusehen, dass wir sie kühl halten.«

»Noch ein Photo, Sir. Dann bin ich soweit fertig.« Wensley schwenkte die Apparatur nach rechts und links und machte zwei weitere Aufnahmen. Dann legten sie gemeinsam die Deckel auf die Särge zurück.

Es war unmöglich, die Leichen allein zu lassen. Trotzdem wollte Swanson unbedingt einen Blick ins Innere des Hauses werfen.

»Ich kann solange Wache halten, Sir«, sagte Wensley daraufhin. »Oder jemand läuft rasch runter zur Wache und holt Sergeant Upright her. Wenn wir Glück haben, sind die anderen Kollegen auch längst wieder eingetroffen.«

»Das bezweifle ich«, sagte Swanson. Er nahm an, zumindest der Inspector wäre unterdessen wieder am

Fundort aufgetaucht, hätte er sich bereits zum Dienst zurückgemeldet. »Ist die Tür offen?«

»Nein, Sir. Allerdings habe ich den Schlüssel.« Wensley klopfte sich auf die Tasche seiner Uniformjacke.

»Dann werden Sie uns öffnen und anschließend wieder hierher zurückkehren. Ich denke, das ist ein überschaubares Risiko, das wir eingehen können. Sergeant Phelps und ich sehen uns eine Weile im Haus um. Und dann kümmern wir uns um die Verstärkung.«

»Natürlich, Sir.« Wensley führte sie durch das Dickicht zurück zum Haus.

Mittlerweile war die Wolkendecke weiter aufgerissen. Die Sonne brannte sommerlich vom nahezu blauen Himmel.

Der Constable zog einen einzelnen Schlüssel aus der Jackentasche, sperrte die Tür auf, und sie betraten das Haus von der kleinen Veranda aus.

Als sie den schmalen Korridor hinter sich gelassen hatten und in die angrenzende Küche traten, konnte Swanson sich des Eindrucks nicht erwehren, dass es verlassen aussah. Nicht wie ein Haus, das bis vor Kurzem noch bewohnt gewesen war, sondern so, als seien die Eigentümer ausgezogen.

Ein Geruch hing in der Luft, als sei länger nicht mehr gelüftet worden.

In der Spüle stand Geschirr. Doch es war alt, abgestoßen und verdreckt. An einer Halterung hing ein einzelnes, verschlissenes Geschirrtuch. Die Borde darüber, in denen einmal Teller gestanden haben mussten, waren leer bis auf einen; ebenso die Haken rechts und links der Borde.

In Swansons eigenem Haus hingen die teuren Kupferpfannen daran, die Annie stets hingebungsvoll polierte, ehe sie sie nach dem Gebrauch wieder an Ort und Stelle verstaute.

Er nahm die kleine Eisenpfanne herunter, die man an einem der Haken hatte hängen lassen, und betrachtete sie. Sie sah aus, als sei sie noch vor gar nicht allzu langer Zeit benutzt worden. Sie wirkte billig und war von schlechter Qualität.

Er reichte sie Phelps, der schulterzuckend einen kurzen Blick darauf warf und sie anschließend wieder an den Haken hängte.

Swanson wandte sich zu dem jungen Constable um. »Sagen Sie, Wensley, gibt es Töpfe in dieser Küche?«

»Zwei Stück, Mr Swanson, Sir.« Er bückte sich und öffnete eine Schranktür rechts der Spüle. »Es gibt von allem nur das Nötigste. Das ist mir gleich aufgefallen. Zwei Löffel, zwei, drei Messer, die eine oder andere Kelle. In den oberen Räumen ist es nicht anders. Merkwürdig, nicht wahr?«

»Möglicherweise hatten sie vor, wegzuziehen«, sagte Peter Phelps. »Ohne jemandem etwas davon zu sagen. Und haben bis auf das Notwendigste alles verkauft.«

»Das war auch meine Vermutung.« Wensley schüttelte den Kopf. »Die Nachbarn sagen allerdings, das sei unmöglich. Die O'Hanlons hätten noch Pläne für die kommenden Wochen gemacht. Besuche, Arzttermine, dergleichen.«

»Und dennoch sieht ihr Haus aus, als sei es bereits vor längerer Zeit verlassen worden«, stellte Swanson fest, nachdem sie sich im geräumigen Wohnzimmer, das nach vorn zur Straße hin lag, und dem daneben liegenden Salon umgesehen hatten. Die Schränke waren leer. Nur in den Regalen standen noch einige Bücher.

Im Salon stand ein runder Tisch auf Rädern, auf dem sich diverse Flaschen befanden. Swanson entkorkte sie und schnüffelte daran. Sie enthielten Sherry und Whisky.

An den Wänden, fehlten die Bilderrahmen.

Ein merkwürdiges Haus.

Swanson ging noch einmal in das Wohnzimmer zurück. Dort ließ er sich auf den Boden nieder und betrachtete mehrere Dellen, die er im Teppich entdeckt hatte. »Was meinen Sie? Sieht aus, als habe hier einmal ein Konzertflügel gestanden«, sagte er und stand wieder auf.

»Durchaus möglich«, meinte Phelps. »Oder ein Tisch.«

»Ich tippe auf den Flügel«, sagte Swanson. »Hier zwischen den zwei schmaleren Abdrücken ist der Teppich abgewetzt. Das ist die Stelle, wo sich die Pedale befinden.« Er klopfte sich die Hosenbeine ab. »Lassen Sie uns raufgehen und sehen, wie es oben ausschaut.«

Auf einem türlosen Schuhschrank im Flur lag ein Schuhlöffel, doch der Schuhschrank selbst war leer.

Eine schmale Treppe, die mit einem Teppich bezogen war, der wie das räudige Fell eines toten Straßenköters aussah, führte linker Hand in das nächste Stockwerk hinauf. Swanson bemerkte, wie verblichen die einstmals kostbaren Tapeten waren. An mehreren Stellen waren sie wenig fachmännisch ausgebessert worden oder rollten sich, vom Alter marode geworden, an den Kanten auf. Helle Stellen zeugten auch hier von den Bilderrahmen, die einmal dort gehangen hatten.

Die Treppe mündete in einen schmalen Korridor, von dem mehrere Türen abgingen.

»Es gibt jeweils ein kleines Badezimmer an jedem Ende des Flurs«, erklärte Wensley. »Auch dort ist nur das Allernötigste zu finden. Links liegt so etwas wie ein Ankleideraum – den Schränken nach zu urteilen. Und dann zwei Schlafzimmer.«

»Danke, Constable«, sagte Swanson. »Ab hier kommen wir allein zurecht. Blasen Sie Ihre Pfeife, wenn es etwas Wichtiges gibt.«

»Mach ich, Mr Swanson, Sir.« Wensley nickte, salutierte und trat ab.

Als er hörte, wie unten die Tür ging, fragte Swanson: »Was halten Sie von ihm, Phelps?«

»Patenter Bursche, Sir.« Phelps hüstelte. »Ein bisschen zu patent, wenn Sie mich fragen.«

Swanson lachte. »Ein bisschen wie Sie, Phelps, als Sie noch frisch dabei waren, finden Sie nicht? Er wird es noch weit bringen, das kann ich Ihnen sagen. Genau wie Sie, mein Freund«, fügte er hinzu.

Swanson, der schon immer der Ansicht gewesen war, das Schlafzimmer sei der Raum im Haus, der am meisten über seinen Besitzer verriet, sah sich zunächst das eine und dann das andere Schlafzimmer an.

Beide gaben nicht viel her und schienen nahezu identisch eingerichtet zu sein: Ein einfaches Bett, daneben ein Nachtschränkchen. Dazu jeweils ein schmaler Kleiderschrank mit zwei Türen.

Die Betten waren in beiden Zimmern bezogen, doch die Kleiderschänke und die Nachtschränkchen waren eine Enttäuschung. Im Zimmer des Mannes fanden sie, außer einem Holzkästchen, das Socken und Leibwäsche enthielt, nur zwei paar Hosen, ordentlich gebügelt und aufgehängt, zwei Hemden – ein weißes und ein blaues – und eine Strickjacke aus grober Wolle.

In Miss O'Hanlons Kleiderschrank hing ein einzelnes Kleid. Und selbst das schien, wie beinahe alles im Haus, seine beste Zeit seit langem hinter sich zu haben. Darüber hinaus fand sich, neben einem Kästchen mit Damenwäsche, ein Schnürleib, ein zum Kleid passendes Hütchen, von dem sich die Krempe gelöst hatte, und zwei fadenscheinige Umhängetücher.

Phelps, der sich augenblicklich das Nachtschränkchen in Mr O'Hanlons Zimmer anschaute, zog die Schublade heraus und stellte sie auf den Holzfußboden.

»Taschentücher«, sagte er. »Lauter Taschentücher, nichts weiter.« Er nahm sie einzeln heraus und entfaltete sie. Immerhin war es möglich, dass sich in ihren Falten irgendetwas versteckte, was sich als Hinweis in diesem Fall zu Nutze machen ließ.

Doch er fand nichts.

Swanson, der unterdessen den Kleiderschrank wieder schloss und sich dann auf die Knie sinken ließ, um unter den Schrank zu schauen, sagte: »Ich habe niemals zuvor ein Schlafzimmer gesehen, das so wenig Persönliches enthielt.« Ihm kam es beinahe so vor, als habe man alles entfernt, anhand dessen man auf den Charakter seiner Bewohner hätte schließen können.

»Hier ist was, Sir.« Phelps wedelte mit einem Stück Papier herum und stand auf. »Es lag unten im Nachtschrank.«

»Worum handelt es sich?« Swanson erhob sich wieder und trat zu Phelps hinüber.

»Sieht aus als handle es sich um eine Rechnung«, entgegnete er.

»Eine Rechnung wofür?«

Phelps hielt ihm das aufgefaltete Stück Papier hin.

Swanson nahm es.

Es war die Rechnung eines Schreiners, datiert auf den 10. Mai 1895 und adressiert an Mr. O'Hanlon.

Verehrter Mr O'Hanlon,
hiermit erlaube ich mir, Sie an die Zahlung der von mir für die ausgeführten Arbeiten in Rechnung gestellten Gebühr von insgesamt 35,00 Pfund Sterling zu erinnern.
Wie ich feststellen musste, haben Sie die Rechnung bislang nicht beglichen und auf keine meiner Schreiben reagiert.
Ich ersuche Sie hiermit letztmalig, den Saldo auszugleichen.

Hochachtungsvoll
Warren P. Rawlston, Tischlerei & Schreinerarbeiten
38 Barnum Street
East Acton

»Fünfunddreißig Pfund sind eine Menge Geld«, sagte Swanson. »Ich bin sicher, es handelt sich um eine größere Anschaffung.«

»Ganz sicher, Sir«, meinte Phelps. »Unter Umständen wurden Arbeiten am Haus vorgenommen und sind unbezahlt geblieben. Wenn wir Glück haben, finden wir auch die Originalrechnungen. Irgendwo müssen sie ja sein, nicht wahr?«

»Stecken Sie das ein«, sagte Swanson. »Das ist immerhin ein Anfang.«

»Und das Persönlichste im ganzen Schlafzimmer«, setzte Phelps hinzu. Er nahm das Schriftstück, faltete es wieder in der Mitte zusammen und steckte es in sein Notizbuch. »Es wäre sicher interessant herauszufinden, ob Mr Rawlston am Ende sein Geld erhalten hat.«

»Wie kommen Sie darauf, dass er es nicht hat?«

»Ganz einfach – hier ist nicht viel zu holen, nicht wahr? Bis auf das Haus selbst gibt es nichts von Wert.«

»Sie denken auch, die O'Hanlons könnten in Geldschwierigkeiten gesteckt haben?«

»Könnte immerhin sein, nicht wahr? Vielleicht hat Wensley Recht, und sie haben alles verkauft, was nicht niet- und nagelfest wahr, um sich am Leben zu halten.«

»Doch wie Sie schon sagten, immerhin hatten sie das Haus«, meinte Swanson, dem der Gedanke natürlich längst selbst gekommen war. Doch irgendetwas stimmte daran nicht. »Der Besitz scheint mir von beträchtlichem Wert zu sein. Sie hätten das Haus in dieser Lage ohne Schwierigkeiten verkaufen können.«

»Das stimmt, Sir. Wenn sie nicht umgebracht worden wären, hätten sie es möglicherweise getan. Wir sollten die Sache jedenfalls trotzdem überprüfen. Nur, um sicher zu gehen.«

»Das werden wir, Phelps«, sagte Swanson. »Sobald wir hier fertig sind und die Leichen an den Polizeiarzt übergeben haben.« Ihm war noch ein weiterer Gedanke gekommen. Einer, der ihm weitaus naheliegender erschien: Was, wenn ihr Mörder sich am Besitz der O'Hanlons gütlich getan hatte? »Ach, und Phelps?«

»Ja, Sir?«

»Schauen Sie sich weiter in den Zimmern hier unten um, ich will derweil einen Blick nach oben werfen. Vielleicht finden wir dort eine weitere Spur.«

»Wonach genau suchen wir eigentlich?«

»Draußen im Garten liegen die Eigentümer dieses Hauses. Irgendjemand wird sie ermordet und begraben haben«, sagte Swanson.

»Wer immer es war, er ist längst über alle Berge«, meinte Phelps.

»Dessen bin ich sicher. Und dennoch.«

»Und dennoch, Sir?«

Swanson strich sich über seinen Schnurbart. »Ich vermute, der Mörder hat sich eine Zeit lang im Haus aufgehalten.«

Phelps blickte ihn erstaunt an. »Wie kommen Sie darauf?«

»Immerhin mussten die Särge besorgt und die Löcher für die Gräber gegraben werden. Ich glaube nicht, dass er das alles an einem einzigen Tag geschafft hat. Die Särge auszugraben hat drei Mann den größten Teil der vergangenen Nacht gekostet. Ein einzelner Mann wird sehr viel länger dazu gebraucht haben, sie auszuheben und wieder zuzuscharren.«

Phelps schob die Schubladen wieder in das Nachtschränkchen zurück. »Kein schlechter Gedanke, Sir. Was ist mit der Herkunft der Särge?«

»Hier werden Sie wohl kaum eine Quittung dafür finden, Phelps.«

»Nein, Sir. Sicherlich nicht. Aber es könnte doch sein, jemand hat gesehen, wie sie hergebracht wurden.«

»Darum kümmern wir uns später. Halten Sie erstmal Ausschau nach etwas, das nicht den O'Hanlons gehört hat. Ein Kleidungsstück, eine Notiz, irgendetwas. Mit ein wenig Glück finden wir einen Hinweis auf ihn.« Und damit ließ er Phelps allein.

Das Zimmer, das Swanson in der nächsten Etage betrat, schien eine Art Büro gewesen zu sein. Zumindest stand ein Regal mit Büchern, ein Sekretär mit Stuhl und ein Tischchen mit Getränken darin. An der Wand davor stand ein Schuhschrank. Bis auf einen Holzkasten mit Schuhwichse und Bürsten war er ebenso leer, wie der in der unteren Etage.

Vielleicht hatte er Glück und die Rechnungen, auf die sich Mr Rawlston bezogen hatte, befanden sich darin.

Der Sekretär war vollgestopft mit Papieren. Es würde Ewigkeiten dauern, sie alle zu sichten. Er würde die Sergeants Penwood und Wilson damit betrauen.

Der Raum daneben war eine kleine Toilette. Vermutlich hatte O'Hanlon sie benutzt, wenn er hier oben gearbeitet hatte.

Swanson stieg die Treppe ganz nach oben. Dort lag der Speicher. Doch auch hier fand sich auf den ersten Blick nichts von Bedeutung. Es handelte sich um das übliche Sammelsurium von Dingen, die man außer Sichtweite verstaute, weil man sie eigentlich nicht mehr brauchte. Alte Koffer, deren Scharniere gebrochen waren, ein paar leere Bilderrahmen, eine Truhe mit mottenzerfressenen Hemden darin und einige Bücher, die in einer Ecke zwischen Holzlatten und Dachschindeln aufgestapelt waren. Keines der Bücher war von Wert. Es waren billige Romane, vor langer Zeit geschrieben von Autoren, die ihre Zeit gehabt hatten, nun aber längst vergessen waren.

Swanson sah alles durch, fand jedoch nichts davon interessant genug, um sich daran festzubeißen. Das einzig interessante, was er entdeckte, war ein Hammer.

Er lag in der äußersten Ecke der Dachschräge, und die Flecken darauf mochten Rost oder Blut sein. Auch wenn er kaum glaubte, dass es sich dabei um das Tatwerkzeug handelte, nahm er ihn an sich und wickelte ihn in eine alte Zeitung ein. Charly Stedman würde ihn sich genauer ansehen wollen.

Als Swanson die Treppe wieder hinuntergestiegen war, fand er Phelps auf den Knien liegend vor einem

aufgeklappten Koffer mit Zeitungsartikeln und An-
sichtskarten, den er in einem Wandschrank gefunden
hatte. Eine Karte hielt er in der Hand.

»Die O'Hanlons sind ganz schön herumgekommen
in der Welt«, sagte Phelps. »Die meisten Karten sind
aus England und Wales. Aber einige wurden in Schottland und sogar in Europa aufgegeben. Sie sind alle von
Mrs O'Hanlon geschrieben und an sich selbst adressiert worden. Und sie scheint sich für Musik begeistert
zu haben. Es gibt eine ganze Sammlung von Artikeln
über Konzerte.«

»Nehmen Sie den Koffer mit«, sagte Swanson. »Sicher ist sicher.«

Er zeigte Phelps den Hammer.

»Die Mordwaffe?« Phelps beäugte sie skeptisch. Stiel
und Kopf des Hammers waren mit Spinnweben überzogen.

»Vielleicht. Vielleicht auch nicht.«

Als sie unten im Flur an dem Schuhschrank vorbei-
kamen, auf dem nach wie vor der Schuhlöffel lag, blieb
Swanson stehen.

»Was haben Sie, Sir?«, fragte Phelps, den Koffer mit
den Zeitungsausschnitten unter dem Arm.

»Ist Ihnen aufgefallen, was fehlt, Phelps?«

»Hier fehlt es beinahe an allem, Sir.«

»Ich meine etwas Bestimmtes. Etwas, das hier sein
sollte«, sagte Swanson, nahm den Schuhlöffel und
klopfte sich ein paar Mal damit in die Handfläche.

»Nein, Sir. Was denn?«

»Von allem gibt es mindestens ein Exemplar.«, sagte er. »Gerade so viel wie nötig ist, um sich versorgen
zu können. Kleidung, Essen, Teller, Besteck. Doch eines
fehlt völlig.«

»Und was, Sir?«

»Schuhe«, sagte Swanson. »Im ganzen Haus ist nicht ein einziges Paar zu finden. Nicht mal die Leichen tragen welche. Ich frage mich, wo sie geblieben sind.«

Im selben Moment hörten Sie in der Ferne das Schrillen von Constable Wensleys Polizeipfeife.

KAPITEL 5

Auf der Veranda erwartete Wensley sie mit einer Überraschung.

Swanson erkannte den großen bulligen Mann auf Anhieb. Es war Arthur Conan Doyle, der Schriftsteller. Er und Phelps waren ihm während des Falles um den Hope Diamanten zum ersten Mal begegnet. In seiner Begleitung befand sich ein älterer Gentleman, der von einem Bein auf das andere trat und dabei nervös die Hände rang.

»Guten Tag, Chief Inspector.« Offenbar Hocherfreut ihn zu sehen, schüttelte Conan Doyle ihm die Hand. »Sergeant.« Er nickte Phelps zu. »Wie Mr Dawson mir erzählte, sind die O'Hanlons verschwunden.«

»Das ist nicht ganz richtig«, sagte Swanson. »Sie sind unterdessen wieder aufgetaucht.«

»Mein Name ist Dawson, Sir«, sagte der ältere Herr, der nervös die Hände rang. »Stimmt es, was Sie sagen? Michael und Sarah sind wieder zurück?«

»Wir haben ihre Leichen gefunden, Sir«, sagte Phelps. Seine Stimme klang so trocken wie altes Pergament.

Mr Dawsons Hände fielen herab, als sei mit einem Mal alle Kraft aus seinen Armen gewichen. »O Gott, nein, wie furchtbar«, murmelte er. »Obwohl ich es mir ja gedacht habe, als ich diese … die Erdhügel sah.«

»Nun, Mr Dawson. Soweit ich gehört habe, kannten Sie die O'Hanlons recht gut«, meinte Swanson und betrachtete den Mann. »Sie waren derjenige, der sie als vermisst meldete.«

»Das stimmt. Ich kannte sie seit einigen Jahren.«

Trotzdem fragte Swanson sich dreierlei: Wie hatte Dawson die Erdhügel gefunden? Wie war er darauf gekommen, dass es sich dabei um Gräber handeln könnte? Und warum war er überhaupt zu dieser abgelegenen Stelle im Garten gegangen?

Er hatte die Fragen kaum gestellt, als Conan Doyle sagte: »Jeder mit ein bisschen gesundem Menschenverstand hätte das vermutet. Immerhin waren die O'Hanlons verschwunden.«

»Ich würde das gern von Mr Dawson selbst hören, wenn es Ihnen nichts ausmacht«, sagte Swanson freundlich.

Conan Doyle verschränkte schmollend die Arme. Dawson sagte: »Ich hatte gleich so ein komisches Gefühl. Die frischen Erdhügel sahen unheimlich aus, das sage ich Ihnen. Und man hört ja so viel.«

»Verstehe. Wie kam es, dass Sie sich gestern überhaupt im Garten aufhielten?«

»Da ist nichts weiter Geheimnisvolles dran, Sir. Ich kümmere mich ab und an um den Garten, wenn ich Zeit habe. Sträucher zurückschneiden, das Unkraut im Zaum halten. Solche Dinge.« Er hob die Hände. »Eine Sisyphosarbeit, wie Sie sehen.«

»Sie sind selbst nicht mehr der Jüngste. Ich stelle mir das anstrengend vor.«

»Ach, ich habe es immer sehr gern gemacht. Wissen Sie, die beiden waren nicht sehr gut zu Fuß. Michael, ich meine Mr O'Hanlon, war auf einen Stock angewiesen. Solange ich denken kann, hat er nichts im Garten getan. Er klagte oft, ihm würde das Grundstück über den Kopf wachsen. Er verließ kaum die Veranda. Sarah dagegen hielt sich gern dort draußen auf. Besonders die kleine Lichtung mochte sie. In den letzten Monaten hat sie häufig erwähnt, sie würde es lieben, einmal dort begraben zu werden.«

Phelps fiel beinahe der Schreibblock aus der Hand. »Das ist nicht Ihr Ernst, Mr Dawson.«

»Es klingt geschmacklos, ich weiß«, sagte er, die Mundwinkel heruntergezogen. »Doch es ist die reine Wahrheit. Sie hat sicher nicht damit gerechnet, dass es so bald sei.«

»Ironie des Schicksals«, meinte Conan Doyle lakonisch. »In einem Roman würde es natürlich niemand glauben.«

In einem Roman wäre ich jetzt in den Ferien in Schottland, dachte Swanson. Er sagte: »Würden Sie die Leichen identifizieren können?«

»Identifizieren?« Mr Dawson wurde ganz bleich. »Was meinen Sie damit? Muss ich mir die Toten ansehen, meinen Sie das?«

»Ich fürchte«, sagte Swanson, »ich fürchte, wir benötigen jemanden, der sie gut genug kannte, Mr Dawson.«

»Liegen sie etwa noch in diesen Gräbern, die ich gesehen habe?«

»Nein.«

»Es ist alles so schrecklich.« Er legte beide Hände auf die Wangen. »Aber ja. Selbstverständlich kann ich sie identifizieren, wenn es denn sein muss.«

»Ich wäre ebenfalls bereit dazu«, meldete sich Conan Doyle zu Wort.

Und so führten sie Conan Doyle und Mr Dawson durch die Sträucher zu den Särgen, wo Wensley und Phelps die Deckel entfernten.

»Ja, kein Zweifel, Sir. Das sind sie«, sagte Mr Dawson mit leiser Stimme nach einem kurzen Blick auf die beiden Leichen. Er hielt sich bestürzt die Hand vor den Mund. »Ich erkenne die Kleider wieder. Die Gesichter jedoch …« Er blickte Swanson an und schüttelte hilflos den Kopf.

»Man wird sie reinigen«, erklärte Swanson. »Wir wären Ihnen sehr dankbar, wenn Sie sich die beiden Leichen danach noch einmal ansehen könnten.«

Er nickte betroffen.

Swanson sah Conan Doyle an. »Was ist mit Ihnen?«

»Ich würde sagen, das sind die O'Hanlons«, entgegnete er. »Wer sollte es sonst sein? Kurioser Fall, nicht wahr? Zwei Menschen, die in ihrem eigenen Garten bestattet wurden. Noch dazu gewaltsam ums Leben gekommen. Das wirft einige Fragen auf, will ich meinen.« Er beugte sich noch einmal über die Särge. »Sie tragen keine Schuhe. Warum hat man sie ihnen wohl ausgezogen?«

»Im ganzen Haus sind keine zu finden«, sagte Phelps.

»Das ist bemerkenswert.« Conan Doyle kratzte sich die Stirn. Dann schien ihm ein Geistesblitz gekommen zu sein, denn für Sekunden erhellten sich seine Züge. »In einem Kriminalroman könnte man sie mitgenommen haben, um einen mörderischen Hund auf die Fährte der Eigentümer zu hetzen.«

»Einen mörderischen Hund?« Phelps starrte ihn an.

»Oh, nur so eine Idee, Sergeant. Mir schwebt da eine düstere kleine Geschichte vor, die im Dartmoor spielt …«

»Sie wohnen ganz in der Nähe«, sagte Swanson, der fand, dass sie langsam vom Thema abkamen. »Sie waren Nachbarn. Ich könnte mir vorstellen, Sie kannten die O'Hanlons ebenfalls sehr gut.«

»Das ist richtig.« Conan Doyle straffte sich, was etwas ausgesprochen Militärisches an sich hatte. »Wir trafen uns gelegentlich, wenn ich Zeit erübrigen konnte. Sie hatten eine humanitäre Ader, das fand ich ansprechend.«

»Was meinen Sie mit einer humanitären Ader?«

»Michael und Sarah kümmerten sich um die Obdachlosen«, erklärte Conan Doyle. »Sie spendeten Geld, gaben Essen aus. Fuhren sogar in die Armenviertel, um im Winter Suppe auszugeben.«

»Das ist an sich sehr löblich«, sagte Swanson, der sich fragte, ob sie es am Ende mit ihrer Güte vielleicht übertrieben haben mochten. »Gaben sie viel Geld für ihre Wohltätigkeit aus?«

»Ach, das weiß ich nicht, Chief Inspector«, entgegnete Conan Doyle. »Sie sprachen nicht oft darüber. Jeder in der Gegend wusste es.«

»Und abgesehen davon? Womit verbrachten die O'Hanlons ihre übrige Zeit?«

»Sie spielten gern«, sagte Mr Dawson. »Bridge und Würfel und so etwas.«

»Mit wem?«

»Mit den Nachbarn. Jedes Wochenende treffen wir uns bei jemand anders. Wir haben sogar einen kleinen Spieleclub gegründet.«

»Spielten Sie mit den O'Hanlons um Geld?«, wollte Swanson wissen?

»Manchmal. Doch es waren nie große Beträge.«

»Wie hoch waren die Einsätze?«

»Tuppence«, sagte Mr Dawson. »Allerhöchstens ging es mal um einen halben Shilling. Aber da musste es auch schon mächtig hoch hergehen, glauben Sie mir.«

»Wie ich hörte, waren die O'Hanlons sehr eigen, was Besuche anging. Stimmt es, dass sie niemanden ins Haus ließen?«

»Das ist richtig, Chief Inspector«, sagte Mr Dawson. »Früher nicht, da waren sie die Gastfreundschaft in Person. Erst in den letzten Jahren war das anders.«

»Sie ließen tatsächlich niemanden mehr ins Haus?«

»Ja.«

»Haben Sie eine Vermutung, was der Grund dafür gewesen sein könnte?«

»Ich hab's auf ihr Alter geschoben. Manche Leute werden seltsam, wenn sie in die Jahre kommen.«

Swanson nickte. Dann hakte er die Daumen in seine Westentaschen und sah wieder Conan Doyle an. »Würden Sie mir einen brüderlichen Gefallen erweisen?«

»Sicher. Wenn es in meiner Macht steht.«

»Stellen Sie mir eine Liste der Nachbarn zusammen. Wir werden die Leute darüber befragen müssen, wer die O'Hanlons zuletzt gesehen hat.«

»Das kann ich gerne tun, Chief Inspector«, meinte Conan Doyle. »Die Person, die die O'Hanlons zuletzt lebend gesehen hat, dürfte ihr Mörder gewesen sein.«

»Danke. Ich weiß das sehr zu schätzen«, sagte Swanson, ohne auf Conan Doyles Bemerkung einzugehen. »Eine Frage noch an Sie, Mr Dawson. Wann haben Sie die Geschwister O'Hanlon das letzte Mal lebend gesehen?

»Das war letzten Donnerstag«, antwortete er mit einer Spur Nervosität in der Stimme. »Da sprach ich mit Michael darüber, welche Arbeiten diese Woche anstünden. Und er bat mich, einige der Sträucher auf dieser Lichtung hier zu schneiden. Sie denken doch nicht etwa …«

»Machen Sie sich keine Sorgen, Mr Dawson.« Swanson schenkte ihm ein beruhigendes Lächeln. »Diese Gräber hat ganz gewiss ein Mann ausgehoben, der wesentlich jünger und weitaus kräftiger war als Sie.«

KAPITEL 6
New Scotland Yard, Whitehall, London

Es war nach zehn Uhr am Abend und entgegen anders lautenden Gerüchten, ging die Sonne auch an diesem Tag über dem Empire unter.

Donald Swanson, Peter Phelps und Constable Wensley saßen in Swansons Büro und betrachteten die Indizien, die Phelps an die alte Schultafel geklebt und mit Kreidestrichen verbunden hatte. Alles, was sie hatten, waren die Namen der toten Geschwister. Ihre Photographien klebten mahnend an der Tafel, denn Constable Wensley hatte sie noch am Nachmittag entwickelt. Die Leichen hatte Swanson zur Obduktion ins London Hospital bringen lassen. Und die Sergeants Penwood und Wilson waren nach South Norwood geschickt worden, wo sie die Beamten der örtlichen Wache unterstützten und gemeinsam mit Inspector Hughes das Haus auf den Kopf stellten.

Swanson war nach wie vor davon überzeugt, dass der Mörder sich eine Zeitlang im Haus aufgehalten haben musste. Sollte es einen Hinweis darauf geben, Penwood und Wilson würden ihn finden.

Den Koffer, den sie im Haus sichergestellt hatten, würde er gleich morgen Früh Police Constable Stewart Evans aushändigen und ihn darüber hinaus bitten, sich mit den Familienverhältnissen der O'Hanlons zu beschäftigen. Irgendwo verbarg sich das Motiv für diese Morde. Und Swanson wusste nur allzu gut, dass es meist in der Verwandtschaft zu finden war. Wenn es einen Menschen gab, der jedes noch so kleine Detail auszugraben im Stande war, dann Evans. Es gab ein Sprichwort im Yard, das es auf den Punkt brachte, und so viel bedeutete, wie ›Hinterher ist man immer schlauer‹. Es lautete: ›Warum haben Sie nicht Evans gefragt?‹

»Es hat mich beeindruckt, wie Sie diese Sache da draußen ganz allein in die Hand genommen haben«, sagte Swanson eben zu Constable Wensley. »Sie haben wirklich an alles gedacht.«

»Danke, Sir.«

Es klopfte an der Tür.

»Hallo, Sir.« Es war Constable Bingley aus Walter Dews Abteilung, die auf demselben Flur lag. Zu Swansons großer Erleichterung salutierte er nicht und vermied es sogar, die Hacken zusammen zu schlagen. Diese Angewohnheit, eingeführt von Ex-Commissioner Sir Charles Warren, den die Ripper-Ermittlungen zwar nicht den Hals, doch aber das Amt gekostet hatten, war den Constables im Allgemeinen nur schwer auszutreiben. »Ich war gerade auf dem Weg in die Küche, Sir, da sah ich noch Licht und fragte mich, ob Sie vielleicht auch einen Becher Tee wollen.«

»Liebend gerne, danke«, sagte Swanson. »Zwei Löffel Zucker, nur wenig Milch. Wenn noch welche da ist«, setzte er hinzu, denn seit Sergeant Penwood sich zum Tierliebhaber entwickelt und die Teeküche in ein Katzenasyl verwandelt hatte, konnte man nie wissen. »Ach was, schlagen wir über die Strenge, Bingley. Bringen Sie uns gleich eine ganze Kanne mit allem, was dazu gehört.«

»Sicher, Sir.« Er blieb in der Tür stehen. »Eine Frage, Sir.«

Swanson lehnte sich in seinem Bürostuhl zurück und verschränkte die Hände hinter dem Kopf. »Ja, Bingley?«

»Stimmt es, was Inspector Dew gesagt hat? Waren aus dem Haus mit den beiden Leichen wirklich alle Schuhe verschwunden?«

»Es sieht ganz danach aus.«

»Ich habe mir nämlich überlegt, warum das so sein kann.«

»Na, dann raus mit der Sprache, Bingley«, sagte Phelps. Er streckte die Beine aus, schlug sie übereinander und steckte die Hände in die Hosentaschen. »Wir sind für alles offen.«

»Schuhe sind sehr teuer«, meinte Bingley daraufhin. »Könnte doch sein, der Mörder hat sie mitgenommen, um sie selbst zu tragen.«

»Die Damenschuhe auch?« Phelps grinste.

»Was, wenn es zwei Täter waren?« Bingley nestelte so nervös an seinen Manschetten herum, wie ein Schüler, der vor einem gestrengen Lehrer steht. »Ein Mann und eine Frau. Wenn es besonders kostbare Schuhe gewesen sind …« Er verstummte. »War nur so ein Gedanke. Bitte entschuldigen Sie.«

»Nein, nein.« Swanson stand schwungvoll auf. »Das ist ein ausgezeichneter Gedanke, Bingley.« Er trat an die Tafel und schrieb mit Kreide ZWEI TÄTER? MOTIV SCHUHE? unter die Photographien. »Es gibt einen triftigen Grund für das Verschwinden der Schuhe. Wir kennen ihn nicht. Und Ihre Theorie ist für den Anfang so gut wie jede andere.«

Bingley strahlte. »Meinen Sie, Sir?«

»Gewiss.« Swanson klopfte ihm auf die Schulter. »Und nun gehen Sie und holen Sie den Tee.«

Derweil sie warteten, legte Swanson Constable Wensley eine Hand auf den Arm. »Ihr Leumund ist tadellos, nehme ich an.«

»Ich habe mir im Leben noch nie etwas zu Schulden kommen lassen, wenn Sie das meinen, Sir.«

Davon ging Swanson aus. »Was ich meine, ist Ihre Karriere, junger Mann«, sagte er. »Wie lange sind Sie jetzt bei der Polizei?«

»Im Januar waren es sieben Jahre.«

»Irgendwelche Belobigungen?«

»Eine ganze Reihe, Sir«, antwortete er. »Mein Überstundenkonto ist dreistellig. Und ich fasste eine ganze Anzahl Diebe und Einbrecher. Ohne mich über Gebühr aufblasen zu wollen«, setzte er hinzu.

Swanson nickte und lächelte. »Wo haben Sie gedient?«

»Zunächst wurde ich nach Lambeth beordert, und dann, als der Ripper in Spitalfields sein Unwesen zu treiben begann, versetzte man mich vorübergehend nach Whitechapel. Anschließend kehrte ich zur L Division zurück. Nach dem misslungenen Polizei Streik von 1890 war ich dann einer von denen, die die entlassenen Beamten ersetzten, und man schickte mich, nach einer recht kurzen Episode in Holborn, endgültig nach Whitechapel. Obgleich ich lieber zurück nach Lambeth oder Holborn gegangen wäre.«

Swanson kannte das Problem. Niemand, außer Frederick Abberline, fühlte sich längere Zeit wohl in dieser Gegend, in der Gewalt und Trunkenheit an der Tagesordnung waren. »Haben Sie schon einmal darüber nachgedacht, zum CID zu gehen?«

»Das ist mein größter Wunsch, Sir, seit ich ein kleiner Junge im Waisenhaus in Taunton war«, entgegnete Wensley, dessen Kinnriemen dermaßen stramm saß, dass er einen Striemen in der Haut hinterließ. »Lieber heute als morgen, Sir.«

Phelps hob den Kopf. »Sie sind in einem Waisenhaus aufgewachsen?«

Er nickte. »Kein schöne Zeit, das können Sie mir glauben.«

»Dafür haben Sie es ganz schön weit gebracht. Sie können mächtig stolz auf sich sein.«

»Bin ich auch, Mr Phelps. Und schon damals habe ich mir geschworen, eines Tages zur Kriminalpolizei zu gehen.«

»Dann legen Sie die Prüfungen ab und kommen Sie zu uns.« Swanson lächelte und klopfte ihm auf die Schulter.

»Nicht ganz einfach, aber zu schaffen«, warf Phelps ein. »Ich kann ein Liedchen davon singen.« Und das konnte er wirklich.

Wensley räusperte sich, blickte zwischen Swanson und Phelps hin und her und seufzte. »Ich habe die Prüfungen ja längst bestanden, Sir.«

»Nun denn«, meinte Swanson lachend, »worauf warten Sie dann noch? Reichen Sie Ihre Papiere ein. Wir können fähige Männer gebrauchen, Mr Wensley.«

»Nur wird das nicht ganz einfach sein, fürchte ich. Mein Inspector hat nicht gerade einen Narren an mir gefressen.«

Phelps zog die Augenbrauen hoch.

Swanson konnte sich denken, was er dachte. Klassenprimusse und Streber hatten es noch nie leicht gehabt. Und bei der Polizei waren es nicht zuletzt neidische Vorgesetzte, die aufstrebende junge Männer daran hinderten, die Karriereleiter zu erklimmen, indem sie ihnen die Stufen ansägten.

»Er legt Ihnen Steine in den Weg«, mutmaßte Swanson.

»Das kann man wohl sagen, Sir.«

»In welcher Form?«

»Er lässt Belobigungen verschwinden«, sagte Wensley mit einem halbherzigen Schulterzucken. »Oder leitet sie nicht an die entsprechenden Stellen weiter.«

Das war ein Verhalten, das Swanson schon immer verabscheut hatte. Es war beinahe ebenso schlimm, wie der nicht totzukriegende Wettstreit zwischen der Metropolitan und der City Police. Im Herbst des Rippers hatte er dazu geführt, dass Beweise und Spuren, dass Aussagen und Akten nicht an den jeweils anderen Polizeibezirk weitergegeben worden waren.

Berufliche Eifersucht, dachte Swanson oft, konnte weit schlimmere und weitreichendere Folgen haben, als die zwischen Mann und Frau. Sie konnte schon in ihrer leichtesten Ausprägung einem Menschen das Leben kosten.

»Ich werde mich um die Angelegenheit kümmern,«, sagte Swanson. »Ich kenne da einen Inspector, der mir noch den einen oder anderen Gefallen schuldet. Er wird sich mit Ihrem Vorgesetzten unterhalten. Und er kann sehr überzeugend sein«, fügte er hinzu. »Ich bin mir ziemlich sicher, wir werden Sie in nächster Zeit öfter im Yard sehen.«

»Danke, Sir.«

»Danken Sie nicht mir, Constable Wensley«, sagte er. »Das, mein Lieber, haben Sie ausschließlich sich selbst zu verdanken. Aber tun Sie sich selbst einen Gefallen, ja?«

»Welchen, Sir?«

»Lassen Sie ab und zu mal fünfe gerade sein.« Er lächelte verbindlich hinter seinem Schnurbart. »Das Dasein eines Polizisten ist anstrengend genug. Niemand kann immer und zu jeder Zeit einhundert Prozent leisten. Also vergessen Sie nicht, sich auch ein Privatleben zu gönnen. Und nehmen Sie Ihren Helm wenigstens gelegentlich beim Zubettgehen ab.«

DRITTER TEIL

BADGER

»Der Wirt ist stets
aufrichtiger als der Gast.«
Jean Paul (1763 – 1825)

KAPITEL 7
49 Gordon Square, Bloomsbury, London

»Das glaube ich nicht!« Frederick Greenland sprang im selben Moment aus dem Sessel, in dem er bis eben halbwegs entspannt gesessen und seinen Morgentee genossen hatte, als die Standuhr in der Ecke neun Uhr zu schlagen begann, und wandte sich zu Louisa um. »Badger ist weg? Einfach so? Nach all dem, was wir für den Jungen getan haben?« Er raufte sich die Haare, sah sich nach rechts und links um, so als habe er den Jungen bislang einfach nur übersehen und könne ihn womöglich doch noch irgendwo in einer Ecke oder hinter einem der Sessel entdecken.

Louisa stand einfach nur da, unfähig etwas zu sagen oder zu tun. Frederick tat ihr entsetzlich leid.

Als Morton sie vorhin gefragt hatte, ob sie den Jungen losgeschickt hätte, eine Besorgung zu machen, war in ihr bereits das sichere Gefühl aufgekeimt, er sei verschwunden. Woher sie diese Gewissheit genommen hatte, wusste sie selber nicht. Noch vor einem Jahr, als sie als Medium in London Seancen abgehalten hatte, wäre sie davon überzeugt gewesen, Stimmen aus dem Jenseits hätten ihr diese Erkenntnis übermittelt. Doch sie war kein Medium mehr. Ihr war klar geworden, dass es die Jenseitskontakte nie gebraucht hatte, um ihr gewisse Dinge, zu enthüllen. Sie spürte sie einfach.

Womöglich hatte Badger gestern irgendetwas gesagt oder getan, das nun, nachdem er im ganzen Haus nicht mehr aufzufinden war, nur diesen einen Schluss zuließ.

Was immer es gewesen sein mochte, Louisa wusste instinktiv, dass der Junge das Haus mit dem festen Vorsatz, nicht wiederzukommen, verlassen hatte.

Ehe sie in den Salon gegangen war, um Frederick die schlechten Nachrichten zu überbringen, hatte sie sich selbst noch einmal auf die Suche gemacht. Doch nichts. Badger hatte die nötigsten Dinge zusammengepackt und war gegangen. Wahrscheinlich bereits während der Nacht.

»Es tut mir leid, Fred«, sagte sie.

»Nein, nein, nein. Ich ... ich glaube das einfach nicht.« Frederick ließ kraftlos die Arme sinken und blickte Louisa ausdruckslos an. »Bist du sicher, dass er sich nicht bloß irgendwo versteckt oder sich draußen im Park herumtreibt? Da ist er oft, um die Tauben zu füttern.« Er machte ein paar halbherzige Schritte auf die Balkontür zu, blieb indes stehen, als Louisa seinen Arm nahm und sich an ihn schmiegte.

»Nein«, sagte sie. »Er ist weg, Frederick. Ich weiß es. Morton war in seinem Zimmer. Er hat all seine Sachen mitgenommen.«

»Den Shakespeare auch?«, fragte er hoffnungsfroh.

»Den hat er liegenlassen.« Louisa nahm Fredericks Hände. »Irgendwann letzte Nacht muss er aus dem Fenster in den Hof hinuntergeklettert sein. Er hat die Kordeln der Vorhänge zusammengeknotet und sich abgeseilt.« Sie streichelte seinen Oberarm. »Ach, mein Liebster, es tut mir so leid. Du hast dir so viel Mühe gegeben.«

O, ja! Das hatte er in der Tat!

Und was für eine Mühe er sich gegeben hatte!

Er stampfte innerlich mit dem Fuß auf, als er daran dachte. Kein anderer Mensch hätte das getan. Kein anderer! Für einen kleinen, nichtsnutzigen und undankbaren Straßenjungen. Wie einen Sohn hatte er, Frederick Greenland, den jungen Badger bei sich aufgenommen. Hatte versucht, ihm ein wohliges Heim zu bieten, Annehmlichkeiten, Reisen, Bildung, Literatur … Sie waren gerade erst aus Oxford zurückgekommen.

Er stieß einen Laut aus, der ihn selbst ein wenig erschreckte – eine Mischung aus Grunzen und Seufzen. Dann ließ er die Arme baumeln und eine Welle aus Trauer und Verzweiflung schwappte über ihn hinweg und machte ihm das Herz schwer. Er wandte sich wieder um und fragte: »Hat er wenigstens eine Nachricht hinterlassen?«

Louisa schüttelte nur stumm den Kopf.

»Dann werden wir ihn wiederfinden«, sagte Frederick entschlossen. »Irgendeinen Hinweis wird es schon geben. Man verschwindet nicht einfach so, ohne irgendwelche Spuren.« Und er eilte zur Tür des Salons in den Korridor hinaus. »Morton soll eine Droschke rufen«, sagte er, während er sich seinen leichten Sommermantel über die Schultern hängte und seine Brieftasche einsteckte.

Louisa hielt ihn am Arm fest. »Was hast du vor?«

»Ich fahre umgehend zu Scotland Yard und suche Inspector Swanson auf«, entgegnete er.

Leise Musikklänge und ein seltsam süßlicher Geruch waren es, die Donald Swanson an diesem Morgen zu seiner Überraschung entgegenwehten, als er die Etage erreichte, in der Police Constable Stewart Evans sein Refugium hatte.

Das Archiv, über das er herrschte, befand sich in jenen Räumen, die Norman Shaw, der Erbauer des neuen Yard, für die Garderoben der Künstler vorgesehen hatte. Denn ehe die Metropolitan Police das Gebäude Anfang der 1890er übernahm, war es als Opernhaus konzipiert worden.

Swanson klemmte sich den Koffer, den er mitgebracht hatte, unter den Arm, klopfte an die Tür mit dem Stern, unter dem Stewart Evans Name prangte, und trat ein.

Der Raum, vollgestopft mit deckenhohen Regalen, in denen sich Ordner und Kartons voller Akten stapelten, lag im dämmrigen Halbdunkel und war erfüllt von duftendem Weihrauch. Nur eine einzelne Polizeilaterne stand in einem Regalfach links vom Schreibtisch und warf ihren schwachen Lichterschein auf die Gestalt auf dem Tisch, die sich zu den Klängen der fremdartigen Musik sanft hin und her wiegte.

»Namaste, Sir«, sagte Evans mit milder, entrückter Stimme. Er hockte im Schneidersitz auf dem Tisch, die Augen geschlossen, die Handflächen vor dem Gesicht aneinandergelegt und verneigte sich leicht. »Das ist eine Begrüßung, Sir«, fügte er hinzu, als Swanson nichts erwiderte und ihn nur schweigend anblickte. Auf dem Tisch vor ihm qualmte ein Räucherstäbchen.

»Ich dachte auch nicht, das sei ein Tee, Evans.« Swanson zog sich einen Stuhl heran und setzte sich. »Was machen Sie da?«

»Yoga, Sir.«

»Yoga?« Swanson kam das Wort seltsam bekannt vor.

»Wir sprachen darüber, als Sie die Sache in Oxford bearbeiteten. Der Mord mit der indischen Statuette, Sir.«

»Ich erinnere mich«, sagte Swanson. Es war gerade mal ein paar Wochen her. Ein Literaturprofessor war in der Bodleian Library erschlagen aufgefunden worden. Ein Fall, den Swanson lieber vergessen hätte, denn er hatte den Mörder nicht festgenommen und Peter Phelps sogar verschwiegen, wer seiner Ansicht nach tatsächlich für den Mord verantwortlich zeichnete.

»Ich habe mich ein wenig mit der Materie beschäftigt und bin auf den Geschmack gekommen.«

»Das habe ich mir gedacht«, sagte Swanson mit einem milden Lächeln.

»Es gibt sogar eine Position, die Toter Mann genannt wird.«

Für gewöhnlich waren es bloß die alten Ripper-Akten, die Stewart Evans von der Arbeit abhielten. Das hier war neu. »Wenn es Ihnen nichts ausmacht, Stewart, kommen Sie doch da runter. Und machen Sie die Musik aus, ehe ich ein toter Mann bin. Es redet sich einfach besser, wenn es still ist, und ich erkennen kann, wo Sie anfangen und wo Sie aufhören.«

»Wie Sie wollen, Sir.« Evans löste den Knoten aus seinen Beinen, streckte sie stöhnend und kletterte vom Tisch herunter. Er beugte sich über das Grammophon am Boden und hob den Tonabnehmer von der Schallplatte. »Ein Berliner Apparat. Das neueste vom Neuen.

Hat mich ein ganzes Monatsgehalt gekostet. Aber na ja, es lohnt sich.«

»Was war das für eine Musik?«

»Mantragesänge in Sanskrit zur Tanpure, einer gezupften Langhalslaute, Sir. Gesungen von einer jungen Inderin namens Shankari. Das bedeutet – die, die Freude bringt«, fügte er verträumt hinzu.

»Danke, dass Sie es abgestellt haben.« Swanson schwirrten die Sinne. Das war eine Welt, in die abzutauchen nicht seine Bestrebung war. Selbst wenn Sie noch so viel Freude bringen mochte.

»Wenn man sich ein wenig damit beschäftigt, hat das durchaus seinen Reiz. Hilft mir ungemein, mich zu konzentrieren.«

»Dann habe ich hier etwas für Sie.« Swanson legte den Koffer auf den Tisch, klappte ihn auf und drehte ihn zu Constable Evans um.

Evans warf einen kurzen Blick darauf. »Postkarten, Sir?«

»Und Zeitungsausschnitte – es scheint sich um Artikel über Musikkonzerte zu handeln. Ich möchte, dass Sie sich das alles ansehen.«

»Aus einem bestimmten Grund, nehme ich an.« Evans griff in den Koffer und entnahm ihm einen der Zeitungsausschnitte. »Wo haben Sie das gefunden?«

»In einem Haus in South Norwood«, erklärte Swanson. »Zwei Leichen. Ein Geschwisterpaar um die sechzig, namens Sarah und Michael O'Hanlon, das dort gemeinsam gelebt hat.«

»Iren, Sir?«

»Schon möglich.« Swanson hatte gar nicht daran gedacht, nach ihrer Herkunft zu fragen. Doch der Name sprach dafür.

»Wenn ja, waren sie sicherlich sehr religiös.«, meinte Evans. »Handelt es sich denn um Kirchenmusik?«

»Das weiß ich nicht. Finden Sie es heraus. Die Postkarten in diesem Koffer sind Phelps zufolge ausschließlich von der Frau geschrieben worden. Ich nehme daher an, dass sie es war, die auch die Zeitungsartikel aufbewahrt hat.«

»Man bewahrt nur auf, was einem wichtig ist«, sagte Evans. Es war nicht das Licht der Öllampe, das jetzt in seinen Augen aufblitzte, sondern das der Erkenntnis »Das meinen Sie doch?«

»Ich wusste, ich kann mich auf Sie verlassen«, meinte Swanson zufrieden. »Finden Sie den Grund dafür, weshalb sie Sarah O'Hanlon wichtig genug gewesen sind, sie aufzuheben. Und stöbern Sie in der Familiengeschichte herum. Ich habe Ihnen Namen und Adresse mitgebracht.« Er zog einen Zettel aus der Innentasche seines Jacketts und legte ihn auf den Tisch. Dann erhob er sich wieder und schob den Stuhl zurück an den Tisch. Mit einem Blick auf das Grammophon sagte er: »Ich muss nicht hinzufügen, wie sehr es eilt, nicht wahr, Evans?«

»Nein, Sir. Es eilt doch immer.« Er lächelte unschuldig.

Als Donald Swanson die Tür hinter sich zuzog, hörte er, wie drinnen der Mechanismus des Grammophons aufgezogen wurde.

Und wenig später jammerten wieder die fremdartigen indischen Gesänge durch den Flur.

Frederick Greenland lief derweil mit einem leeren Whiskyglas in der Hand im Salon auf und ab.

Chief Inspector Swanson war in einer dringenden Angelegenheit unterwegs, und er hatte nur Gelegenheit gehabt, sich mit einem seiner Untergebenen zu unterhalten, einem Mann namens Dew, der nichts weiter getan hatte, als zu versuchen, ihn so schnell wie möglich abzuwimmeln.

Man kenne doch diese Art von Jungen, hatte er gesagt, als Frederick ihm geschildert hatte, was geschehen war, und in welchem familiären Verhältnis er zu Badger stand – Ausreißer, allesamt. Diese angenommenen Kinder, wie er sich ausdrückte, seien für das Leben in ordentlichen Verhältnissen völlig verdorben.

Ob er häufig mit solchen Fällen zu tun habe, hatte Frederick ihn gefragt.

Nein. Aber das wisse man doch.

Am liebsten hätte er dem Mann mit einem Handschuh ins Gesicht geschlagen. Doch er war viel zu friedliebend und gut erzogen, um das zu tun. Außerdem trug er keine Handschuhe.

In seiner Verzweiflung war er selbst durch Bloomsbury gelaufen und hatte versucht, irgendeine Spur von Badger zu finden. Seine Gefühle schwankten dabei zwischen teuflischem Zorn und schierer trauriger Verzweiflung.

Keiner der Menschen, die er bei seiner Suche getroffen hatte, war Badger aufgefallen. Wie auch, niemand achtete auf die Kinder. Niemand hatte einen Jungen, auf den seine Beschreibung passte, gesehen, geschweige denn gesprochen. Niemand war in der Lage, Frederick zu helfen.

Da es wenig sinnvoll war, den Radius für die Suche zu erweitern – ein Junge von Badgers Talenten sorgte schon irgendwie dafür, dass sich seine Spur im Nirgendwo verlor, wenn er das wollte – war er nach Hause zurückgekehrt, hatte noch einmal jeden Gegenstand in Badgers Zimmer auf einen winzigen Hinweis hin untersucht, und war schließlich dazu übergegangen, die Whiskykaraffe zu öffnen. Ihr Pegelstand neigte sich mittlerweile dem Ende entgegen.

Frederick füllte sein Glas noch einmal auf und ließ sich dann damit in einen Sessel fallen.

Er war mit seinem Latein am Ende.

Was nur, fragte er sich, hatte er bei Badger dermaßen falsch gemacht? Er hatte dem Jungen alles geboten, zu dem er im Stande gewesen war. Sogar in ein Haus war er eingebrochen mit ihm. Alles nur, um in dessen Augen nicht wie ein versnobter Langeweiler zu gelten.

Es hatte alles nichts geholfen.

Was er mit seinem Drängen auf die Shakespeare-Lektüre zu weit gegangen? Konnte es wirklich sein, dass Badger, nur um dem Sommernachtstraum zu entgehen, sein warmes, gemütliches Heim für ein Leben auf der Straße eingetauscht hatte?

Frederick seufzte tief. Es half nichts, hier tatenlos herumzusitzen und sich in Selbstmitleid zu ergehen. Gut, seine überhastete Suchaktion hatte nicht den gewünschten Erfolg gebracht, doch wenn er ehrlich mit sich war, hatte er auch niemals damit gerechnet. Die Suche war von vornherein zum Scheitern verurteilt gewesen.

Badger war längst über alle Berge, dessen war Frederick sich sicher. Hier in Bloomsbury würde er ihn ganz sicher nicht finden.

Es musste anders gehen, verdammt noch mal! Ein neuer, besserer Plan musste her.

Frederick, der im Yard rein nichts erreicht hatte, war nichts weiter übriggeblieben, als seine Visitenkarte für Swanson dazulassen. Auf ihre Rückseite hatte er »BADGER VERSCHWUNDEN!« geschrieben. Er nahm an, dass Swanson die Dringlichkeit verstehen und ihn umgehend aufsuchen oder womöglich gleich die nötigen Schritte einleiten würde.

Dem diensthabenden Sergeant hatte Frederick immerhin das Versprechen abgenötigt, er würde die Karte abgeben, sobald der Chief Inspector zurückgekehrt sei.

Wie, fragte er sich, würde ein Detektiv wie Inspector Swanson dieses Unterfangen angehen? Was würde er tun?

Zunächst einmal würde er Ruhe bewahren, das war mal sicher, dachte Frederick resigniert. Er würde bestimmt nicht ziellos in der Weltgeschichte herumlaufen und wahllos Passanten befragen, weil er wüsste, dass das rein gar nichts brachte. Vernünftig wäre es, so dachte er, wenn man sich überlegte, wohin Badger wohl am wahrscheinlichsten gegangen sein mochte. Sich am Saffron Hill umzusehen, wäre eine gute Möglichkeit.

Und obgleich Frederick nicht die leiseste Ahnung hatte, wo der Junge dort gelebt hatte (er wusste lediglich, dass es ein altes, verfallenes Haus gewesen und unterdessen höchstwahrscheinlich längst abgerissen worden war), bestand zumindest der Hauch einer Chance, dort einen Hinweis auf ihn zu finden. Denn so, wie er Badger kannte, würde er zurück an jene Orte gehen, die ihm vertraut waren.

Frederick trank aus, sprang auf die Füße und stellte das Glas auf den kleinen Tisch beim Kamin.

Bis er mit Chief Inspector Swanson gesprochen hatte, würde er selbst versuchen, etwas zu tun.

Er lief die breite Marmortreppe hinunter, auf der am Neujahrsmorgen noch die Leiche eines Mannes gelegen hatte, nach unten in die Küche, wo Morton ihn mit dem größten Ausdruck von Erstaunen ansah, zu dem er fähig war.

Er hob die rechte Augenbraue leicht an und sagte: »Sir?«

»Ich benötige einen Wagen, der mich nach Holborn bringt«, sagte Frederick.

»Gehe ich recht in der Annahme, dass sie den jungen Master Badger suchen wollen?«

»Oh, ja, da gehen Sie recht in der Annahme.« Er nickte übertrieben deutlich. »Ich werde in Holborn beginnen, wo Badger zuletzt gelebt hat. Vielleicht hat der Junge so etwas wie Heimweh verspürt und seinen alten Schlupfwinkel aufgesucht. Ich bin kein kleiner Junge. Wer kann schon mit Bestimmtheit sagen, was in ihnen vorgeht. Aber meinen Sie nicht auch, dass das logisch klingt, Morton?«

Aus Mortons Zügen war nicht herauszulesen, ob er Fredericks Gedankengänge für nachvollziehbar hielt. Was man jedoch ablesen konnte, war, dass er äußerst wenig davon hielt. »Ich kann nur abraten, allein dorthin zu fahren, Sir.«

»Tatsächlich? Wieso?«

»Eine üble Gegend, soviel man hört.«

»Man hört so manches«, entgegnete Frederick lakonisch. Er hatte gerade genug Mut zusammengerafft, wie er dafür brauchte, sich auf den Weg zu machen. Was er jetzt nicht gebrauchen konnte, waren pessimistische Schwarzseher, die in allem nur das Negativste vermuteten. »Ich werde schon zu Recht kommen, Morton. Aber danke für Ihre Fürsorge.«

Natürlich würde er zu Recht kommen. Vor sieben Jahren hatte er sein gemütliches Bett gegen eine verwanzte Pritsche in einem Armenhaus in Spitalfields getauscht, um Inspector Swanson bei dessen Jagd nach Jack the Ripper zu helfen. Sogar eine andere Identität hatte er angenommen. Da würde es ihm ja wohl gelingen, sich an die Fersen eines kleinen, verwöhnten Ausreißers zu heften.

Selbstverständlich würde er zu Recht kommen.

»Wenn Sie darauf bestehen, werde ich selbstverständlich für eine Droschke sorgen, Sir.«

»Ich bestehe darauf.«

»Ganz wie Sie meinen, Sir.« Der Butler kräuselte die Stirn. »Doch nach meinem Dafürhalten sollten Sie das lieber der Polizei überlassen.«

»Das tue ich auch«, entgegnete Frederick. »Aber Sie können kaum erwarten, dass ich hier einfach tatenlos in meinem Lehnstuhl sitze und Däumchen drehe. In Oxford ist es Badger bereits am ersten Tag gelungen, eine Bande von Taschendieben gegen sich aufzubringen. Wer weiß, in welchen Schlamassel der Junge sich diesmal hineinmanövriert hat.« Wo war bloß sein Rückgrat geblieben? Rechtfertigte er sich tatsächlich vor seinem Butler? »Wie dem auch sei – es muss etwas getan werden.«

»Ich halte es dennoch nicht für ratsam – «

»Sie sind nicht mein Vater, Morton«, unterbrach Frederick ihn.

»Natürlich nicht, Sir.«

»Und meine Mutter auch nicht.«

»Nein, Sir.«

»Also beschaffen Sie mir den Wagen – bitte«, setzte er geduldig hinzu.

»Miss Louisa befürchtete bereits, dass Sie die Sache selbst in die Hand nehmen würden«, bemerkte Morton mit einem missbilligenden Ton in der Stimme, als er sich nun seinen Mantel vom Garderobenständer angelte und sich anschickte, zur Tür zu gehen.

»Hat sie das?«

»Ja, Sir. Und sie trug mir auf, es Ihnen auszureden.«

»Nichts bringt mich davon ab«, sagte Frederick entschlossen.

»Miss Louisa wird nicht begeistert sein«, bemerkte Morton.

»Miss Louisa muss nicht immer von allem begeistert sein. Besorgen Sie die Droschke. Um den Rest kümmere ich mich«, sagte Frederick und brachte die Diskussion damit ein für alle Mal zu Ende.

KAPITEL 8
Ostrich Inn, Colnbrook

Der Ostrich Inn lag ziemlich genau in der Mitte des Ortes an der High Street, und damit nur einen Steinwurf weit von der Kirche entfernt. Benjamin Garrick bezahlte den Kutscher, der ihn vom Bahnhof Datchet, unweit von Windsor, hergefahren hatte, nahm seinen Koffer entgegen und sah sich um.

Der Ostrich sah einladend aus, wie er so in der Morgensonne dalag. Vier oder fünf große Holztische mit jeweils zwei Sitzbänken standen davor.

Das Gasthaus selbst war ein mit Schiefer gedecktes, herrlich verwinkeltes Fachwerkgebäude unbestimmbaren Alters, und seine hintere, teilweise zum Garten hin gelegene Seite, war bis unters Dach mit dichten Weinranken bewachsen. Eine breite Einfahrt führte rechts am Haus vorbei, und an einem mächtigen, gemauerten Kamin, gleich beim Haupteingang.

In der Schankstube war es dunkel und wesentlich kühler als draußen. Erstaunlicherweise war es nicht kalter Zigarettenqualm, der in der Luft hing, sondern eher der Geruch von Räucherschinken, so als wäre das Feuer im Kamin trotz seit Wochen anhaltender hochsommerlicher Temperaturen eben erst verloschen.

Eine gutmütig aussehende junge Frau von vielleicht dreißig Jahren stand hinter dem Tresen. Augenscheinlich war sie damit beschäftigt die Pegelstände in den über der Holztheke hängenden Flaschen zu überprüfen, als Garrick eintrat und seinen Koffer abstellte. Alles war blitzsauber. Sie sah ihn fast erschrocken an, als die Tür hinter ihm ins Schloss fiel.

»Oh, guten Morgen, Sir.« Sie hielt einen Putzlappen in der rechten Hand, wischte sich mit dem Unterarm ihr Haar aus der Stirn und schenkte ihm einen entschuldigenden Blick. »Eigentlich haben wir noch geschlossen. Wir öffnen immer erst um zwölf, wissen Sie? Das ist in anderthalb Stunden.«

»Tut mir leid. Das wusste ich nicht«, sagte er. Und er kam sich augenblicklich wie ein Schuljunge vor, dem man an der Theaterkasse mitgeteilt hatte, das Stück sei nur für Erwachsene, und grinste dümmlich. Garrick ließ den Griff des Koffers los und ging auf die Theke zu. »Es müsste eigentlich eine Reservierung vorliegen«, sagte er und räusperte sich. »Auf den Namen Garrick.«

»Oh, du liebe Güte!« Sie warf lachend den Putzlappen von sich und kam kopfschüttelnd hinter der Theke hervor. »Bitte entschuldigen Sie. Wir haben diesen Sommer kaum Übernachtungsgäste – daher bin ich es gar nicht gewohnt, dass jemand außerhalb der Bar-Zeiten hereinschaut. Und Dick, ich meine, Mr Porter, dem der Ostrich gehört, hat mir nichts gesagt.« Sie fuchtelte mit den Händen, als wolle sie alle anfallenden Arbeiten, die ihr der neue Gast bescherte, auf einmal erledigen. »Ich bin Susan Thompson. Würde mich freuen, wenn Sie mich Sue nennen.«

Garrick, dem das etwas unschicklich vorkam, nickte nur und lächelte.

»Ist wirklich nicht viel los dieses Jahr«, fuhr sie fort. »Soweit ich weiß, haben der Queens Arms und der Old George drüben gar keine Übernachtungsgäste. Trotz allem haben Sie ziemliches Glück gehabt mit Ihrer Reservierung, Sir, das kann ich Ihnen sagen. Zwei unserer

Zimmer haben wir nämlich bereits vor einigen Tagen vermietet und heute Morgen ist eine weitere junge Dame aus Basingstoke angekommen. Eine Violinistin, soweit ich weiß. Ist das nicht schön?«

Garrick war nicht sicher, ob sie nun damit meinte, er könne von Glück sagen, dass es sich dabei um eine Violinistin handelte, oder einfach, dass es gewöhnlich nahezu unmöglich war, überhaupt eines ihrer Zimmer zu ergattern.

»Wo Sie essen können, zeige ich Ihnen dann nachher«, sagte sie. »Wir haben ein Speisezimmer im hinteren Teil des Pubs, da serviere ich Ihnen morgen zwischen sieben und neun das Frühstück. Abendessen gibt's nur bis halb zehn, also seien Sie pünktlich, sonst gehen Sie womöglich leer aus. Die Bar, das Billardzimmer und unsere Bibliothek stehen Ihnen selbstverständlich jederzeit zur Verfügung.« Sie redete wie ein Wasserfall, während Garrick ihr die schmale knarzende Treppe hinauf folgte.

Sein Zimmer befand sich im ersten Stock und blickte auf den Garten hinaus. Ein riesiges Doppelbett beherrschte den Raum. Sue trat zum Fenster und öffnete es. Würzige Landluft wehte herein. Gleich nebenan lag das zweite Gästezimmer. Sogar eine Verbindungstür gab es. Allerdings sei sie stets abgeschlossen, wie Sue betonte. Und niemand wüsste, ob überhaupt noch ein Schlüssel dafür existiere. Außerdem sei es ein Mordzimmer gewesen. Damals wurde es das blaue Zimmer genannt. Er kenne die Geschichte bestimmt. Jetzt wohne die junge Violinistin dort.

»Nein«, sagte er. »Was für ein Mord?«

»Oh, das ist schon sehr lange her.« Sie machte eine wegwerfende Handbewegung. »Aber manche Gäste schlafen nicht gern in diesem Zimmer. Ich glaube das war im achtzehnten Jahrhundert oder im Jahrhundert davor. Ehrlich gesagt, weiß ich das nicht so genau. Jedenfalls haben die Wirtsleute wohl ein paar ihrer Gäste umgebracht, um an deren Geldbörsen zu kommen.«

»Das klingt schrecklich«, sagte Garrick entsetzt.

»Das war es wohl auch«, entgegnete sie beinahe fröhlich. »Es gab eine Falltür damals. Und da stand das Bett drauf. Und wenn die Gäste schliefen, öffnete sich die Falltür und sie stürzten in einen Topf mit kochendem Wasser, der unten in der Küche stand.«

»Du meine Güte«, entfuhr es Garrick. »Ich hoffe, die Falltür wurde entfernt.«

»Zugemauert, glaube ich. Oder verschlossen«, grinste sie. Sue schien richtiggehend Gefallen an der grausigen Erzählung zu finden. »Genau wie die Zwischentür. Sie brauchen also keine Angst zu haben.« Sie schwieg eine Weile und sagte dann: »Ich hoffe, ich habe nichts Wichtiges vergessen.«

Anscheinend war ihr plötzlich doch noch etwas Wichtiges eingefallen, denn sie nahm den Faden von vorhin wieder auf. Und während der nächsten paar Minuten sah Garrick ihr dabei zu, wie sie, über die Vorzüge von fließendem Wasser und der erst kürzlich installierten neuen Küche schwadronierend, durch den Raum huschte; vom Kleiderschrank zum Nachttisch, von dort zum Bad und zurück ins Zimmer zu einem kleinen Tisch mit Wasserkaraffe, Teekanne und Zuckerdose. Sie schien nur zu reden, um keine peinliche Stille eintreten zu lassen.

Die Morde schien sie vollkommen vergessen zu haben.

»Aber sie haben ›glaube ich‹ gesagt«, meinte Garrick. Er nahm auf der Bettkante Platz.

Sue hielt mitten in ihrem Vortrag über eine bestimmte Sorte Bier inne, die man an der Bar unbedingt probieren müsse. »Was?«

»Sie haben gesagt, Sie glauben, die Falltür sei verschlossen worden«, sagte er.

»Ach, das meinen Sie.« Sie nahm eines der Kissen vom Bett, schüttelte es auf und legte es wieder hin. »Ich habe nie nachgesehen, aber ich bin sicher, sie haben damals die ganzen Holzbohlen ausgetauscht. Es ist ja auch nichts von einer Falltür zu erkennen, wenn man unter das Bett schaut.«

»Das ist beruhigend«, meinte Garrick, der das Betttuch anhob, das bis fast auf den Boden hing, und kurz darunter sah. Auch hier war nichts zu entdecken.

Sie faltete die Hände und fragte: »Möchten Sie vielleicht eine Kleinigkeit zu Mittag essen, Mr Garrick? Einen Ploughman's Lunch oder etwas kaltes Fleisch?«

»Nein, danke. Ich bin nicht hungrig«, sagte er. »Was ist mit diesen Morden, von denen Sie gesprochen haben? Sie können doch nicht einfach so mir nichts dir nichts darüber hinweggehen. Kommen Sie, jetzt, wo Sie mir schon Angst gemacht haben, können Sie mir auch die ganze Geschichte erzählen. Wie ist man den Mördern auf die Schliche gekommen? Das ist man doch, oder etwa nicht?«

Sue blickte ihn ein, zwei Sekunden stirnrunzelnd an, ehe sie sagte: »Oh, ich wollte Sie wirklich nicht beunruhigen, Mr Garrick. Ja, es kam alles raus. Die Wirtsleute, ein Ehepaar namens Jayman oder Jarman, oder so ähnlich hatte die Morde begangen.«

»Es waren also tatsächlich mehrere?«

»Wie viele genau kann ich nicht sagen«, meinte sie mit einem Schulterzucken. »Fünfzig oder sechzig werden es aber wohl gewesen sein.« Sie lächelte spitzbübisch. »Ein ganz einträgliches Geschäft, kann ich mir denken. Solange man nicht erwischt wird.«

Mr Garrick wurde schlagartig unbehaglich zumute. »Und wie fand man es heraus?«

Sie dachte einen Moment lang nach, ehe sie antwortete: »Da war dieser eine Gast, ein Mr Cole. Er war auf einem alten Esel angekommen und der letzte, den sie sich schnappten. Er hatte bereits mehrfach im Ostrich übernachtet, ohne Schaden zu nehmen. Doch an jenem Tag hatte er ein einträgliches Geschäft abgeschlossen und hatte eine Tasche randvoll mit Goldstücken bei sich.«

Garrick schluckte und nickte.

»Als er zu Bett ging wartete das Wirtsehepaar ab, bis es glaubte, er schliefe.« Sie machte eine Pause.

»Und was geschah dann?«, fragte Garrick ungeduldig.

»Sie betätigten den Hebel, der das Bett kippte. Aber dieser Cole war noch gar nicht eingeschlafen. Und deshalb fiel er auch nicht in den Topf mit dem kochenden Wasser. Er hielt sich am Bettzeug fest, nehme ich an. Und als er dann doch herunterfiel, brach er sich ein Bein, oder einen Arm oder so. Jedenfalls war er schwer verletzt. Es gelang ihm, zu fliehen, doch sie schlugen ihn tot, als er gerade seinen Esel losgebunden hatte. Und dann warfen sie ihn in einen kleinen Bach hier ganz in der Nähe. Da brachten sie immer die Leichen hin.«

»Sechzig Leichen in einem kleinen Bach?«, fragte Garrick ungläubig. »Wurden sie weggeschwemmt?«

»Nein. Sie verrotteten da.«

»Verrotteten? Einfach so, und niemand bemerkte etwas?«

»Ja. Es war ein schwer zugänglicher Teil des Baches«, erwiderte Sue. »Da ging nie jemand hin. Außer dem Wirt und seiner Frau natürlich.« Sie grinste wieder.

»Wurde der Mann zufällig gefunden?«

»Erst nicht. Sie fanden seinen Esel. Und als man den erstmal hatte, war klar, es musste etwas mit Mr Cole passiert sein.«

»Und dann begann man nach ihm zu suchen«, sagte Garrick mehr zu sich selbst.

»Es war ja bekannt, wo er abgestiegen war«, meinte sie. »Und der Wirt und seine Frau hatten die Beute noch im Haus. Da half alles Leugnen nichts. Am Ende wurden sie beide verhaftet. Und die Leiche wurde auch entdeckt.«

»Vermutlich, weil sie die Verbrechen gestanden haben.«

»Ja, ich glaube schon.« Sie zuckte gleichmütig die Achseln. »Eine fürchterliche Sache, wenn man so drüber nachdenkt, oder nicht? Unten im Schankraum gibt es übrigens ein Modell von dem Bett. Sie sollten es sich ansehen. Es ist ganz zauberhaft gemacht. Aber was stehe ich hier herum und rede, als gäbe es keine Pflichten mehr.« Sie klatschte leicht in die Hände und wandte sich zur Tür. »Letztendlich kommen die meisten Verbrechen ans Licht. Das ist doch beruhigend, nicht wahr?«

»Ich fühle mich schon viel besser«, log Garrick und setzte ein, wie er hoffte, gelöst wirkendes Gesicht auf.

»Dann ist ja alles in bester Ordnung.« Sie lächelte ihn aufmunternd an. »Der Blitz schlägt nie zwei Mal an derselben Stelle ein. Sagt man nicht so?«

»Ja, da haben Sie sicher recht«, sagte er.

Garrick hoffte es wenigstens.

*

Der Stadtteil Holborn summte in der flirrenden Mittagshitze, wie ein Bienenstock.

Es gab wohl kaum einen Ort in ganz London, wo Armut und Reichtum so dicht beieinander lagen. Während in Hatton Garden die Edelsteinhändler ansässig waren und in den dortigen Goldschmiedewerkstätten kostbare Schmuckstücke angefertigt wurden, briet man sich eine Straße weiter östlich nicht selten eine Ratte, um überhaupt satt zu werden. Man musste nur einmal abbiegen und schon befand man sich unter den Ärmsten der Armen.

Frederick, der sich unweit von Hatton Garden am nördlichen Ende der Chancery Lane hatte absetzen lassen, war bereits einmal abgebogen.

In den düsteren Hauseingängen und auf den Gehsteigen saßen zerlumpte Gestalten. Erwachsene wie Kinder waren barfüßig und hatten schmutzige Gesichter. Sie alle starrten Frederick an, der in diesen Gassen, wo alles mit einer schmutziggrauen Rußschicht überzogen zu sein schien, so sehr auffiel wie ein Goldtaler in einem Haufen Pferdemist.

Das also war Saffron Hill, dachte er. Jenes Gewirr von Gassen, rund um die Straße gleichen Namens, das Badger einst sein Zuhause genannt hatte.

Es stank nach Unrat und Verwesung. Die Häuser standen hier dicht an dicht. Und so manche Gasse, die zwei Straßen miteinander verband, war so eng, dass Frederick vom jenseitigen Ende bloß einen schmalen Lichtstreifen erkennen konnte.

Er wich einem Handkarren aus, den ein Arbeiter eilig über die Straße schob. Dann bog er noch einmal ab, in eine wesentlich breitere Straße. Sie führte einen Hügel hinauf und verlief, wie Frederick vermutete, in nordöstlicher Richtung.

Die Sonne schien noch immer. Frederick fiel es erst jetzt auf, da er die breite Straße hinaufging, auf der verhältnismäßig viel Verkehr herrschte. Die Pferdewagen und Fuhrwerke waren nicht ganz so gut in Schuss, wie die in der City, doch immerhin brachen sie unter der Last ihrer Ladung nicht auseinander.

Irgendwo hier hatte Mr Specs seinen Unterschlupf gehabt. Ein alter Mann, der eine riesige Bande von jugendlichen Verbrechern ausgebildet und gelenkt hatte.

Ein junger Bursche, der den Gehweg verließ, kam nun mitten auf der Straße direkt auf Frederick zu, die Mütze in den Nacken geschoben, die Hände in den Taschen und das Kinn aggressiv vorgestreckt. Frederick versuchte noch auszuweichen – doch vergeblich. Der Kerl korrigierte seinen Kurs ebenfalls und sein ausgestreckter Ellenbogen traf ihn mit Wucht am Oberarm.

»Passn' Se gefälligst auf wo Se hinlaufen!« zischte der Kerl mit der Mütze, schenkte Frederick einen verächtlichen Blick und spuckte aus.

Der murmelte eine Entschuldigung und sah zu, dass er weiterkam.

Vielleicht hatte Morton Recht gehabt. Vielleicht war es doch keine so gute Idee gewesen Hals über Kopf, und noch dazu ganz allein, hierher zu fahren.

Er blieb auf dem Gehweg stehen und sah sich um.

Die windschiefen Häuser schmiegten sich auf dem Hügel aneinander, wie eine Herde verängstigter Schafe bei Nacht. In der Ferne rauchten trotz der sommerlichen Temperaturen einige Schornsteine.

Wen oder was sie dort wohl verbrannten?

»Schöne reife Äpfel!«, rief eine Frau. Sie hatte einen Obststand hundert Yards entfernt auf derselben Straßenseite.

Die Früchte in ihrer Auslage, eine hochkant aufgestellte Holzkiste mit einem fleckigen Tuch darauf, sahen aus, als seien sie auch im letzten und vorletzten Jahr schon erfolglos angeboten worden.

Frederick ging trotzdem zu ihr.

Sie war steinalt, ihr Gesicht ein Netz aus Falten. Das graue, fast weiße Haar trug sie offen. Es hing ihr wie trockener Seetang über die Schultern.

Wenn irgendjemand den Jungen gesehen hatte, dann sicherlich am ehesten jemand wie diese Frau. Sie verbrachte vermutlich die meiste Zeit des Tages auf der Straße, wenn sie denn überhaupt so etwas wie ein Zuhause besaß.

Er hielt ihr einen Shilling hin und sagte: »Ich bin auf der Suche nach einem Jungen und frage mich, ob Sie ihn vielleicht gesehen haben könnten.«

»Einem Jungen, so so.« Sie schnappte sich die Münze und ließ sie in ihrer Schürze verschwinden. Die Wülste ihrer Lippen nach vorn geschoben, musterte sie Frederick von oben bis unten. »Ham sicher Geld, was?«

»Nun, am Geld soll es nicht scheitern«, beeilte er sich zu sagen. »Alles was ich möchte, ist den Jungen finden.«

»Klar. Jeder sucht was anderes, ist es nicht so?« Sie sah aus, wie ein uraltes Orakel und sprach auch so, fand Frederick. »Wie soll er denn aussehen?«

»Blond. Ungefähr so groß.« Er hielt die Hand in der entsprechenden Höhe waagerecht. »Ungefähr neun oder zehn Jahre alt.«

»Ja. Ja«, sagte sie. »Hab ich vielleicht gesehen, so einen.«

»Wann?«

»Nicht heute, wissen Se?« Das Orakel schwieg sekundenlang. »Aber gestern kann das gewesen sein. Ja, gestern ist das gewesen.«

»Gestern?« Da war Badger noch im Haus am Gordon Square gewesen, dessen war Frederick sich eigentlich recht sicher. Zumindest beim Abendessen hatte er ihn noch gesehen. Allerdings konnte der Junge sich auch schon in der Nacht davongestohlen haben. Bemerkt hatte Louisa es erst am Morgen. »Sind Sie sicher?«

»Nein.« Ihre wässrigen Augen blickten ihn geheimnisvoll an. »Wer kann schon sicher sein? Geh'n Se ma da hinten durch«, sagte die Frau nach kurzem Schweigen. Ihr ausgestreckter Zeigefinger deutete auf die Einmündung zwischen zwei Häusern. »Da müsste der Schippen Dale bei der Arbeit sein, Mister. Wenn hier einer iss, der nen Jungen gesehen hat, der so aussieht, wie Sie es beschrieben ham, dann der schöne Schippen Dale.« Sie lachte krächzend, wischte sich den Mund und sortierte wieder ihre Auslagen.

*

Der Mann mit dem nackten Oberkörper, der vor einem gut zwei Meter hohen Berg aus Sand stand, war verschwitzt und rot wie ein Krebs. Die Adern an seinem Hals waren dick wie Henkersseile und seine Muskeln so gespannt, wie die Stahldrähte der Lastenkähne, die vor dem Tower of London auf der Themse vor Anker lagen, und wie die der neuen Zugbrücke, einer beispiellosen Ausgeburt schlechten Geschmacks, die das Straßenbild Londons für immer verschandeln würde. Er stieß die Schaufel in den Sand und füllte eine Reihe Blecheimer damit.

Das musste Schippen Dale sein, mutmaßte Frederick, während er über den Hof langsam auf den Mann zu ging.

»Sir?« Frederick blieb in gebührendem Abstand stehen. »Kann ich Sie kurz stören?«

Der muskelbepackte Hüne richtete sich zu voller Größe auf und stützte sich mit beiden Oberarmen auf den Stiel seiner Schaufel. »Was'n los?« Er blickte Frederick so feindselig an, als habe der ihm eine Beleidigung an den Kopf geworfen.

»Sind Sie Mr Dale?«

»Kann schon sein«, sagte der Mann. Er wischte sich mit dem Handrücken den Schweiß aus den Augen und stützte sich wieder auf die Schaufel. »Kommt drauf an, wer fragt«, sagte er. Sein Gebiss war gezackt, wie der Turm einer uralten Burg mit Schießscharten. »Und warum.«

»Bitte entschuldigen Sie die Störung«, sagte Frederick, der angesichts der schweißglänzenden Muskeln des Arbeiters keine Lust hatte, dessen Unmut zu erregen. »Ich bin auf der Suche nach jemandem.«

»Scheint, als hätten Sie ihn gefunden, Mann«, sagte er und spie aus. »Ich bin Lionel Dale.«

»Ich fürchte, Sie missverstehen mich.« Frederick setzte sein freundlichstes Lächeln auf. »Es sind nicht Sie, den ich suche.«

»Willst du mich auf den Arm nehmen, du feiner Pinkel?« Dale ließ die Schaufel los und sie kippte scheppernd um. »Du hast doch eben nach mir gefragt. Und jetzt redest du so dummes Zeug daher, dass du jemand anders suchst.« Obwohl er kein Hemd trug, machte Dale eine Bewegung mit den Händen, als wolle er seine Ärmel hochschieben. Langsam und tänzelnd kam er auf Frederick zu.

Der hob gleich beide Hände. »Einen Jungen suche ich«, rief er. »Man sagte mir, sie könnten ihn vielleicht gesehen haben.«

Dale blieb stehen, die Augen zu schmalen Schlitzen zusammengekniffen. »Nen Jungen? Was, glaubst du, sollte ich mit nem Jungen zu schaffen haben?«

»Man sagte mir, er sei unter Umständen hier bei Ihnen gewesen.«

»Ich hab nichts mit irgendwelchen Jungen«, entgegnete Dale. »Und wer was anderes behauptet, dem schlag ich die Zähne raus, damit das klar ist.« Er kam ein paar Schritte näher, wobei er wie eine Revuetänzerin die Hüften wiegte.

»Hören Sie, Sir, ich bin nicht zu Ihnen gekommen um Ihnen Schwierigkeiten zu machen«, sagte Frederick, der in Gedanken bereits all die Techniken durchging, die er in Edward Barton-Wrights-Schule für die männliche Kunst der Selbstverteidigung erlernt hatte. Zu seinem Schrecken stellte er fest, dass er sich an keine einzige davon erinnerte. »Ich bin hier, weil ich meinen Sohn suche.« Das entsprach nicht ganz der Wahrheit, auch wenn es Frederick allmählich so vorkam.

»Deinen Sohn?« Dale entblößte seine braunen Zahnstummel, als er hämisch grinste. Trotz der Häme sah er seltsam erleichtert aus. »Du suchst wirklich deinen Sohn, was?«

»Ja. Das sagte ich doch.« Frederick begann sich etwas sicherer zu fühlen und wurde mutiger. »Hören Sie nicht zu?«

»Du kannst mir viel erzählen. Die Leute reden ne verfluchte Menge dummes Zeug über mich, nur weil ich ganz gut mit Kindern kann. Wusste ja nicht was du von mir willst. Wer hat dir gesagt, du sollst zu mir gehen?«

Die alte Frau mit dem Apfelstand ließ er besser aus dem Spiel. »Das tut nichts zur Sache«, sagte er.

»Bist ganz schön vorlaut.« Trotzdem wirkte Dale gegen seinen Willen beeindruckt. »Wie heißt du?«

»Frederick.«

Der Hüne nickte kurz. »Und wo kommst du her, schicker Frederick?«

»Aus Bloomsbury.«

»Soll ein hübsches Pflaster sein. Schön sauber da, stell ich mir vor. Da sehen sicher alle so schick aus wie du.« Dale sprach darüber, als handle es sich um ein weit entferntes Land, dessen Gebräuche und Sitten er lediglich vom Hörensagen kannte. »Was sollte dein Sohn dann hier verloren haben?«

»Er ist gar nicht mein Sohn. Allerdings habe ich vor, ihn zu adoptieren. Er stammt von hier.«

»Hast ihn wohl aus nem Waisenhaus rausgeholt, nehm' ich an.«

»Nein, aus einer Verbrecherhöhle.« Frederick steckte die Hände in die Hosentaschen. »Sein Name ist Badger. Er ist ein ausgezeichneter Taschendieb.«

»Davon gibt's hier jede Menge.« Dale setzte sich auf einen Mauervorsprung zog einen Tabakbeutel aus der

Gesäßtasche und drehte sich in aller Seelenruhe eine Zigarette. Als er damit fertig war, steckte er sie sich zwischen die Lippen und sah Frederick auffordernd an. »Hast du Feuer, schicker Frederick?«

Der zog das silberne Etui mit den Zündhölzern hervor und riss eines an. Dale inhalierte tief, blies den Rauch in die Luft und sagte: »Du hast den Jungen schlecht behandelt, und deshalb ist er dir ausgebüchst, habe ich recht?«

»Ich habe ihn nicht schlecht behandelt.«

»Ist er ausgebüchst?«

»Ich fürchte, ja.«

»Dann hast du ihn schlecht behandelt. Hast ihn geschlagen, was?«

»Ich habe ihn nicht geschlagen!«, fuhr Frederick auf, zwang sich jedoch sogleich zur Ruhe.

»Na, irgendwas wirst du gemacht haben.« Das Zigarettenende glomm auf.

»Ich habe ihn Shakespeare lesen lassen, nichts weiter.«

Dale lachte. Der Rauch kräuselte sich um seine Lippen wie Morgennebel. »Shakespeare, sieh mal einer an. Und hat er's gemocht?«

»Er hat es gehasst.«

»Du hast ihn gezwungen. Also hast du ihn schlecht behandelt.«

»Da, wo ich herkomme, nennt man das Erziehung«, sagte Frederick. Sein eigener Vater hatte dazu einen Gürtel benutzt.

»Ein Junge vom Saffron Hill lässt sich nicht erziehen, das ist mal sicher.«

»Das hilft mir nichts.«

»Nu wird' mal nicht gleich komisch, schicker Frederick«, sagte Dale, zog noch einmal an der Zigarette

und schnippte sie dann gekonnt in einen der Blecheimer hinter sich. »Er wird schon seine Gründe haben,
weshalb er weg ist.«

»Erwachsene haben ihre Gründe«, protestierte Frederick. »Kinder sind Kinder. Was sollten die für Gründe
haben?« Er seufzte tief. »Sagen Sie, kann ich mir auch
eine drehen?«

»Klar doch.« Er warf ihm den Tabakbeutel zu.

Die Zigarette gelang mehr schlecht als recht, doch
als sie qualmte, sagte Frederick: »Sie kennen die Verhältnisse hier weit besser als ich. Was also schlagen Sie
mir vor? Was kann ich tun, um den Jungen zu finden?«

»Du kannst nichts weiter tun. Bloß abwarten. Wenn
er zu dir zurückkommen will, kommt er zurück.« Dale
streckte plötzlich die rechte Hand aus. »So einer wie
du hat doch sicher ne Visitenkarte. Gib mir mal eine.
Wenn ich was von deinem Jungen höre, komm ich bei
dir vorbei.«

Und Frederick gab sie ihm tatsächlich.

KAPITEL 9
The Ostrich Inn, Colnbrook, 1895

Der Mann sieht aus, als sei er bereits tot.

Das war es, was Dick Porter, der Wirt des Ostrich Inn dachte, als er Reginald Caine zum ersten Mal sah.

Das Klappern eines Blindenstocks auf den alten Holzbohlen des Schankraums, sei es gewesen, so würde Dick es später beschreiben, wenn die Ermittlungen der Polizei abgeschlossen waren und er den Gästen an der Theke von jener Woche erzählte, in der der Tod Einzug in sein Haus gehalten hatte. Dieses Klappern sei das erste gewesen, dass den seltsamsten Gast ankündigte, der je über die Schwelle seines Hauses geschritten war. Und mit ihm hätte alles begonnen. Wie ein ungutes Omen sei seine Ankunft im Ostrich gewesen. Das habe er gleich geahnt, als er ihn sah.

Wie der Gevatter Tod selbst habe er ausgesehen, dieser Mr Caine, als er am späten Abend kurz vor Schließung des Pubs in seinem weiten, wallenden Mantel hereingekommen sei.

»Als sei er aus Mäuse- oder Rattenfellen genäht worden«, würde er sagen. »Genau so hat der Mantel ausgesehen. Ich würds ihnen zeigen, wenn ich ihn noch hätte. Ganz allein war ich. Wollte ja eben absperren. Da geht die Tür zur Straße auf, und ich seh zuerst nur seinen Umriss. Wegen der Laterne hinter ihm. Und dann das Klappern des Stocks. Und dann diese Augen. Wie zwei trübe Glasmurmeln. Unheimlich kann ich Ihnen sagen. Es ging mir gleich durch und durch.«

Die Wahrheit sah indessen ein wenig anders aus.

Mr Porter stand um die Mittagsstunde hinter der Theke und war eben damit beschäftigt, die Pegelstände der Brandyflaschen zu überprüfen und sie mit einem alten Lappen abzustauben, um sich anschließend ein wenig aufs Ohr zu legen, als der Fremde in die Schankstube trat. Und Mr Porter bemerkte dessen Anwesenheit erst, als der Mann sich leise räusperte und seinen Stock an die Messingeinfassung der Theke lehnte.

Als Dick Porter sich umwandte, blickte er in das blasse Gesicht eines hageren, hochgewachsenen Mannes von vielleicht fünfzig Jahren, der einen abgewetzten Staubmantel und (keine trüben Glasmurmeln) eine schmale Augenbinde aus schwarzer Seide trug.

»Ich mag blind sein, Sir, und doch kann ich Sie atmen hören,«, sagte der Fremde, als Dick ihn nur schweigend anstarrte, anstatt ihn zu begrüßen.

Der Wirt legte den Lappen, den er bislang in der Hand gehalten hatte, auf die Theke. »Bitte entschuldigen Sie, Mister …«

»Caine«, entgegnete der Fremde mit einem Lächeln. Seine Stimme war weich aber eine Spur zu hoch um wirklich angenehm zu sein. »Reginald Caine. Ich benötige ein Zimmer in Ihrem Gasthaus, guter Mann. Ist es möglich, eines zu bekommen?«

»Natürlich, Mr Caine. Wie lange haben Sie vor, zu bleiben?«

»Das weiß ich noch nicht so genau. Ist das wichtig für Sie?« Der Hauch eines Lächelns zeigte sich für eine Sekunde auf dem Gesicht des blinden Mannes. »Gibt es bereits Reservierungen, nach denen Sie sich zu richten haben? Ich wäre untröstlich, wenn ich Sie in zwei Tagen wieder verlassen müsste. Ich bleibe gern länger an einem Ort, wissen Sie?«

Im Ostrich herrschte nicht gerade Hochkonjunktur. Bis auf die Zimmer, in denen Mr Garrick und Miss Carter, die allein reisende Dame aus Bristol wohnten, lagen nur zwei Reservierung vor. »Nein, Sir. Sie können bleiben, solange Sie wollen. Ich könnte Ihnen eines im ersten Stock anbieten. Es verfügt über fließendes Wasser und ein Klosett.«

»Sie scheinen ein modernes Haus zu sein«, sagte Mr Caine. »Wie viele Treppen?«

»Nur eine, Sir«, entgegnete Dick Porter. Er betrachtete den Mann eingehender. Sein Mantel mochte aussehen, als habe er ihn selbst aus Tierhäuten zusammengenäht, doch Hemd und Anzug, die darunter zum Vorschein kamen, waren von erlesener Qualität, wenn auch ein wenig unenglisch, wie er nicht umhinkam, zu bemerken. Das Hemd war makellos weiß, das Jackett von einem tiefen Blau und schimmerte leicht violett. »Es sind nicht mehr als ein paar Stufen. Wird das gehen? Ich meine …«

»Weil ich blind bin, denken Sie?« Wieder huschte das kaum wahrnehmbare und, wie Dick fand, ein wenig unheimliche Lächeln über das schmale Gesicht, das von der Augenbinde in zwei Teile geteilt wurde. »Nein, nein, ich komme sehr gut in der Welt zu Recht, glauben Sie mir«, sagte er mit leiser Stimme. »Unglücklicherweise leide ich an Asthma, wissen Sie? Daher vermeide ich jede unnötige Anstrengung. Ihre paar Stufen werde ich schon schaffen.«

Er nickte, besann sich dann aber und sagte übertrieben laut: »Natürlich, ja. Da bin ich sicher, Sir.«

»Ich bin nicht taub«, bemerkte Mr Caine freundlich.

»Was?« Der Wirt blickte ihn irritiert an.

»Ich bin nicht taub«, wiederholte er.

»Das weiß ich.«

Mr Caine lächelte schwach. »Ich war mir nicht sicher.«

Dick Porter griff hinter den Tresen, wo er das Gästebuch verwahrte und holte es hervor. »Wenn Sie sich hier bitte eintragen wollen.« Er reichte ihm einen Bleistift, den der Mann ohne zu zögern ergriff.

»Seien Sie so gut und legen Sie Ihren Zeigefinger an die Stelle, an der ich unterzeichnen soll. Dann schmiere ich nicht alles voll.«

Dick tat, wie ihm geheißen. Dann sah er zu, wie Mr Caine, der den Bleistift in der rechten Hand hielt, mit den Fingern der linken sachte über das aufgeschlagene Buch glitt, bis er Dicks Zeigefinger ertastet hatte.

Ein eisiger Schauer rann dem Wirt bei der Berührung den Rücken hinunter.

Der blinde Mann unterzeichnete in schwungvollen Buchstaben. Dann legte er den Bleistift aus der Hand. »Die Adresse werden Sie eintragen müssen, fürchte ich«, sagte er und zuckte entschuldigend mit den Schultern. »Sie lautet Gosfield Avenue 34 in East Acton.«

Dick notierte sie und legte das noch immer offen daliegende Buch beiseite. »Ist Ihr Besuch bei uns privat oder geschäftlich, Mr Caine?«

»Mir ist nicht ganz klar, was Sie das anginge«, antwortete er mit einem leisen Lächeln. »Doch letztlich ist es mir einerlei, ob Sie es nun wissen oder nicht.«

»Es war nicht meine Absicht, Sie auszuhorchen.«

»Gewiss nicht«, sagte Mr Caine. Und dann, nach einer kurzen Pause: »Es ist rein geschäftlich.«

»Wie schön.«

»Finden Sie?«

»Ach, ich weiß nicht. Das sagt man doch so. Nun, äh …« Der Wirt beeilte sich, hinter die Theke zu kommen, wo die Zimmerschlüssel an einem Brett an der Wand neben der Tür zur Küche hingen. Das Gespräch wurde ihm zunehmend unangenehmer, denn sein neuer Gast hatte etwas an sich, das ihm Angst machte. »Ich werde Ihnen Zimmer 13 geben«, sagte er schnell. »Das wird das Beste sein. Keine lange Lauferei und wenige Treppenstufen.«

»Nummer 13 ist wunderbar. Ich liebe diese Zahl.« Mr Caine schlug leicht die Hände zusammen und legte sie gefaltet vor seine Brust. »Was für ein beachtenswerter Zufall.«

»Die meisten Menschen fürchten sich davor«, sagte Dick mit einem gehüstelten Lachen, das ihm selbst unangenehm war, weil es so dümmlich klang.

»Ist das so? Das kann ich mir kaum denken. Einige vielleicht. Die Einfältigen möglicherweise. Sicher nicht die meisten.«

»Ich vermiete es kaum.« Er hatte sogar gehört, dass man sie in größeren Hotels in der Regel ganz ausließ. Auf Zimmer 12 folgte die 14.

»Nun, ich gehöre nicht zu dieser Sorte Menschen. Ich bin nicht abergläubisch, wissen Sie? Es gibt so viel anderes, um das man sich sorgen kann, da fallen solcherlei Dinge kaum ins Gewicht.«

Oben im Zimmer legte Mr Caine seinen Stock aufs Bett, zog den Mantel aus und hängte ihn so sicher wie ein Sehender über die Lehne des Sessels, der beim Fenster stand. »Die 13 ist so gut wie jede andere Zahl, Mr Porter. Und sie ist so schön ungerade.«

»Wenn Sie es sagen, Sir.« Dick, der sich allmählich fragte, ob dieser Mr Caine tatsächlich blind war, denn er bewegte sich im Zimmer, als würde er alles deutlich erkennen können, wich langsam zur Tür zurück.

»Diese zarte Musik ...« Caine hielt sich die rechte Hand ans Ohr.

»Ich höre nichts.«

»Jemand spielt die Violine«, sagte Caine.

»Das wird Miss Carter sein, die spielt. Sie kommt jedes Jahr her, wenn sie ein Engagement in der Gegend hat. Ich hoffe, es stört sie nicht.«

»Im Gegenteil«, versicherte Caine mit einem genüsslichen Lächeln. »Ich liebe Musik.«

»Das freut mich«, sagte Dick. Er war erleichtert. »Kann ich noch etwas für Sie tun, Mr Caine?«

Das Lächeln verschwand abrupt. »Danke, nein.«

»Falls Sie noch etwas benötigen, geben Sie einfach Bescheid, ja?«

»Ich möchte nicht gestört werden«, sagte Caine. »Ich werde den ganzen Tag auf dem Zimmer verbringen, denn ich habe noch zu arbeiten.«

Wie diese Arbeit bei einem Blinden wohl aussehen mochte, fragte er sich, als er sich von Mr Caine verabschiedet hatte und langsam die Stufen hinunter in den Schankraum ging.

Erst als er wieder hinter der Theke stand und sich anschickte, seine eigene Arbeit wieder aufzunehmen, fiel ihm auf, dass der Mann ihn beim Namen genannt hatte.

Mr Porter, hatte er ihn genannt.

Dabei hatte Dick seinen Namen gar nicht erwähnt.

*

Nachdem er Lionel Dale verlassen hatte, begab Frederick sich um halb fünf zur Polizeiwache in Holborn, um eine Vermisstenanzeige aufnehmen zu lassen.

»In der Regel sind sie über alle Berge, weil sie die Bestrafung fürchten«, sagte der diensthabende Beamte eben, ein Constable Walker, und zog ein Blatt Papier aus einem der Fächer neben seinem Schreibtisch. »Es ist das Einfachste für sie.«

Das Einfachste? Frederick runzelte ungläubig die Stirn. Seit wann war es einfacher, sich in London als obdachloser Straßenjunge durchzuschlagen und von den hingeworfenen Almosen wohlmeinender Leute zu leben, anstatt mannhaft eine ordentliche Standpauke über sich ergehen zu lassen? Nach der konnte man wenigstens in ein warmes Bett kriechen, um seine Wunden zu lecken.

»Sie glauben, der Junge hat etwas ausgefressen?« Frederick fiel nichts ein, was schlimm genug gewesen wäre, um dafür fortzulaufen. Obwohl, hätte Badger eine der kostbaren römischen Vasen aus Onkel Henrys Glasvitrinen genommen und sie dabei versehentlich zerbrochen … Nein, das war dummes Zeug. Warum hätte er das tun sollen? Badger interessierte sich nicht für Vasen. Überhaupt gab es nichts Unersetzliches im ganzen Haus, für das der Junge sich stark genug interessierte, als dass er es überhaupt erst in die Hand genommen hätte. Die Beine übereinandergeschlagen, strich Frederick sich seine blonden Locken aus der Stirn. »Badger hat vor nichts Angst«, sagte er. »Schon gar nicht vor einer Strafe.«

»Es gibt immer irgendetwas, vor dem sie Angst haben.«

Da kennen Sie Badger schlecht, dachte Frederick bei sich. Was er sagte war: »Meinen Sie wirklich?«

»Gewiss. Da gehe ich jede Wette ein, Sir.« Der Constable schob das Formular vor sich auf der Schreibtischunterlage herum, bis es genau in der Mitte lag, nahm einen Federhalter aus einem offenen Holzkästchen mit Schreibutensilien und stieß einen lauten Seufzer aus. »Diese Kinder denken anders als wir. Manchmal ist es geradezu lächerlich, vor was sie sich fürchten.«

»Und jetzt nimmt er an, es gäbe nichts Schlimmeres, als nach Hause zu kommen, weil ihm dort der Rohrstock droht?«

»Könnte der Grund sein, weswegen er weggerannt ist.« Der Constable sah von seinem Bericht auf, legte die Feder beiseite, die er eben erst aufgenommen hatte, und setzte einen Gesichtsausdruck auf, der beinahe alles hätte sein können – Mitleid, Trauer, Langeweile – machte jedoch keine Anstalten, etwas aufzuschreiben. »Wo, sagten Sie, hat er gelebt, ehe er zu Ihnen ins Haus kam?«

»Saffron Hill«, sagte Frederick geduldig.

»Sie wissen, was man über die Kinder vom Saffron Hill sagt, Sir?«

»Nein.« Aber er war sicher, er würde es gleich erfahren. Frederick hatte zwar keine Lust, sich abermals anzuhören, welch fürchterliche Sorte Kind er sich da mit Badger ins Haus geholt hätte, aber er konnte schließlich jeden Hinweis gebrauchen. »Was sagt man denn über sie?«

»Von allen Londoner Taschendieben seien sie die besten«, sagte Constable Walker, nicht ohne einen gewissen Respekt in der Stimme, wie Frederick fand.

»Das ist mir bekannt. Allerdings war ich vorhin dort, ehe ich sie aufsuchte«, sagte er. »Die Gegend sieht mir nicht gerade aus, als gäbe es da viel zu holen.«

»Nein, nein. Sie verstehen das nicht«, sagte der Constable. »Es ist das Viertel der Taschendiebe. Man bildet sie dort aus. In geheimen Schlupfwinkeln. Meist ein, zwei Dutzend Jungs, die für irgendjemanden arbeiten. Sie gehen nicht in Saffron Hill auf Beutezug, dort verkriechen sie sich bloß – wie die Ratten«, setzte er hinzu. »Sie werden nach Westminster geschickt, zum Strand oder nach Mayfair.«

Frederick versuchte, die Bemerkung über die Ratten zu ignorieren, um nicht in Wut zu geraten. Er wusste, dass Badger einer von diesen Jungs gewesen war. Er hatte es ihm selber gesagt. Konnte es sein, dass er noch eine Rechnung mit jemandem aus seinem alten Leben zu begleichen hatte?

Als sie in Oxford gewesen waren, hatte er, Frederick, eine Kostprobe von Badgers Können erhalten. Und auch, wenn es etwas Ungesetzliches war, etwas vollkommen Verwerfliches, so ertappte er sich doch dabei, ein wenig stolz auf den Jungen zu sein.

»Selbst die Waisenhäuser nehmen diese Kinder nur unter Protest«, fuhr der Constable fort und Fredericks Stolz verwandelte sich augenblicklich in schwelenden Ärger. »Wie gesagt, wahrscheinlich hat der Junge bloß Angst, dass Sie ihm die Hosen strammziehen, wenn Sie ihn erwischen. Wenn Sie mich fragen, ist das sowieso die einzige Möglichkeit heutzutage, mit der Jugend fertig zu werden. Ein durch und durch verdorbenes Pack. Wenn Sie drüben am Hill waren, haben Sie ja die Verhältnisse gesehen.«

Ging dieselbe alte Leier nun von vorne los?

Noch einen Beamten, der ihm auszureden versuchte, nach Badger zu suchen, würde er nicht mehr ertragen. Mit unterdrücktem Zorn in der Stimme und eine Spur zu laut sagte er: »Es ist mir, ehrlich gesagt, einerlei, was Sie selbst von diesen Kindern halten, Constable Walker.« Er quälte sich ein möglichst freundliches Lächeln ins Gesicht und sprach etwas leiser. »Ich will nichts weiter, als meinen Sohn finden. Also tun Sie jetzt, verdammt noch mal, Ihre Pflicht und nehmen Sie diese vermaledeite Vermisstenanzeige auf.«

»Natürlich, Sir«, entgegnete Constable Walker kleinlaut und griff fahrig nach seinem Federhalter. »Wie war noch gleich der Name?«

»Badger«, sagte Frederick.

Er war als Vater außerordentlich zufrieden mit sich.

VIERTER TEIL

LEICHENSCHAU

»Zahle niemals im Voraus,
wenn du nicht schlecht
bedient sein willst.«

Denis Diderot (1713 – 1784)

KAPITEL 10
London Hospital

Am späten Nachmittag nahm Swanson einen Einspänner der Metropolitan Police und ließ sich von Constable Bingley aus Inspector Dews Abteilung in die Gower Street fahren. Peter Phelps war offenkundig anderweitig unterwegs, denn im Büro hatte er ihn nicht angetroffen.

Vor dem Westflügel des London Hospitals ließ Swanson halten und bat Bingley dort auf ihn zu warten.

»Kann ich nicht mitkommen, Sir?« Der Constable reckte sich im Sitzen zu voller Größe. »Ich könnte Notizen machen. Und lernen, Sir. Es geht doch sicher um die beiden Leichen, die man in South Norwood gefunden hat, nicht wahr?«

»Das tut es, Junge«, entgegnete Swanson und sah zum wolkenschweren Himmel auf. Es würde Regen geben, dessen war er sich sicher. »Also schön, binden Sie den Gaul am Laternenmast an, und nehmen Sie Ihren Regenschirm mit. Es kann sicherlich nicht schaden, Sie mit dabei zu haben.«

»Danke, Sir. Das werde ich Ihnen nie vergessen.«

Am Empfang fragte sie eine mürrisch dreinblickende ältere Frau in Schwesterntracht nach dem Grund ihres Besuchs und wies ihnen den Weg nach oben zum Laboratorium von Dr. Henry Portman, dem amtlich bestellten Pathologen des Innenministeriums für den Bezirk Südlondon.

Sie wanderten die grauen Flure und Treppen hinauf in den dritten Stock des weitläufigen Gebäudes und fanden nach einigem Suchen die Tür mit Dr. Portmans Namen.

Der Doktor begrüßte sie kurz und bat sie um etwas Geduld. Dann widmete er sich wieder einem blassen, großgewachsenen Jungen, der lethargisch am Tisch stand und es nicht einmal für nötig befunden hatte, ihnen einen Guten Tag zu wünschen.

Dr. Portman trat zur Seite und wies mit der Hand in Richtung des Mikroskops, auf dem er einen gläsernen Objektträger mit der Probe festgemacht hatte. »Also, Spilsbury, was machen Sie daraus?«

Der nahm die Hände aus den Kitteltaschen und trat mit dem Ausdruck höchster Konzentration an den Tisch. Derweil er das Okular justierte, stieß er mit dem rechten Ellenbogen einen Bücherstapel um, der krachend zu Boden rauschte.

»Verdammt noch mal, passen Sie doch auf!« Portman bückte sich und hob die verstreuten Bücher auf, wobei er sie sorgsam zuklappte und einzeln auf den Tisch zurücklegte. Einige Notizen waren dabei herausgefallen. Sie hielt er dem jungen Mann hin.

Spilsbury betrachtete sie mit ausdruckslosem Gesicht. »Tut mir leid, Dr. Portman«, sagte er. Dann wandte er sich wieder dem Mikroskop und der ihm gestellten Aufgabe zu.

Minuten vergingen. Und sie vergingen schweigend.

Als Spilsbury schließlich den Kopf hob und vom Tisch zurücktrat, lächelte er.

Dr. Portman sah ihn auffordernd an. »Sie konnten die Probe identifizieren?«

»Selbstverständlich.« Spilsbury hob leicht das Kinn. »Es handelt sich eindeutig um Narbengewebe.«

»Tut es das, ja?« Er nahm die Probe aus der Klemm-halterung, zupfte einen weiteren Glasträger aus einem hölzernen Sortierkästchen daneben und schob sie hin-ein. »Und diese hier?«

Wieder verging eine Minute tiefsten Schweigens. »Narbengewebe«, sagte Spilsbury schließlich.

Ein weiteres Glasplättchen wurde in die Halterung geschoben. »Und diese?«

Er warf nur einen kurzen, verächtlichen Blick dar-auf. »Ebenfalls Narbengewebe. Sie wollen mich aufs Glatteis führen, Doktor.«

»Sind Ihnen die Haarfollikel in der Narbe aufgefal-len, Spilsbury?«

Er schmunzelte mit hochgezogenen Augenbrauen. »Sicher. Ich bin ja nicht blind.«

»Ist Ihnen bekannt, dass Narbengewebe niemals – ich wiederhole – niemals irgendwelche Haarfollikel enthält?«

Das Schmunzeln verschwand. Die Augenbrauen zo-gen sich skeptisch zusammen. »Das ist mir neu.«

»Bei der ersten Probe«, sagte Dr. Portman und in seiner Stimme vibrierte unterdrückter Zorn, »handelt es sich um die Haut vom Gelenk eines linken Zeige-fingers.«

»Hm.«

»Bei der zweiten um ein Stück nekrotischen Dick-darms.«

»Hm.«

Portman riss die dritte Probe aus der Halterung und fuchtelte Spilsbury damit vor dem Gesicht herum. »Und bei dieser hier, haben wir es mit einer Schnitt-probe vom Hals einer zweiundsechzigjährigen Frau zu tun, die an einer Schilddrüsenüberfunktion litt und mit einem dünnen Seil erdrosselt wurde!« Er war mit jedem Wort lauter geworden. »Sehen Sie die Einblutungen in dem, was Sie für eine Narbe gehalten haben?«

»Hm«, machte Spilsbury wieder. Es klang nicht sonderlich beeindruckt. »Das ist bloß Ihre Ansicht.« Er griff nach dem rechteckigen Glasträger, doch Dr. Portman zog die Hand weg und steckte die Probe in die Brusttasche seines Kittels.

»Sein Sie froh, dass von Ihrem Urteil kein Patientenleben abhängt, Spilsbury. Die einzigen Patienten, die halbwegs vor Ihnen sicher sind, sind die Toten«, sagte Dr. Portman. »Tun Sie uns allen einen Gefallen und halten Sie sich bloß vom Praktizieren fern.«

»Ich habe ohnehin eine Laufbahn in der Pathologie im Auge«, entgegnete Spilsbury ungerührt.

»Das einzige, was Sie im Auge haben, sind die zwei Balken.«

»Wohl kaum«, sagte Spilsbury in herablassendem Tonfall. »Was für zwei Balken sollen das sein?«

»Die mächtigen Balken Ihrer Arroganz und Selbstüberschätzung, mein Junge.« Dr. Portman wischte sich mit seinem Taschentuch die Stirn und wackelte resigniert mit dem Kopf. »Diese beiden Polizisten hier«, und er deutete auf Swanson und Constable Bingley, »haben mehr medizinischen Sachverstand als Sie.«

»Das möchte ich stark bezweifeln«, entgegnete Spilsbury ungerührt. »Sie werden schon sehen, ich mache meinen Weg. Vielleicht verschreibe ich mich sogar dem kriminalistischen Zweig der Pathologie.«

»Gott behüte!«, entfuhr es Dr. Portman. »Vermeiden Sie die Arbeit als Gerichtsgutachter wie die Pest. Sonst wird man wegen Ihnen noch eines Tages jemanden unschuldig aufhängen. Und nun sehen Sie zu, dass

Sie den Sektionsraum wischen.« Er deutete mit ausgestrecktem Zeigefinger zur Tür. »In einer Stunde will ich Sie wieder hier sehen, dann machen wir weiter.«

Swanson und Bingley, die schweigend dabeigestanden und der befremdlichen Szene mit Geduld zugesehen hatten, blickte dem jungen Spilsbury nach, der hoch erhobenen Hauptes, den Putzmittelwagen in den Flur hinausschob, und die Tür hinter sich ins Schloss zog.

»Nun, Chief Inspector, was kann ich für Sie tun?« Portman wandte sich lächelnd zu ihnen um.

»Einer von Ihren Schützlingen, Doktor?«, fragte Swanson.

»Bernard Spilsbury? Wohl kaum. Sein Vater, der ein enger Freund von mir ist, bat mich, mich seiner einen Monat lang anzunehmen. Danach habe ich nichts mehr mit ihm zu schaffen. Der Junge studiert am Balliol College. Wenn man das, was er tut, überhaupt als studieren bezeichnen kann. Ist in allen wichtigen Fächern durchgefallen. Faul, vorlaut und schlampig. Das ist die Meinungen seiner Kommilitonen. Von den Tutoren gar nicht zu reden.« Er schüttelte wieder den Kopf. »Aber lassen wir uns davon nicht den Tag verderben. Wenden wir uns etwas Erfreulicherem zu. Ich nehme an, es geht um die beiden Leichen, die Sie mir unlängst raufschickten.«

Swanson bejahte. »Hatten Sie unterdessen Gelegenheit, sie sich anzusehen?«

»Die hatte ich«, sagte Dr. Portman. »Und Sie werden überrascht sein, das kann ich Ihnen versichern.«

*

Der Obduktionsraum lag im Keller. Dort war es, trotz der sommerlichen Temperaturen, die gut zehn Fuß höher auf der Straße herrschten, eisigkalt.

Der Pathologe überraschte Swansons bereits damit, wie er den Leichnam behandelte. Denn er schlug das graue Tuch, das den ausgemergelten nackten Körper Sarah O'Hanlons bedeckte, nicht einfach beiseite, wie es alle Pathologen getan hatten, denen er während seiner jahrzehntelangen Karriere begegnet war, sondern legte es sorgfältig Stück für Stück zusammen, bis er es zu einem exakten Rechteck gefaltet hatte, das einem Dekorateur zur Ehre gereicht hätte, und trug es zu einem Stuhl.

Constable Bingley, der kreidebleich neben Swanson stand und Bleistift und Notizblock in der Hand hielt, starrte mit weit geöffneten Augen die nackte tote Frau an. Es knackte, als der Bleistift zwischen seinen Fingern zerbrach.

»Entschuldigung, Sir.« Bingley biss sich auf die Unterlippe. Er ließ das unnütz gewordene Ende des Bleistifts in seiner Jacke verschwinden.

»Keine Ursache. Entspannen Sie sich, Junge«, sagte Swanson. Er kannte Reaktionen wie diese. Leichen hatten diese Wirkung auch auf ihn gehabt, als er noch ein junger Constable gewesen war. Besonders jene, denen man brutale Gewalt angetan hatte. »Stellen Sie sich einfach vor, sie sei aus Wachs. Und konzentrieren Sie sich auf Ihre Notizen. Das wird helfen.«

»Ich werd's versuchen, Sir.«

Das Gesicht der Toten war zertrümmert worden. Doch das Blut, das die Züge der Frau beim Auffinden der Leiche unkenntlich gemacht hatte, war fort. Abgewaschen, wie Swanson vermutete. Eine grobe Naht zeichnete sich in Form eines großen Ypsilons auf Brust und Bauch der Toten ab, die von der Obduktion herrührte. Am Hals jedoch fehlte ein Stück Haut in der Größe eines Viertelpennystücks.

Swanson wies darauf und fragte: »Was ist das, Doktor? Dieses merkwürdige Mal ist mir am Tatort nicht aufgefallen.«

»Die Überraschung, die ich Ihnen versprochen hatte, Chief Inspector. Die stumpfe Gewalt gegen den Kopf der Frau war nicht ursächlich für ihren Tod. Sie erinnern sich an die letzte Probe, die ich dem Schwachkopf Spilsbury gab?« Und als Swanson ihn nur abwartend ansah: »Ich entnahm sie dieser Leiche.«

»Das heißt Miss O'Hanlon ist erdrosselt worden«, stellte Swanson fest.

Dr. Portman nickte. »Ihr Zungenbein ist gebrochen. Ich dachte mir gleich, Sie würden es interessant finden.«

»Können Sie mir sagen, womit?«

»Mit einem dünnen Seil, will ich meinen. Ich fand Fasern von Hanf in der Strangulationsmarke. Bei der männlichen Leiche liegen die Dinge dagegen etwas anders«, erklärte Dr. Portman. Er steckte die Hände in die Taschen seines Kittels. »Michael O'Hanlon starb tatsächlich an den massiven Kopfverletzungen. Verursacht durch einen schweren Fäustel oder etwas Ähnlichem.«

»Würden Sie sich einen Hammer ansehen, den ich im Haus der O'Hanlons fand?«, fragte Swanson. »Und mir sagen, ob er Ihrer Einschätzung nach als Tatwaffe in Frage kommt?«

»Aber natürlich, Chief Inspector. Haben Sie ihn gleich mitgebracht?«

»Dummerweise ist er noch nicht aus der Spurenabteilung zurück.«

»Wie schade.« Dr. Portman sah ein wenig enttäuscht aus.

»Ich werde meinen Sergeant damit herschicken, sobald es geht«, sagte Swanson. »Was ist das dort auf ihrem Bauch?« Ein breiter, heller Streifen zeichnete sich auf der Bauchdecke ab, der vom Bauchnabel der Leiche bis zum Schambein reichte.

»Narbengewebe«, sagte Dr. Portman.

Constable Bingley lachte. »Ein ausgezeichneter Scherz, Doktor.«

»O, nein. Es handelt sich tatsächlich um Narbengewebe.« Er fuhr mit dem Finger den blassen Strich hinunter. »Was Sie hier vor sich sehen, ist eine klassische Sectio Caesarea. Ausgeführt im Verlauf der Linea alba, einer senkrechten Bindegewebsnaht, die sich vorzüglich dafür anbietet. Diese Frau hat einen Kaiserschnitt gehabt.«

»Sarah O'Hanlon war ledig«, sagte Swanson überrascht. »Sie lebte mit ihrem Bruder zusammen.«

»Man wundert sich, aber auch ledige Frauen können schwanger werden, Chief Inspector. Der Sexualtrieb ist einer der stärksten im menschlichen Wesen.« Dr. Portman sah aus, als wüsste er genauestens darüber Bescheid. »Seien Sie gewiss. Diese Frau hat ein Kind zur Welt gebracht. Ob es lebendig oder tot war, lässt sich natürlich nicht sagen.«

»Lässt sich anhand der Narbe irgendwie feststellen, in welchem Alter sie das Kind gebar?«, fragte Swanson.

»An der Narbe selbst nicht. Ist sie einmal verheilt, verändert sie sich nicht mehr nennenswert. Sie ist eine ältere Dame und dies ist noch der konservative Kehrer-Schnitt, den ich bei einer Frau ihres Alters erwarten würde. Das heißt, er verläuft vertikal, nicht wie heute horizontal. Daher würde ich annehmen, sie war in einem damals üblichen Alter. Zwischen zwanzig und dreißig.«

»Demnach wäre ihr Spross jetzt um die vierzig.«, bemerkte Swanson.

Constable Bingley blickte von seinen Notizen auf. »Soll ich das aufschreiben, Sir?«

Swanson nickte.

Und Dr. Portman meinte: »Schreiben Sie lieber zwischen dreißig und vierzig, um ganz sicher zu gehen. Auch wenn eine so späte Schwangerschaft eher unwahrscheinlich ist.«

»Haben Sie Hinweise auf den ungefähren Todeszeitpunkt?«

»Dem Zustand der Leiche nach, und unter Berücksichtigung der Tatsache, dass sie in der Erde länger frisch blieben, würde ich schätzen, dass sowohl die Frau als auch der Mann vor etwas mehr als einer Woche, starben – allerhöchstens zwei.«

Das passte zu den Aussagen des Nachbarn. Höchstwahrscheinlich hatte ihr Mörder sie gleich nach der Tat begraben. Fragte sich nur, warum er das getan hatte? Es wäre viel einfacher gewesen, sie im Haus zu belassen. Und doch hatte er sich die Mühe gemacht, zwei Särge zu kaufen und die O'Hanlons regelrecht zu bestatten. Vermutlich, dachte Swanson bei sich, wären sie im Haus sogar noch später entdeckt worden. Was ihm mehr Zeit verschafft hätte. War ihm das nicht bewusst gewesen? Oder hatte er das Risiko einer Entdeckung bewusst in Kauf genommen?

Nichts geschah ohne Grund. Es waren stets die unnötigen Dinge, die ein Mörder tat, die am meisten über seine Beweggründe aussagten. Warum hatte er sich solche Mühe gemacht? Es war körperlich anstrengend gewesen, sie zu begraben. Es hatte ein Mindestmaß an Organisation erfordert. Und es hatte die Leichen konserviert. War es dem Mörder womöglich sogar darum gegangen? Oder hatte er sich darüber keinerlei Gedanken gemacht?

»Danke, Doktor«, sagte Swanson. »Gibt es sonst irgendetwas, das uns weiterhelfen könnte?«

»Beide Leichen sind unterernährt«, erwiderte er. »Und sie haben sehr schlechte Zähne. Waren es besonders arme Leute?«

»Ich denke, nicht. Möglicherweise achteten sie in den letzten Monaten nicht mehr besonders auf ihre Ernährung.«

»Ungewöhnlich«, bemerkte Dr. Portman. »Wenn auch nicht unmöglich. Sie sehen mir eher aus, als hätten sie schon eine beträchtliche Weile nichts Ordentliches mehr zu beißen gehabt.«

KAPITEL 11
New Scotland Yard, Whitehall, London, 1895

Die beiden Katzen lagen schnurrend in der Teeküche auf dem Tisch. Die eine rot und übergewichtig und die andere schwarz und zierlich. Draußen goss es in Strömen.

Nachdem sie Wochenlang nur mehr ein Gerücht gewesen waren, trieben sich die Katzen jetzt schon viel zu lange und für alle, bis auf Chief Superintendent Wallace, ganz offensichtlich in der Teeküche auf ihrer Etage herum. Sergeant Clarence Penwood, der sie zuerst gemeldet hatte, weil sie offenbar stets seine auf unheimliche Weise verschwundenen Sandwiches gefressen hatten, schien jetzt ganz vernarrt in die beiden Streuner zu sein.

Swanson, der seinen leeren Teebecher in der Hand hielt und in die Küche gegangen war, um Nachschub zu holen, blickte den Sergeant fragend an. »Haben Sie Sergeant Phelps gesehen?«

»Nein, Sir. Er wollte nach South Norwood, glaube ich. Aber genau weiß ich es nicht.«

»Und warum sind Sie nicht in South Norwood?« Eine der Katzen, die dicke rote, leckte sich selbstvergessen die Pfoten. »Und warum sind die Katzen noch hier, Clarence?«

»Wir sind mit dem Haus fertig, Sir. Alles, was wir an Papieren gefunden haben, sieht sich Stewart Evans jetzt an. Hoffe, er findet was. Ist aber nicht viel, ehrlich gesagt. Das meiste sind unbezahlte Rechnungen. Aber davon gibt es wirklich jede Menge.«

Das passte zum gesamten Zustand des Hauses. Swanson hatte ohnehin den Verdacht, dass die O'Hanlons nach und nach ihren Besitzstand veräußert hatten, um überhaupt noch über die Runden zu kommen. »Irgendwelche Hinweise auf eine dritte Person, die sich dort aufgehalten haben könnte?«

»Nein, Sir. Nichts. Und wir haben alles drei Mal umgedreht, das können Sie mir glauben.«

Swanson glaubte es. Er nahm die Teekanne vom Tisch und schenkte sich ein.

»Und was die Katzen angeht, Sir – ich wollte Sie schon die ganze Zeit fragen, ob Sie wohl damit einverstanden sind, wenn wir sie behalten.«

»Sie behalten? Haben Sie mir nicht erst neulich erzählt, Ihre Sandwiches seien nicht mehr sicher, seit die Katzen hier Zuflucht gesucht haben?«

»Das war auch so«, sagte Penwood. »Und ich bin Ihnen sehr dankbar, dass Sie die Sache damals ernst genommen haben. Ich begann schon zu glauben, ich verliere den Verstand.«

Dass er ganz ähnliche Gedanken gehabt hatte, behielt Swanson für sich.

»Meine Frau«, fuhr Penwood fort, »hat sich indessen erboten, ein paar Sandwiches mehr zu machen – für die Katzen. Seither gibt es, was mich betrifft, keine Probleme mehr.«

»Die werden Sie gewiss bekommen, wenn Chief Superintendent Wallace Wind von der Sache bekommt. Darauf können Sie Gift nehmen.«

Penwood machte ein betretenes Gesicht. »Er muss es doch nicht unbedingt erfahren, oder?«

»Es wird sich kaum geheim halten lassen. Wie wollen Sie die Katzen denn unter Kontrolle halten? Sie dressieren? Sie anleinen? Über kurz oder lang werden sie nach oben laufen, und der Chief Superintendent wird sie zu Gesicht bekommen.« Swanson konnte sich mühelos ausmalen, was dann geschähe.

»An Chief Superintendent Wallace habe ich gar nicht gedacht. Mir fällt nichts ein, was gegen die Katzen spricht.«

»Erstaunlich, Clarence, bei mir ist es genau umgekehrt«, sagte Swanson und gab zwei Löffel Zucker in den Becher.

»Sie müssen es mal so sehen, Sir«, sagte Sergeant Penwood und rang die Hände, »die Katzen jagen die Mäuse. Das ist doch etwas Gutes, nicht wahr? Und auf die Arbeitsmoral der Truppe wirken sie sich auch günstig aus.«

Swanson, dem das Jagen der Mäuse noch einleuchtete, konnte nicht ganz nachvollziehen, was die Moral der Truppe mit den beiden Katzen zu tun haben sollte. Nun, er würde sich wohl überraschen lassen. Denn er war stets der Meinung gewesen, dass es nie zu spät war, etwas dazuzulernen. »Also schön, Clarence«, sagte er. »Inwiefern hebt die Anwesenheit der Tiere die Arbeitsmoral unserer Leute?«

»Sie beruhigen die Gemüter, wenn es mal etwas hoch hergeht, Sir«, entgegnete Penwood, als sei das eine offensichtliche Tatsache.

»Ist das so?«

»Aber ganz bestimmt.« Ein mildes Lächeln breitete sich wie plötzlicher Sonnenschein nach einem Wolkenbruch auf Penwoods dicklichem Gesicht aus. Sogar die runden Gläser seiner Nickelbrille schienen aufzuleuchten. »Man bemerkt es sofort. Nehmen Sie nur Sergeant

Wilson oder Mr Dew. Sie sind beide schrecklich hektisch und nervös.«

»Sind sie das?« Das war Swanson nie aufgefallen. Vergeblich versuchte er sich Situationen in Erinnerung zu rufen, in denen bei beiden auch nur eine Spur von Hektik zu erkennen gewesen war. Ihm fiel keine ein. Im Gegenteil. Ein wenig mehr wäre wünschenswert gewesen.

»O ja, das sind sie – beide. Doch sobald die Katzen in der Nähe sind, werden sie viel ruhiger.«

»Und woran denken Sie, liegt das?« Swanson war gespannt.

»Na, weil sie so fürchterlich niedlich sind, Sir.«

Er nahm an, dass Penwood wieder von den Katzen sprach. »Tatsächlich?«

»Gerade Mr Dew wird richtiggehend milde, wenn er die Katzen sieht, Sir. Er ist ganz vernarrt in die kleine schwarze. Erst neulich habe ich gesehen, wie er mit einem Schälchen Milch versucht hat, sie den Flur hinunter in sein Büro zu locken.«

Es fehlte nicht mehr viel und Penwood würde selbst zu schnurren anfangen.

»Nun. Wenn Sie es sagen.« Swanson, der das Interesse an den Katzen zu verlieren begann, goss einen Schuss Milch in seinen Tee. Sie hatten einen Fall auf dem Tisch, der weit wichtiger war, als diese beiden kleinen Untermieter. Wenn Clarence Penwood es sich zur Herzensaufgabe gemacht hatte, zwei Streuner durchzubringen – und wenn sie noch dazu keinen Schaden anrichteten – sollte er ihr von ihm aus auch nachkommen dürfen.

»Nun denn, Clarence«, sagte er schließlich. »Wenn Sie unbedingt wollen, behalten Sie Ihre Katzen. Aber sehen Sie zu, dass sie auf unserer Etage bleiben.« Swanson stellte die Teekanne auf ein Tablett, angelte sich für Phelps einen angeschlagene Becher vom Regal neben der Spüle, schenkte Tee ein und wandte sich zum Gehen. »Eines noch, Clarence«, sagte er. »Haben Sie im Haus Schuhe gefunden?«

»Schuhe?« Penwood blickte ihn entgeistert an, die kleinen Knopfaugen wirkten durch die dicken Brillengläser so groß wie Untertassen. »Ich glaube nicht, Sir. Warum fragen Sie danach?«

»Weil ich keine gefunden habe, als ich dort war.«

»Haben Sie denn danach gesucht?« Penwoods Blick wanderte an Swanson herab zu dessen Schuhen. »Sie wissen doch, dass wir nichts, was wir vom Tatort mitnehmen, behalten dürfen, Sir. Außerdem sehen Ihre doch eigentlich noch ganz passabel aus.«

*

»Der einzige Regenschauer in drei Wochen und ich gerate mitten hinein.« Sergeant Peter Phelps warf seinen nassen Hut auf Swansons Schreibtisch – ein Fauxpas, den Chief Inspector Donald Swanson ihm bloß durchgehen ließ, weil er seit der unangenehmen Sache mit dem toten Professor in Oxford ein schlechtes Gewissen hatte – und zog sich seinen tropfenden Mantel aus. Er schien ihn eine Weile unschlüssig zu betrachten – vielleicht um zu überlegen, ob er ihn auch auf den Schreibtisch werfen, oder ihn Swanson gleich um die Ohren hauen sollte –, dann hängte er den Mantel ordentlich an den Garderobenständer bei der Tür.

Swanson stand auf, goss Tee in einen Becher und reichte ihn Phelps. »Wo kommen Sie überhaupt her?«

»Ich war mit Wensley noch einmal am Tatort«, knurrte Phelps. »Wir haben die Leute von Conan Doyles Liste befragt und Fotos in sämtlichen Räumen gemacht.«

»Ist etwas dabei herausgekommen?«

»Fotos, Sir.« Er stellte den Becher auf den Schreibtisch und verschränkte die Arme vor der Brust.

»Und die Nachbarn?«

»Nichts. Keiner hat etwas gesehen oder gehört. Die O'Hanlons waren Heilige ohne vorstellbare Feinde.« Phelps sah aus, als hätte er einen langen Tag harter Arbeit hinter sich gebracht.

»Sagen Sie, Phelps, welche Laus ist Ihnen denn eigentlich über die Leber gelaufen?«

»Nur der Regen, nichts weiter.« Doch sein Ton strafte die Worte Lügen.

Swanson sah ihn mit schief gelegtem Kopf an. »Ich merke doch, dass Ihnen etwas missfällt, Phelps. Raus mit der Sprache – was ist es?«

»Dieser Wensley.« Phelps plumpste auf den Stuhl vor dem Schreibtisch. Er stieß einen schweren Seufzer aus und rollte mit den Augen. »Es tut mir leid, das sagen zu müssen, Sir. Der Mann macht mich wahnsinnig. Mit ihm zu arbeiten ist, als hätte man ein sprechendes Gesetzbuch dabei. Er weiß alles besser, Sir. Und was er nicht besser weiß, weiß er noch besser.«

Vermutlich war das genau der Grund, weshalb Wensley in Leman Street auf keinen grünen Zweig kam und sein Inspector ihn hasste. »Hat er denn recht mit dem, was er sagt?«

»Ja.« Phelps umklammerte den Teebecher mit beiden Händen. »Das ist ja das Schlimme.«

Swanson lachte. »Vergessen Sie mal für einen Moment Ihren Neid, Phelps, denn nichts Anderes ist es, und kommen wir zum Fall zurück.«

»Sie haben völlig recht, Sir. Bitte entschuldigen Sie.« Das war es, was er an Phelps so schätzte. Er kannte nur wenige Männer, die sich so rasch einen Fehler eingestanden. »Schon gut«, sagte er.

»Was mir noch immer nicht in den Kopf will ist, wo diese Schuhe geblieben sind.«

»Vielleicht hatten sie nicht so viele«, wandte Swanson ein. »Von allem anderen war ja auch nicht mehr viel da. Oder wir haben nicht gut genug nachgesehen.«

»Nein, Sir. Es gibt natürlich Schuhschränke, aber sie alle sind leer. Ich habe Penwood und Wilson das Haus auf den Kopf stellen lassen. Es ist nicht ein einziger Schuh mehr zu finden. Möchte wissen, wer ein Interesse daran haben könnte, sie mitzunehmen.«

»Sein Sie gewiss, es gibt einen Grund dafür«, sagte Swanson. »Nichts geschieht einfach so. Bingley denkt, sie könnten verkauft worden sein.«

»Wer würde schon gebrauchte Schuhe kaufen?« Phelps sah aus, als gehöre er ganz sicher nicht dazu. »Ich weiß, sie sind verflucht teuer. Trotzdem.« Er wackelte nachdrücklich mit dem Kopf. »Die, die sich welche leisten können, kaufen sie neu. Und die, die es nicht können.« Er zog die Schultern hoch und breitete die Arme aus. »Tja, die können es eben nicht. Für die gibt es die Wohlfahrt.«

»Da ist was dran, Phelps«, gab Swanson zu. »Und dennoch muss es einen Grund dafür geben, dass sie verschwunden sind. Wir sollten uns jedoch nicht zu sehr daran festbeißen. Die Gräber im Garten sind schon seltsam genug.« Sie mussten achtgeben, dass sie sich nicht verzettelten. »Die fehlenden Schuhe, die Gräber im Garten, die Särge – all das könnte dem Mörder der O'Hanlons auch nur dazu dienen, uns zu verwirren. Lauter falsche Fährten, absichtlich gelegt. Unter Umständen führen diese Spuren ins Nichts.«

»Da sagen Sie was, Sir. Daran habe ich auch schon gedacht.«

Swanson seufzte. »Nun denn, lassen Sie uns etwas Handfestes unternehmen. Ich fragte mich, wie weit Charly Stedman mit dem Hammer ist, den ich im Haus auf dem Speicher gefunden habe.« Wenn er ihn nicht mehr benötigte, würde Swanson ihn dem Pathologen vorlegen können. »Kommen Sie, Phelps«, sagte er und stand auf. »Schauen wir mal in den Katakomben vorbei. Es sei denn, Sie haben Besseres zu tun.«

Hatte er natürlich nicht.

*

Die forensische Abteilung, in der Charly Stedman das Zepter in der Hand hielt, lag tief im Bauch des Gebäudes, noch ein Stockwerk unter den Kellergewölben in denen die Zellen und das Schwarze Museum des Yard untergebracht waren.

Swanson kam gern dorthin, weil die Beamten dort nie etwas anderes als Leichen und Tatwerkzeuge sahen, und insbesondere Charly sich stets über Besuch freute. Er und die Sergeants Collins und Hunt, die die neue Abteilung mit ihm betreuten, verrichteten ihre Arbeit stets im Schein flackernder Kohlegaslampen, die mehr Schatten als Licht zu spenden schienen. In den seltenen Momenten, in denen Sie dem Tageslicht an der Oberfläche ausgesetzt waren, beschirmten sie ihre Augen mit den Händen, um nicht gleich zu erblinden.

Sie waren die Maulwürfe der Kriminalistik. Und sie waren dabei äußerst beharrlich. Sie gruben so lange mit Lupe und Pinzette in den Beweismitteln herum, bis sie schließlich fündig wurden. Nicht selten war es gerade ihrer Arbeit zu verdanken, dass ein scheinbar aussichtsloser Fall doch noch zum Abschluss kam.

Oder wie Chief Superintendent Wallace, der nach Meinung der meisten Beamten überhaupt wenig verstand, es einmal ausgedrückt hatte: »Ich weiß zwar nicht, was sie dort tun, aber es scheint zu funktionieren.«

Auch wenn die meisten Beamten Charlies Tätigkeit in etwa so ernst nahmen wie Totenbeschwörungen und Talismane, so wussten fortschrittlichere Geister, wie Donald Swanson, doch um deren Wert. Denn Swanson war schon immer der Meinung gewesen, dass die bahnbrechendsten Entdeckungen häufig von jenen gemacht worden waren, die von der Mehrheit belächelt wurden. Und diese Überzeugung hatte er, so gut es ging, auch auf seinen Sergeant Peter Phelps übertragen.

Swanson trat an den Arbeitstisch heran. »Was haben Sie für uns, Charly?«

Steadman legte die Pinzette aus der Hand und nahm seine Lupenbrille ab. Die hohe Denkerstirn in Falten gelegt sah er Swanson an. »Wie schön Sie zu sehen. Sie kommen wegen des Hammers, habe ich Recht?«

Swanson bejahte. »Konnten Sie etwas damit anfangen?«

»Ich habe ihn untersucht. Doch er ist offensichtlich nicht die Tatwaffe.«

»Kein Zweifel?«

»Ich war mir einer Sache nie sicherer«, entgegnete er. »Diese Spur, Donald, ist eine Sackgasse.«

Swanson war enttäuscht, obgleich er es geahnt hatte.

»Das Ding ist alt und rostig. Spuren von Blut waren keine zu finden. Was sehr schade ist, denn dann hätte ich versuchen können, mein neues Verfahren auszuprobieren.« Stedman reichte ihm den Hammer. »Sie können ihn jetzt benutzen, um Bilder in Ihrem Büro aufzuhängen.« Er schob sich die Lupenbrille vor die Augen. »Ich würde Ihnen sehr gerne meine neue Versuchsanordnung zeigen.« Er deutete auf eine riesige, Konstruktion aus brodelnden Glaskolben, die in einem komplizierten Messinggestänge hingen. »Ein Test auf Menschenblut.«

»Funktioniert er?«, fragte Phelps, der den vibrierenden Apparat staunend betrachtete.

»Unglücklicherweise ist er noch nicht gänzlich ausgereift. Sie sollten ihn sich trotzdem ansehen.«

»Liebend gern, Charley – ein Andermal«, sagte Swanson, zog seinen Sergeant am Ärmel und entfernte sich.

Badger hatte die Nase voll.

Er hatte die Nacht unter freiem Himmel verbracht, was er, wie es ihm vorkam, seit Ewigkeiten nicht mehr getan hatte. Um nicht zu frieren hatte er sich aus dem Haus am Gordon Square vorsorglich eine dicke Wolldecke mitgenommen. Mit jedem Schritt, den er in der Nachmittagshitze tat, kam sie ihm schwerer vor. Selbst der heftige Regenguss, der vor einiger Zeit niedergegangen war, hatte keine Linderung gebracht.

Die Decke aus dem Haus zu schmuggeln war nicht einfach gewesen. Morton, Mr Greenlands Butler, und auch Miss Louisa wachten mit Argusaugen über all seine Schritte. Sobald er sich nach draußen wagte, um in den kleinen Park hinüber zu gehen, der auf der anderen Seite der Straße lag, oder wenn er im Hof zwischen den Wagenrädern und leeren Weinkisten spielte, war stets einer der beiden zur Stelle. Miss Louisa war da noch die Harmlosere. Sie ließ ihn meist gewähren. Er hatte sie nie danach gefragt, doch er nahm an, dass sie aus »einfachen Verhältnissen« stammte, wie man so sagte; dass sie keine hohe Schulbildung genossen und nicht in eine reiche Familie »hineingeboren« worden war, wie er es auch schon gehört hatte. Soweit er wusste, hatte sie sich ihren ganzen Reichtum selbst verdient. Mit ihrer Gabe als Medium.

Er verstand sowieso nicht, weshalb sie damit aufgehört hatte und nun den lausigen Teehandel ihres verstorbenen Bruders betreute.

Er blieb stehen und setzte sich auf den Treppenabsatz eines Hauseingangs. Der Schweiß brach ihm aus allen Poren. Er wischte sich mit dem Hemdsärmel die Stirn.

In der Nacht war die Decke Gold wert, doch bei Tage konnte er sie nicht gebrauchen. Er überlegte kurz, ob er sie einem Obdachlosen schenken sollte, doch er entschied sich dagegen. Die Nächte waren kalt, wenn man auf dem Boden schlief. Die Steine entzogen dem Körper die nötige Wärme. Das hatte ihm vor Ewigkeiten sein Freund Meg erklärt.

Gib niemals eine Decke weg, wenn du denn eine hast, hatte er immer gesagt.

Nein, Meg, mach ich nicht. Ja, manchmal sprach er noch mit ihm, auch wenn er schon lange tot war und sein Gesicht langsam aus Badgers Erinnerung verschwand. Er hatte lange versucht, es zu halten, hatte sich gezwungen, wieder und wieder an Meg zu denken. An Situationen, die sie beide erlebt hatten. Sogar die letzte, als Meg hustend und aus dem Mund blutend auf dem feuchten Kopfsteinpflaster in Covent Garden gelegen hatte, wo er gestorben war.

Das merkwürdige daran war, das regennasse Kopfsteinpflaster und die Lichtreflexe darauf, hatten sich unverbrüchlich in Badgers Gehirn gebrannt, genauso Megs krumme Gestalt, wie er da in der sich ausbreitenden Blutlache lag. Doch die Züge seines Gesichts, mit dem dunklen Bartflaum auf der Oberlippe, erinnerte er nur noch verschwommen.

Gib niemals eine Decke weg, wenn du eine hast!

Eine Decke war etwas, was man wie einen Goldschatz bewachte. Eine Decke war etwas, was man eigentlich nie bekam. Woher auch? Sie war teuer. Decken lagen nicht gerade wie alte Zeitungen, die man nur aufzusammeln brauchte, auf der Straße herum.

Badger war schrecklich durstig und schwitzte.

Er steckte in etwas, das Meg einmal als Dilemma bezeichnet hatte. Ein komisches Wort, mit dem er nichts anzufangen gewusst hatte. Doch Meg hatte es ihm erklärt.

In einem Dilemma, hatte er gesagt, *steckst du, wenn du genau weißt, was du tun musst, es auch tun könntest, es aber nicht tun kannst, weil du sonst noch mehr Schwierigkeiten hättest.*

Meg sprach oft in solch rätselhaften Sätzen. Aber Badger hatte es irgendwie verstanden.

Jetzt steckte er in einem Dilemma.

Die Decke hielt ihn bei Tage auf, weil sie schwer, unhandlich und viel zu warm war. Doch bei Nacht würde er sie brauchen, wollte er nicht zum Gotterbarmen frieren.

Ein Dilemma. Und was für eines.

Er musste schleunigst eine Lösung dafür finden.

FÜNFTER TEIL

OSTRICH INN

»Ich liebe die öffentlichen
Orte nicht; ich geh' daher
auch für gewöhnlich immer
nur in die Wirtshäuser,
wo ich zu Haus' bin.«

Johann Nepomuk Nestroy (1801 – 1862)

KAPITEL 12
New Scotland Yard

Tags darauf erschien Constable Evans in Swansons Büro, ein Hauch von Weihrauch umwehte ihn.

»Namaste, Sir.« Er verbeugte sich leicht, die gefalteten Hände vor der Brust.

Swanson, der noch immer mühevoll versuchte, seinen Untergebenen das militärische Gehabe des Hackenzusammenschlagens abzugewöhnen, das der damalige Commissioner Sir Charles Warren während der Ripper Morde eingeführt hatte, war nicht sicher, ob ihm diese neuartige Begrüßung besser gefiel.

»Was haben Sie für mich, Evans?«

»Meine Nachforschungen haben ergeben, dass die O'Hanlons keine eigenen Kinder hatten, Sir. Eine jüngere Schwester ist vor zwei Jahren in Dublin verstorben. Und ein Bruder hat es nicht über das Säuglingsalter hinausgeschafft.«

»Konnten Sie herausbringen, wie lange die Geschwister bereits in South Norwood lebten?«

»Seit fast zwanzig Jahren, Sir.« Evans war einer der wenigen Beamten, die ohne Notizbuch zurechtkamen. Alles, was er einmal gesehen oder gelesen hatte, war in seinem phänomenalen Kopf verzeichnet, wie in Steintafeln gemeißelt. »Vorher lebten sie etwa zehn Jahre in der Nähe von Bristol. Doch dort zogen sie weg, um das Haus in Norwood zu kaufen, nehme ich an.«

»Gibt es irgendwelche Hinweise auf ihren Vermögensstand?« Wer imstande war, ein solches Haus zu

---

kaufen, konnte kaum am Hungertuch genagt haben, dachte Swanson.

»Nein, Sir.« Evans legte wieder die Hände aufeinander. »Doch die Nachbarn sagen, sie gaben viel Geld für Obdachlose aus. Sie veranstalteten Essen – gaben nicht nur Brot und Suppe aus, sondern bewirteten die Bedürftigen mit ausgezeichneten Mahlzeiten. Außerdem gibt es eine Stiftung mit ihrem Namen. Ich habe mit dem Vorsitzenden gesprochen. Man habe zwar Spenden gesammelt, das meiste Geld jedoch sei von den O'Hanlons selbst gekommen.«

»Danke, Evans«, sagte Swanson. »Noch etwas?«

»Ja, Sir. Michael O'Hanlon hatte ein Konto bei Cox & Finchley. Könnte sicher interessant sein, dort mal vorbei zu schauen.«

Und genau das tat Swansons auch. Er schnappte sich seinen Bowler und Peter Phelps und wies Constable Bingley an, sie dort hinzufahren. Er hatte ein ungutes Gefühl bei diesem Fall. Wenn es stimmte, dass die O'Hanlons einmal über ein beträchtliches Vermögen verfügt hatten, wo war es geblieben? Hatten sie tatsächlich all ihr Hab und Gut den Armen gegeben? Solange, bis sie selbst nicht einen Penny mehr besaßen? Swanson bezweifelte es. Oder hatte vielleicht jemand die Geschwister getötet und begraben, um dann nach und nach deren Besitz zu veräußern? Früher oder später würde er es herausbekommen.

*

Cox & Finchley residierten in Nummer 112 Piccadilly einem imposanten Gebäude mit weißer Marmorfassade, das Reichtum und Macht ausstrahlte.

Ein hemdsärmeliger Jüngling, seinem Aussehen nach nicht älter als 15, führte Swanson und Phelps in ein kleines, karg möbliertes Büro im hinteren Teil des Bankhauses, das ganz am Ende eines weiß getünchten Flurs lag und bat sie, zu warten. Es gab lediglich drei unbequem aussehende Stühle und einen schlichten, rechteckigen Tisch. Die Wände waren so weiß wie alles hier.

Nach wenigen Minuten erschien ein Gentleman in teurem Tweed, der sich ihnen als Casper Barnes vorstellte und sie herablassend beäugte. Er fragte nach ihren Wünschen, machte jedoch ein Gesicht, als könne er sich beim besten Willen nicht vorstellen, sie auch zu erfüllen.

Swanson erklärte ihm, der Grund für ihren Besuch seien die Ermittlungen im Mordfall O'Hanlon und kam dann ohne Umschweife zur Sache. »Jetzt geht es uns darum, festzustellen, ob die Geschwister O'Hanlon über ausreichend Geldmittel verfügten.«

»Der Name O'Hanlon ist mir durchaus bekannt, Chief Inspector Swanson«, sagte Barnes. »Schlimme Sache. Die O'Hanlons waren einmal recht wohlhabend. Aber nun gibt es Außenstände, soviel ich weiß. Leider. Keine große Summe, doch es gibt sie.«

»Das bedeutet, das Konto ist mit Schulden belastet?«, wollte Swanson wissen.

»Ich fürchte, ja.« Barnes schnaufte leise, lächelte, wurde wieder ernst. »Wir haben versucht, die Erben zu finden, um es auszugleichen, wissen Sie?«

»Es gibt keine Erben«, sagte Phelps.

»Das ist jammerschade. Dann wird die Bank auf den Verlusten sitzen bleiben.«

»Wie hoch sind diese Verluste, wie Sie es nennen?«

»Dreißig, vierzig Pfund – wie gesagt, keine beträchtliche Summe und dennoch …« Die Worte vertrockneten in seinem Mund. Es schien fast so, als hätte Barnes die Lust verloren, weiter zu sprechen.

Das war Swanson zu vage. »Ich würde die Unterlagen über das Konto gerne selbst einsehen, Mr Barnes.«

»Ich bin nicht sicher, ob ich das erlauben kann, Chief Inspector.«

»Falls wir Familienangehörige finden, setzen wir Sie selbstverständlich umgehend darüber in Kenntnis.«

Das Angebot war verlockend. Barnes überlegte einen Moment, als führte er im Kopf eine Kosten-/Nutzen-Rechnung durch. Offenkundig war er zu dem Schluss gekommen, dass es ihm mehr nützte als schadete, der Polizei bei ihren Ermittlungen zu helfen, denn er trommelte mit den Fingerspitzen auf die Tischplatte, klopfte kurz mit beiden Händen darauf und sagte: »Unter diesen Umständen … Gut, ich werde die Bücher holen lassen.«

»Ich danke Ihnen, Sir.«

Barnes nickte huldvoll und drückte auf einen Knopf neben der Lampe.

Nach einer Minute öffnete der junge Mann in Hemdsärmeln die Tür und streckte seinen gestriegelten Kopf ins Zimmer. »Sie haben geläutet, Mr Barnes, Sir?«

»Diese Gentlemen benötigen Einblick in eines unserer Konten, Niklas. Bringen Sie mir den Ordner mit der Kontoführung von Michael O'Hanlon aus dem letzten Quartal, bitte. Wohnhaft in South Norwood.«

»Wird sofort erledigt, Mr Barnes.« Der Junge verneigte sich tief und eilte davon.

»Das Vermögen schrumpfte über die letzten drei, vier Jahre massiv zusammen. Doch es befand sich stets ein kleiner Betrag auf dem Konto«, sagte Barnes, nachdem der Ordner gebracht worden war und er ihn durchgesehen hatte. »Gerade genug, die laufenden Verbindlichkeiten einzuhalten.«

»Gab es denn regelmäßige Verbindlichkeiten?«

Barnes blätterte in seinen Unterlagen. »Jeden ersten eines Monats wurden zehn Pfund an eine Versicherungsgesellschaft überwiesen. An die Firma Abercrombie in Mayfair.«

»Geben Sie uns bitte die Adresse, Sir.«

»Sehr gerne.« Er schrieb sie auf einen Zettel und reichte ihn Swanson. Der schob ihn Phelps hin.

»Gab es weitere Verbindlichkeiten?«

»Nichts Regelmäßiges, nein.«

»Ich danke Ihnen, Mr Barnes.« Swanson erhob sich »Sie haben uns sehr geholfen.«

KAPITEL 13

Die Versicherungsgesellschaft Abercrombie befand sich in Nummer 22, einem imposanten Haus im teuren Mayfair, direkt an der Park Street. Das Büro im zweiten Stock, in das sie eine knabenhafte junge Dame führte, glich Constable Evans Büro. Überall stapelten sich Akten, Ordner und unzählige Kisten voller Papiere. Adolphus Abercrombie saß mittendrin hinter seinem Schreibtisch, klein, stämmig und mit einem freundlich lächelnden runden Gesicht. Seine goldene Nickelbrille hatte er sich auf die kahle Stirn geschoben.

Swanson stellte sich und Peter Phelps vor. Dann kam er gleich zur Sache.

»Sie verwalten den Nachlass eines Geschwisterpaars aus South Norwood, Mr Abercrombie. Wir haben ihre Leichen gefunden, und möchten Sie bei den Ermittlungen um Ihre Mithilfe bitten.«

»Ich verwalte den Nachlass vieler Leute, Mr Swanson«, sagte Abercrombie mit einer angedeuteten Verbeugung. »Ich genieße höchstmögliches Vertrauen. Aber bitte, nehmen Sie doch Platz.«

»Es geht um Michael und Sarah O'Hanlon, Sir«, sagte Phelps, nachdem sie sich gesetzt und er sein Notizbuch aufgeschlagen hatte. »Sie haben sicherlich davon gehört. Sie wurden erschlagen.«

»Ich las darüber. Begraben auf ihrem eigenen Grund und Boden. Es hat ja in sämtlichen Zeitungen gestanden.« Sein Gesicht zeigte keinerlei Veränderung. Das freundliche Lächeln blieb, als sei es ihm ins Gesicht gemeißelt worden. »Ein mysteriöser Fall, wie es scheint. Wie könnte ich Ihnen dabei helfen?«

»Was uns interessiert«, sagte Swanson, »ist die Frage, was nun mit dem Vermögen der O'Hanlons geschieht. Sofern sie denn ein Vermögen besaßen. Denn Erben konnten wir keine ausmachen. Wird es an die Krone fallen?«

»Solange ich hinter diesem Schreibtisch sitze, wird keines der Vermögen meiner Klienten an die Krone fallen.« Er fuhr sich einmal rasch mit der Hand über den Haarkranz seines Hinterkopfes. Ein erstes Anzeichen von Emotion, dachte Swanson. Doch das verbindliche Lächeln blieb. »Was die Geschwister O'Hanlon betrifft, habe ich mit Ihrem Besitz nichts zu schaffen – leider. Ich kann Ihnen somit auch nichts über ihre monetären Verhältnisse erzählen. Sie suchten mich Anfang des Jahres auf, um eine Versicherung abzuschließen. Das ist schon alles.«

Swanson beugte sich vor. »Eine Versicherung wofür?«

»Eine Versicherung wogegen, Chief Inspector.« Das Lächeln wurde breiter. »Wie dem auch sei – verlieren wir uns nicht in begrifflichen Spitzfindigkeiten.«

Swanson entschied sich dazu, mitzuspielen. Es war leichter Informationen von jemandem zu bekommen, der das Gefühl hatte, die Fäden des Gesprächs in der Hand zu halten. »Wogegen wurde die Versicherung im Fall O'Hanlon abgeschlossen?«

»Nun ja, was uns betrifft, ist der Fall O'Hanlon jetzt der Fall Garrick«, erklärte Abercrombie nebulös. »Ich erinnere mich noch recht genau an den Vertragsabschluss.« Er hob eine kleine Glocke auf, die auf dem Tisch stand und läutete damit.

Wenig später erschien die junge Frau vom Empfang in der Tür und fragte Abercrombie nach seinen Wünschen.

»Die Gentlemen sind von der Polizei«, sagte er. »Sie führen Ermittlungen in der Garrick-Sache durch. Sei so gut und bring mir bitte die Akte. «

Sie entschwand und kehrte nach einigen Minuten mit einem schmalen Pappordner zurück, den sie Abercrombie reichte. »Kann ich sonst noch etwas tun, Onkel?«

»Nein, Bertha, vielen Dank. Ach, doch, bitte.« Er legte den Ordner beiseite. »Ach, bring uns einen Tee, Liebes, ja, dann wird diese unangenehme Aufgabe gleich ein Deut erfreulicher.«

Sie knickste und huschte davon.

Als die Tassen verteilt und der Tee eingeschenkt war, klappte Abercrombie den Aktenordner auf und entnahm ihm ein Formular, das er Swanson und Phelps hinschob.

»Das ist die fragliche Versicherungspolice«, erklärte er.

»Ich verstehe nicht viel davon«, gab Swanson zu. »Wenn Sie es uns bitte erklären könnten.«

»Grob gesagt geht es um eine Risikolebensversicherung über 5000 Pfund Sterling«, sagte er. »Zahlbar im Todesfalle.« Er blätterte eine Seite um. »Es wurden folgende Eventualitäten abgesichert: Unfalltod, Versterben durch altersbedingte Krankheit und gewaltsamer Tod.«

Was für ein seltsames Unternehmen, dachte Swanson bei sich. So, wie der Versicherungsmakler sich ausdrückte, klang es, als könne man mit dem Abschluss eines solchen Vertrages all diese Dinge verhindern. Und das sagte er auch.

»Verhindern natürlich nicht. Dennoch gibt es den Leuten ein gewisses Gefühl von Sicherheit.«

»Wie bei einer dieser altertümlichen Tontinen«, meinte Phelps. Er ließ sein Notizbuch sinken. »Wo jeder etwas Geld einzahlt und der letzte Überlebende alles erhält. Verstehe ich das recht?«

»In etwa, ja. Nur, dass die Geschwister O'Hanlon sich zunächst einmal gegenseitig als Nutznießer der Versicherung eingesetzt haben.«

»Das heißt«, stellte Swanson fest, »wäre einer von ihnen vor dem anderen verstorben, hätte der übrig gebliebene Teil das Geld aus der Versicherung bekommen.«

»Exakt, Chief Inspector.« Abercrombie nippte an seinem Tee. »Im Erlebensfall – das bedeutet, beide erreichen ihr fünfundsiebzigstes Lebensjahr – wird die angesparte Summe, gut verzinst versteht sich, an die Versicherungsnehmer ausbezahlt. Vorausgesetzt natürlich, es ist bis dahin jeden Monat ein bestimmter festgelegter Betrag in die Versicherung einbezahlt worden.«

Phelps nahm den Block wieder zur Hand. »Wurde er das nicht?«

»Doch, doch. Es wurde stets pünktlich verbucht.« Das Lächeln wurde für den Bruchteil einer Sekunde schwächer. »Unglücklicherweise nicht sehr lange. Ein knappes halbes Jahr, wenn es hochkommt. Ich für meinen Teil, hätte den O'Hanlons daher ein beschauliches und möglichst langes Leben gewünscht.«

»So ist es indes nicht gekommen«, sagte Swanson. »Beide starben.«

»Das ist korrekt. Da es keine Nachkommen gibt, wurde für diesen Fall ein junger Mann mit dem Namen Benjamin Garrick in den Vertrag aufgenommen. Ein enger Freund, wie ich annehme. Er kümmerte sich um die Belange der O'Hanlons. Sie erzählten mir von ihm. Schwärmten geradezu, was für ein freundlicher, hilfsbereiter Mann er sei. Über jeden Zweifel an seiner Persönlichkeit erhaben.«

»Würde Mr Garrick noch in den Genuss der Versicherung kommen, wenn sich im Nachhinein herausstellte, dass es doch irgendwo einen Blutsverwandten gibt?«

»Beide Geschwister waren ledig, Chief Inspector. Aber um Ihre Frage zu beantworten: Ja, das würde er. Diese Versicherung hat nichts mit einem Erbe gemein. Sie ist nicht übertragbar.«

»Angenommen, der junge Mann stirbt ebenfalls«, meinte Swanson. »Was geschieht dann?«

»Nun, in dem Fall wird das Geld an seine Hinterbliebenen gehen – an seine Gattin, nehme ich an.«

»Kam Ihnen das nicht sonderbar vor? Der Tod der Geschwister, meine ich? So kurz nach dem Vertragsabschluss? Und ein junger Mann, der alles erhält?«

»Was glauben Sie wohl?« Abercrombie stieß ein kurzes kehliges Lachen hervor. »Ich bin Geschäftsmann, Chief Inspector. Mir kommt alles sonderbar vor, was ein Minus in meinen Bilanzen verursacht. Und glauben Sie mir, das tun dieser Vertrag und Benjamin Garrick im Augenblick mehr als alles andere. Ich war selbstredend höchst alarmiert.«

»Welche Schritte haben Sie daraufhin unternommen?«

»Gezahlt«, sagte Abercrombie knapp. Und zum ersten Mal verschwand das Lächeln ganz. »Es blieb mir nichts Anderes übrig.«

»Die Versicherungssumme ist bereits ausgezahlt worden?«

»Selbstverständlich. Sie wurde am zwölften dieses Monats auf Mr Garricks Konto angewiesen.«

»Und das, obgleich Sie einen Verdacht gegen ihn hegten?« Swanson konnte sein Erstaunen nicht verhehlen. Für ihn lag es klar auf der Hand, wer für die Morde in South Norwood verantwortlich zeichnete.

»Das wundert mich gelinde gesagt ein wenig.«

»Nach dem Tod der Geschwister war das ein Automatismus«, sagte Abercrombie. »Der Verdacht spielte dabei eine untergeordnete Rolle. Der Vertrag war ja für eben diese Eventualität vorgesehen.« Abercrombie deutete ein Schulterzucken an. »Es ist ein bisschen wie ein Glücksspiel, Chief Inspector. Mal gewinnt man, mal verliert man.«

»Und Mr Garrick hat mit dem Tod der O'Hanlons in der Lotterie gewonnen, verstehe ich das recht?« Phelps schüttelte ungläubig den Kopf.

»Wenn Sie so wollen.« Abercrombie nickte.

»Warum haben Sie nicht die Polizei verständigt?«, fragte Swanson.

»Das konnten wir nicht.«

»Warum nicht?«

»Es gibt keine Beweise. Und wir haben eine gewisse Reputation zu verlieren«, entgegnete Mr Abercrombie. »Wir können nicht auf einen Verdacht hin einfach so die Polizei verständigen.« Er lächelte wieder. »Lägen wir mit unserem Verdacht falsch, würde sich herausstellen, dass nichts an der Sache ist, könnte das unser Geschäft gefährden. Sie können sich vorstellen, wie sensibel unsere Arbeit ist. Hätten unsere Kunden den Eindruck, wir würden uns bei der Auszahlung der Versicherungssumme zieren, könnte sich das negativ auf das Geschäft auswirken. Die Kunden blieben aus. Das können wir uns nicht leisten.«

»Das können Sie jemandem erzählen, der sich die Hose mit der Kneifzange zumacht.« Es gab einen lauten Knall, als Phelps seinen Notizblock zuklappte. »Das nehme ich Ihnen nicht ab, Sir. Irgendetwas werden Sie unternommen haben. Jeder vernünftig denkende Mensch hätte das getan.«

»Ich nehme einfach mal an, die Firma Abercrombie geht der Sache selbst auf den Grund«, sagte Swanson in ruhigem Ton und schlug die Beine übereinander.

Abercrombie lächelte geheimnisvoll. »Sie haben Ihre Mittel und wir haben die unseren.«

»Sie haben auf eigene Faust jemanden auf Benjamin Garrick angesetzt. Wen? Einen Privatermittler?«

Der Versicherungsmakler wiegte leicht den Kopf hin und her. »Einen Versicherungsdetektiv«, sagte er schließlich. »Den besten, den es gibt. Er ist stets in Garricks Nähe. Auf diese Weise entgeht uns nichts. Sollte dessen Verhalten Anlass zur Sorge bieten, oder würde sich herausstellen, dass er unrechtmä-ßig in den Besitz der Versicherungssumme gelangt ist – weil er beim Tod der O'Hanlons die Finger im Spiel hatte –, leiten wir selbstredend Schritte ein. Bis dahin hat unser Mann lediglich ein Auge auf ihn.«

»Ihnen ist also bekannt, wo Benjamin Garrick sich aufhält«, meinte Phelps.

»Aber natürlich.« Abercrombie lächelte wieder.

Swanson hob die Augenbrauen. »Und«, fragte er, wobei er jedes Wort betonte, »wo hält Mr Garrick sich zurzeit auf?«

»In einem Inn in Colnbrook – dem Ostrich.«

*

17 Meilen bis London stand auf dem Stein, der dem Pub an der Straße nach London gegenüberstand.

Nach der alten Sitte seiner schottischen Heimat, bat Swanson Sergeant Phelps darum, den Droschkenkutscher zu bezahlen, und blieb, die Hände in den leeren Taschen vor dem imposanten Gebäude des Ostrich auf dem Gehsteig stehen.

Es war fast acht Uhr am Abend, die Sonne stand tief am Horizont und die Hitze des Tages hatte sich weitgehend verflüchtigt. Ein leichter Wind wehte und brachte kühle Luft von Nordwesten mit.

Swanson hatte von der Wirtschaft gehört. Jeder, der sich ein wenig mit der Kriminalgeschichte Londons beschäftigte, kannte sie.

Doch sie waren nicht wegen eines mörderischen Wirtes hier.

Swanson wartete bis Phelps bezahlt hatte und fragte dann bei der jungen Frau an der Theke nach Benjamin Garrick. Zu seinem Glück hielt er sich im Speisesalon auf.

Er saß alleine an einem Tisch, eine Kanne Tee und ein Stück Kuchen vor sich und blickte erschrocken auf, als er Swanson und Phelps hereinkommen sah.

Das erste, was Swanson an Garrick auffiel, waren seine blauen Augen. In dem jugendlichen, sonnengebräunten Gesicht leuchteten sie geradezu.

»Bitte entschuldigen Sie die Störung, Mr Garrick«, sagte er mit einem entwaffnenden Lächeln. Er nannte seinen und Sergeant Phelps Namen. »Wir sind Beamte von Scotland Yard und würden uns gern einen Augenblick mit Ihnen unterhalten.«

»Selbstverständlich. Bitte setzen Sie sich doch. Es ist wegen der O'Hanlons, nicht wahr?« Er machte ein betroffenes Gesicht. »Ehrlich gesagt habe ich mich bereits gefragt, wann Sie herkommen und mich würden sprechen wollen.«

Swanson staunte, wie offen Garrick damit umging. Er setzte sich und sagte: »Sie haben natürlich davon gehört, was geschehen ist.«

»Natürlich«, entgegnete er schlicht. »Es ist so schrecklich. Die beiden waren enge Freunde.« Er schob den Kuchenteller von sich, als habe er jeglichen Appetit verloren.

»Bei aller Trauer über den Verlust, Mr Garrick, hat der Tod der Geschwister O'Hanlon indes auch einige Vorteile für Sie, nicht wahr? Sie sind nun in den Genuss einer hoch dotierten Lebensversicherung gekommen.«

»5000 Pfund, ja. Ich kann es nicht verleugnen«, antwortete er. »Offen gesprochen kann ich das Geld zurzeit sehr gut gebrauchen. Beruflich musste ich einige Rückschläge verkraften. Und ich habe Familie und Angestellte, die versorgt werden wollen.«

Sie wurden unterbrochen, als die Tür aufging und ein älterer Herr mit Backenbart und militärischem Gebaren den Salon betrat. Er stützte sich auf seinen Stock. »Hallo, Garrick«, sagte er in mürrischem Ton. »Haben Sie vielleicht Miss Thompson gesehen? Ich hatte sie vor einer halben Stunde schon um frische Handtücher gebeten und sie sind noch immer nicht ausgewechselt worden.«

Swanson und Phelps ignorierte er.

»Tut mir leid, Mr Averett«, entgegnete Garrick. »Das letzte Mal, als ich sie sah, trug sie ein Tablett in die Küche. Wenn ich sie sehe, sage ich ihr, dass Sie nach ihr suchen.«

»Hm«, knurrte Averett, noch ehe Garrick zu Ende gesprochen hatte, machte auf dem Absatz kehrt und ging ohne einen Dank davon. Die Tür ließ er offenstehen.

Swanson stand auf und schloss die Tür wieder. Dann kehrte er an den Tisch zurück. »Befinden Sie sich gegenwärtig in einer Anstellung, Mr Garrick?«

»Nein, Chief Inspector. Unglücklicherweise nicht.«

Phelps, der sich Notizen gemacht hatte, legte seinen Block auf den Tisch. »Ohne das Geld aus der Versicherung befänden Sie sich demnach in argen Schwierigkeiten.«

Garrick nickte zögerlich. »Ich kann mir vorstellen, wie das auf Sie wirken muss.« Er presste die Lippen aufeinander. Dann sagte er: »Als Michael mir das Angebot unterbreitete, war ich selbst überrascht. Ich kannte Sarah und Michael zwar seit drei, vier Jahren, doch hätte ich angenommen, sie würden ihr Vermögen der Stiftung hinterlassen, die sie gegründet hatten.«

Die Stiftung hatte Stewart Evans bereits erwähnt, ohne jedoch ins Detail zu gehen. »Was für eine Stiftung war das genau?«

»Ein Wohltätigkeitsverein. Sie kümmerten sich um Obdachlose, unterstützen alleinstehende Mütter, veranstalteten Spendensammlungen mit Musik. All sowas. Sie waren recht wohlhabend und hatten keine Kinder. Alles, was sie erübrigen konnten, gaben Sie den Armen, obwohl sie nie viel Wind davon machten, wie man so sagt. Sie wirkten eher im Stillen. Und ich half dort mit, so gut es meine Zeit zuließ.«

»Und Sie kümmerten sich auch um die O'Hanlons, wie ich hörte«, sagte Swanson. »Warum?«

»Weil sie mich darum baten. Sie waren auf Hilfe angewiesen.«

»Hatten Sie je Hintergedanken dabei?«, fragte Phelps, der seinen Block wieder zur Hand genommen hatte. »Wurden Sie für Ihre Hilfe entlohnt, oder hofften darauf?«

»Nicht in finanzieller Hinsicht, Sergeant. Meine Freundschaft mit Sarah und Michael war mir Lohn genug. Sie waren ganz wunderbare Menschen.«

Das war ein bisschen zu dick aufgetragen, fand Swanson. Obgleich er zugeben musste, dass es solch selbstlose Menschen geben mochte. Auch wenn sie äußerst selten waren. »Eine letzte Frage, Sir. Wo hielten Sie sich während der letzten zwei Wochen auf? Hier in London?«

Die Frage schien Garrick eher zu amüsieren, als in Panik zu versetzen. »Nein, Chief Inspector«, antwortete er. »Ich war mit meiner Familie in Dieppe. Verdächtigen Sie mich etwa?«

»Es wäre gelogen, würde ich behaupten, der Gedanke sei mir nicht in den Sinn gekommen.« Er schenkte ihm ein Lächeln.

»Wie dem auch sei. Ich reiste am ersten des Monats ab und kehrte erst gestern aus Frankreich zurück«, entgegnete Garrick.

»Dafür gibt es Belege, nehme ich an.«

»Wenn das Hotel in Dieppe nicht ausreicht, kann ich Ihnen auch die Fährpassagen zeigen.«

»Wir werden Ihre Angaben überprüfen, Mr Garrick. Danke, dass Sie uns Ihre wertvolle Zeit geschenkt haben.« Swanson stand auf. »Leben Sie wohl.«

Mochte er es auch drehen und wenden, wie er wollte – wenn das Alibi stimmte, konnte dieser Mann nicht der Mörder der Geschwister O'Hanlon sein.

KAPITEL 14
49 Gordon Square, Bloomsbury, London

Einen Polizisten in den Ostrich nach Colnbrook zu schicken, stand ganz außer Frage. Wenn Garrick der Mörder der O'Hanlons war, ergab es wenig Sinn, ihn durch die Präsenz der Polizei unnötigerweise aufzuschrecken und in Alarmbereitschaft zu versetzen. Damit der Mann unvorsichtig wurde und einen Fehler beging, war es unbedingt notwendig, dass er sich in Sicherheit wähnte.

Und so suchte Donald Swanson noch an diesem Abend Frederick Greenland auf. Der hatte ihm bereits in mehreren Fällen nützliche Hilfe geleistet.

»Eine Hand wäscht die andere, Mr Greenland«, meinte Swanson, als sie um elf bei einem Glas Brandy in Greenlands Salon saßen. »Tun Sie mir den Gefallen und ich persönlich schicke jemanden nach Holborn, der Ihren Jungen sucht.«

»Also schön, Chief Inspector.« Frederick legte die Hände auf die Knie. »Was genau soll ich für Sie tun?«

»Es gibt da einen jungen Mann, einen Gentleman mit dem Namen Garrick. Er hält sich zurzeit in einem Pub in Colnbrook auf.«

Frederick streckte die Beine aus und drehte sein Brandyglas zwischen den Händen. »Ein Verbrecher?«

»Das ist nicht sicher.« Swanson zuckte mit den Schultern. »Allerdings ist er der Nutznießer einer Versicherung, die unter, nennen wir es fragwürdigen, Umständen an ihn ausgezahlt wurde.«

»Ein Betrüger also.«

»Auch das ist nicht sicher, Mr Greenland«, sagte Swanson. Er stellte sein Glas auf die Armlehne des Sessels. »Ein Geschwisterpaar hat ihn, für den Fall ihres Ablebens als Nutznießer einer hochdotierten Lebensversicherung eingesetzt.«

»Wie hoch genau?«

»Etwa 5000 Pfund Sterling.«

Frederick stieß einen leisen Pfiff aus. »Und sie sind gestorben, was?«

»Mehr noch, sie wurden ermordet.«

»Davon ging ich aus. Ist dieser Garrick der Mörder?«

»Das nehmen wir an«, sagte Swanson. »Allerdings hat er ein wasserdichtes Alibi für den Zeitraum, in dem die beiden umgebracht worden sind. Es ist nicht zu erschüttern. Er war mit seiner Familie in Frankreich – in Dieppe.«

»Was genau kann ich dabei tun, Chief Inspector?«

»Ich möchte Sie bitten, sich an seine Fersen zu heften, Mr Greenland.« Swanson nahm sein Glas wieder zur Hand und nippte daran. »Wir haben für Sie ein Zimmer im Ostrich reserviert. Das ist das Pub, in dem Garrick sich aufhält. Ein Inn, wenn Sie es genau wissen wollen.«

»Sie haben ein Zimmer für mich reserviert?« Frederick beugte sich vor. »Ich habe noch nicht einmal zugesagt. Und Sie reservieren bereits ein Zimmer?«

»Irgendjemand wird in das Pub gehen müssen«, sagte Swanson. »Wenn es nicht anders geht, einer unserer Beamten. Doch Sie wären mir am liebsten, denn Sie sind so schön unauffällig.«

»Das ist nicht gerade ein Kompliment.«

»Aus dem Mund eines Polizisten schon«, widersprach Swanson mit einem Schmunzeln. »Sie bräuchten nichts weiter zu tun, als Mr Garrick zu beobachten. Was sagen Sie?«

Frederick nickte. »Angenommen, ich tue, worum Sie mich bitten – wen werden Sie schicken, um nach Badger zu suchen, Ihren Sergeant Phelps?«

»Nein.« Swanson kräuselte nachdenklich die Stirn. »Ich habe da jemand anderen im Sinn, einen Constable, den ich für besonders fähig halte.«

»Einen Constable?« Frederick beäugte ihn skeptisch. »Haben Sie nicht jemanden mit etwas mehr Erfahrung? Einen Sergeant wenigstens?«

»Der Beamte, den ich im Sinn habe, ist äußerst fähig, Mr Greenland«, versicherte Swanson. »Gegenwärtig unterstützt er uns im Fall Garrick. Und sein Vorteil ist, er kennt sich in Holborn aus, wie in seiner Westentasche.«

*

Für das Dilemma mit der Decke hatte Badger eine Lösung gefunden. Er hatte sie zwischen den Überresten des Hauses am Saffron Hill versteckt, in dem er jahrelang gelebt hatte.

Viel war nicht mehr übrig.

Offenbar hatte ein Feuer dort gewütet, das den Großteil des Hauses zerstört hatte. Was vom Feuer übriggelassen worden war, hatten sich nach und nach die Menschen aus der Nachbarschaft geholt.

Doch ein bisschen was vom Erdgeschoss und dem Anbau war noch stehen geblieben. Stunden brachte er damit zu, in den Überresten und den Hohlräumen der Wände nach einem Hinweis zu suchen, der ihn auf die Spur seiner Familie bringen mochte. Irgendwie hatte er gehofft, der alte Specs müsse Aufzeichnungen über die Kinder gehabt haben, die bei ihm lebten. Doch bis auf einen verbeulten Löffel und ein schmales Bändchen mit Gedichten fand Badger nichts. Er steckte beides ein und bezog in einem kleinen Bretterverschlag hinter dem verfallenen Anbau sein Hauptquartier. Von hier aus konnte er fast ungestört seine Nachforschungen betreiben. Auch wenn es riskant war, bei Tage würde ihm schon eine Erklärung einfallen, wenn man ihn mutterseelenallein am Hill antraf. Nur bei Nacht durften sie ihn nicht erwischen, sonst landete er womöglich noch im Kinderheim.

Jetzt war es Nacht. Die Glocke einer Kirche hatte in der Ferne eben die erste Morgenstunde geschlagen.

Badger lief schnell und beinahe lautlos die zwanzig Yards über den kleinen, von hohen Häuserfronten gesäumten Hof, der hinter der Ruine lag, und duckte sich, auf der anderen Seite angekommen, hinter eine große Holzkiste.

Beim Verlassen seines Unterschlupfs musste er Obacht geben, nicht gesehen zu werden. Bei Nacht war es einfach, da konnte er die Schatten ausnutzen. Sie gaben ihm Schutz. Doch bei Tage musste er äußerst vorsichtig sein.

Er nahm zwar nicht an, dass Coppers hier in dieser Ecke des Hill regelmäßig Streife liefen, doch wenn einer der Anwohner ihn und seinen kleinen Unterschlupf bemerkte, würde es nicht lange dauern, und er stünde ohne seine Vorräte da.

Die Decke hatte er dort ebenso verstaut, wie die Lebensmittel, die er sich auf dem Markt zusammengeklaut hatte. Und das wenige, was sich nicht stehlen ließ, hatte er gekauft – die Geldbeutel der Toffs in Fleet

Street lagen noch immer unbewacht in deren Taschen. Sie herauszufischen, war ein Kinderspiel gewesen.

Er sah sich um. Es war niemand zu sehen.

Er würde schon noch herausfinden, wer ihn damals, als er noch ein winziges Baby gewesen war, in Mr Specs Haus gebracht hatte. Irgendwo musste es eine Frau geben, die seine Mutter war. Der Mensch kam nicht von allein auf die Welt. Und selbst wenn diese Frau ihn nicht gewollt hatte, würde er sie sich ansehen.

Irgendjemand würde schon etwas wissen.

Badger befiel ein düsteres Gefühl, das sich in seinem Bauch breitmachte, wie Ungeziefer in den Wänden des Hauses am Saffron Hill, als er daran dachte.

Was, wenn er sie wirklich fand? Wie würde das sein? Würde er hingehen und sie ansprechen?

Er schüttelte den Gedanken ab, so gut es ging. Es war unsinnig, sich jetzt schon Sorgen darüber zu machen.

Über ungelegte Eier zerbrich dir nicht den Kopf, Kleiner, hatte Meg immer zu ihm gesagt.

Und daran würde er sich halten.

Und ich bin nicht *klein*, fügte er in Gedanken an Meg hinzu.

SECHSTER TEIL

GREENLAND

»In der Taverne wird
getrunken, gegessen,
gespielt – oder spioniert.«

Aus Venedig

KAPITEL 15
Colnbrook

Frederick staunte, als er tags darauf das Pub erblickte. Er hatte es sich anders vorgestellt. Kleiner, gemütlicher vielleicht. Auf alle Fälle anders.

Der Ostrich Inn, ein Coaching Inn dessen Fundamente, wie es auf einem an der Hauswand angebrachten Schild hieß, aus dem 12. Jahrhundert stammten, war riesig. Ein prächtiger Fachwerkbau mit roten Dachschindeln, an dessen rechter Hausecke, der ehemaligen Kutscheneinfahrt, wie Frederick vermutete, sich der Schornstein eines ausladenden Kamins zum Dachfirst emporstreckte.

Frederick stieg aus der Mietdroschke, die ihn von Bloomsbury hergebracht hatte, und bezahlte den Kutscher, ehe er seinen Mantel und den kleinen ledernen Handkoffer vom Sitz nahm und den Wagenschlag schloss. Es hatte ihn unendlich viel Überredungskunst und ein ganzes Pfund Aufschlag gekostet, den Kutscher überhaupt dazu zu bringen, ihn an einen Ort so weit außerhalb der Stadt zu fahren.

Die Sonne schien freundlich von einem beinahe wolkenlosen Himmel. Es wäre ein herrlicher Tag gewesen, um im Garten des Pubs an einem der Tische zu sitzen, sich am Wetter, einem leichten Bitter und der Lektüre eines guten Buches zu erfreuen, und den lieben Gott einen guten Mann sein zu lassen. Doch daraus würde nichts werden. Es gab Aufgaben zu erledigen.

Ein andermal, dachte Frederick. Und dann fiel ihm ein, dass es ganz bei ihm selbst lag, wie er zu Werke ging. Er war kein Polizeibeamter. Er konnte, wenn ihn die Lust dazu überkam, einfach irgendwo Platz nehmen, sich an besagtem leichten Bitter erfreuen und dabei die Gäste in Augenschein nehmen.

Je länger er darüber nachdachte, umso besser gefiel ihm der Gedanke.

Während der Kutscher den Gaul die Zügel zu spüren gab und die Droschke langsam davonrumpelte, blieb Frederick auf dem Gehsteig stehen und betrachtete die große zweiflügelige Eingangstür aus dunklem, altem Holz und geätzten Scheiben.

Trotz seiner Größe wirkte das Inn einladend. Das mochte zum einen daran liegen, dass Frederick jeden Ort einladend fand, an dem er aus der Alltagsroutine entfliehen konnte, und zum anderen, weil er seit Louisas Einzug in sein Haus, nicht einen Augenblick lang mehr unbeaufsichtigt gewesen war. Da kam ihm ein Pub gerade recht.

Er öffnete die Tür und trat ein.

»Da kann ich ja gleich Flusswasser saufen«, knurrte ein Mann mit Halbglatze, der an der Theke saß und Frederick den Rücken zuwandte.

»Dann lässt du es eben bleiben, Joe«, sagte die junge blonde Frau, die hinter der Theke stand und ihm das Glas, das sie ihm vermutlich gerade erst hingestellt hatte, wieder wegnahm, es ihm kurz unter die Nase hielt und dann irgendwo jenseits der Theke abstellte.

»Stell es wieder hin, Sue, ja?«, sagte der Mann, der Joe hieß, in versöhnlichem Ton und stand halb von seinem Barhocker auf. Er hatte eine Zigarette im Mundwinkel, nahm sie jetzt jedoch heraus und warf sie in den

Aschenbecher. »Hab ja gar nichts gesagt. Nun sei doch nicht immer gleich so.«

Sie tat, als hörte sie ihn nicht, sortierte die gespülten Gläser in die entsprechenden Regale, schnappte sich einen Stapel benutzter Geschirrtücher und verschwand damit ohne ein weiteres Wort durch eine Tür links der Theke.

»Sue!«, rief Joe und reckte den Hals. Doch die einzige Antwort, die er bekam, bestand aus dem Klappern und Poltern, das aus dem Raum drang, der hinter der Tür lag.

Wahrscheinlich die Küche, mutmaßte Frederick. Er zog seinen Mantel aus, hängte ihn sich über den Arm und marschierte, sein Köfferchen in der anderen Hand, zur Theke hinüber, wo er sich einen Barhocker heranzog, den Mantel darüber drapierte und auf einem zweiten Hocker Platz nahm. »Guten Tag«, sagte er und setzte sein verbindlichstes Lächeln auf.

Der Mann sah kurz zu ihm hin. Sein Gesicht war ein Netz roter Äderchen, die von zu viel Alkohol und zu wenig frischer Luft zeugten. Frederick schätzte ihn auf Mitte sechzig. Joe blickte wieder zur Küchentür, von wo noch immer Geräusche kamen, als würde die Küche für einen baldigen Umzug vorbereitet. Ohne Frederick anzusehen, sagte er: »Was soll daran gut sein?«

Eine Minute des Schweigens folgte, die Frederick damit zubrachte, auf die Küchengeräusche zu lauschen und den Mann an der Theke zu beobachten, der seine Zigarette wieder aufgenommen hatte und sie hastig zu Ende rauchte, ehe er wieder nach Sue rief.

Die schien indessen einen langen Atem zu haben.

»Soll ich es einmal versuchen?«, fragte Frederick schließlich.

»Hm.« Machte der Mann, was, seinem Ton nach zu urteilen, wohl so viel wie, ›Was zum Teufel soll das denn nützen?‹ bedeutete.

»Was meinen Sie, wie stehen die Chancen?«

»Das weiß man bei Sue nie. Kann sein es klappt, kann sein, es klappt nicht.«

»Ich dachte ja nur«, sagte Frederick und zuckte gleichmütig die Achseln. »Immerhin habe ich die junge Dame nicht geärgert.«

Joe drehte sich nun zu Frederick um. Auf seinem Gesicht zeichnete sich eine Spur Hoffnung ab. »Na ja, warum nicht, wenn`s Ihnen nichts ausmacht. Könnte doch klappen; Sie sehen mir aus wie einer, der hier was zum Übernachten gemietet hat. Da wird Sue sich hüten, Sie nicht zu bedienen.«

Frederick nahm Mantel und Koffer und nahm sich einen Hocker in Joes Nähe. Einen Platz zwischen ihnen ließ er frei. »Greenland«, sagte er. »Frederick Greenland. Ich habe tatsächlich vor ein paar Tage hierzubleiben.

»Frederick, soso. Ham ja totschicke Klamotten an. Nagen wohl nicht grad am Hungertuch, was?«, meinte Joe und nickte langsam.

»Ich kann nicht klagen, nein«, sagte Frederick.

»Dacht' ich's mir doch.« Er tippte sich mit zwei Fingern an die faltige Stirn und hielt ihm dann die ausgestreckte Hand hin. »Ich bin Joseph Thompson. Sie könn' mich Joe nennen.«

Frederick schüttelte sie. »Hocherfreut.«

Joe hielt den Kopf schief und musterte ihn. »Sind Sie verheiratet?«

Frederick, der die Frage gelinde gesagt etwas merkwürdig fand, verneinte. »Verlobt«, sagte er.

»Jammerschade.« Joe schob die Unterlippe vor. »Ein paar Tage bleiben Sie, haben Sie gesagt? Na, dann wünsche ich Ihnen Glück, Sir.«

Frederick war sich nicht sicher, ob Joes Worte sich nun auf die Zähmung der Bedienung bezogen oder auf seinen Aufenthalt hier im Ostrich. Trotzdem nickte er. Er stand auf, ging ans Ende der Theke und klopfte dreimal kräftig an die Tür, hinter der die junge Dame verschwunden war.

Nichts.

Er klopfte noch einmal.

Wieder nichts.

Joe lachte. »Da müssen Sie schon was rufen, Freddy. Glaubt ja sonst, das bin ich schon wieder.«

Er versuchte es ein drittes Mal und diesmal wurde die Tür sofort aufgerissen. »Was zum Teufel …? Oh!« Sie verstummte sofort, als sie Fredericks überraschtes Gesicht sah, setzte ein freundliches Lächeln auf und strich sich eine blonde Haarsträhne hinter das Ohr. »Ich bin Sue. Sue Thompson. Bitte entschuldigen Sie, Sir. Ich dachte für einen Moment, Sie seien mein Vater.«

»Ich fürchte, das muss an den Lampen liegen«, sagte Frederick mit einem gequälten Grinsen. »Bei Tageslicht wirke ich deutlich jünger. Mein Name ist Greenland. Ich glaube auf diesen Namen ist hier ein Zimmer für mich reserviert.«

Der kleine Mann mit dem ungewachsten Schnurrbart, dem billigen Straßenanzug und dem ordentlich gebundenen Plastron machte auf jeden, der ihn von weitem betrachtete, den Eindruck steifer bürokratischer Rechtschaffenheit. Selbst wenn man ihn von Nahem sah, in der Schlange vor dem Schalter einer Bank vielleicht, oder während er neben einem an der Haltestelle auf den Bus nach Clapham wartete, oder er einem schweigend im Abteil des 16 Uhr 50 Zuges ab Paddington gegenübersaß, hätte man in ihm vermutlich nichts weiter gesehen, als einen sehr farblosen, leicht untersetzen Gentleman von tiefgehender Langweiligkeit und Prüderie. Und man hätte sich gründlich in ihm geirrt.

Während er den Gehsteig entlangschlenderte, ab und an vor einem Schaufenster stehen blieb, um sein Spiegelbild in den Scheiben zu prüfen und sich die Manschetten zurecht zu zupfen, pfiff er fröhlich vor sich hin. Der kleine Mann war außerordentlich zufrieden mit sich und der Welt, denn er hatte allen Grund dazu. Eben erst war er aus dem Büro seines Verlegers William Heinemann in Nummer 21 Bedford Street, Covent Garden gekommen.

Er mochte Will, der nur drei Jahre älter war als er selbst, aber über die Lebenserfahrung eines alten Mannes zu verfügen schien. Das musste er auch, denn er hatte sein aufstrebendes Unternehmen vor fünf Jahren erst gegründet, nachdem er ein paar billige Zimmer in einem zugigen und heruntergekommenen Haus beim Blumen- und Gemüsemarkt gefunden hatte.

»Sie werden sehen, Ihrem kleinen kuriosen Zukunftsroman wird zumindest ein bescheidener Erfolg beschieden sein, mein lieber Herbert«, hatte er zu ihm gesagt, sich strahlend mit beiden Händen über den schmalen Kranz aus Haaren streichend, der seinen ansonsten kahlen Schädel, wie ein zu hoher Kragen einrahmte. »So wahr ich Henry Townsend heiße. Zu große Hoffnungen dürfen wir uns selbstredend nicht machen, nicht wahr? Die Geschichte ist etwas ... nun ja ... ihrer Zeit voraus, möchte ich sagen. Aber Ben wird ein schmissiges Cover zeichnen, das die Käufer ein wenig in die Irre leitet. Damit wird es gehen.« Er schob ihm einen Stoß Papiere über den Schreibtisch. »Wenn Sie hier bitte unterzeichnen wollen.«

Damit war die Veröffentlichung seines ersten Romans besiegelt gewesen. Jetzt würde die unendlich lange Zeit des Wartens beginnen – auf jenen verheißungsvollen Tag in drei Monaten, an dem sein Werk tatsächlich gedruckt in den Londoner Buchläden zum Verkauf ausliegen würde.

Er zog seine Taschenuhr aus der Weste und warf im Gehen einen kurzen Blick darauf, während er sich wünschte, er könne die Zeiger innerhalb von ein paar Minuten einfach bis zu jenem Tag weiterdrehen und gleich sehen, wie die Menschen es den Buchhändlern quasi aus den Händen rissen. Denn wenn er sich – wie alle angehenden Schriftsteller – einer Sache absolut sicher war, dann der, dass sein Roman im Nu alle Verkaufsrekorde brechen würde. Und täte er es nicht, so wäre das allein der Dummheit der Menschen geschuldet. Er jedoch hatte den Vorteil, die Menschen im Allgemeinen und die lesenden im Besonderen, für eine äußerst intelligente Spezies zu halten.

Noch immer vor sich hin pfeifend, erreichte er das südliche Ende der Bedford Street und bog nach links in The Strand ab.

Viel Verkehr war nicht um diese Zeit. Ein paar vereinzelte Fuhrwerke und das eine oder andere Hansom Cab rumpelten in Richtung Savoy. Die Gehsteige leerten sich. Die City ging allmählich zu Bett. Am leeren Droschkenstand auf der gegenüberliegenden Straßenseite stand eine einzelne junge Dame mit einem Köfferchen neben sich und studierte angestrengt ein Faltblatt. Vermutlich enthielt es die Abfahrzeiten der Busse oder es handelte sich um die verwirrende Wegbeschreibung ihres neuen Arbeitgebers. Eine verlorene Dame vom Land, mutmaßte er, die sich in der Großstadt hoffnungslos verirrt und verlaufen hatte.

Kurzentschlossen eilte er über die Straße, strich sein vom Laufen hochgerutschtes Jackett glatt und betrachtete die junge Frau eine Weile.

Sie war bildschön. Weiße Haut und schwarzes, züchtig hochgestecktes Haar, das bei Kerzenschein, und ohne all die Nadeln und Kämme darin, gewiss herrlich auf seinen nackten Schenkeln kitzeln würde.

»Darf ich Ihnen behilflich sein?« fragte er.

Die junge Dame, die ihn zuvor keines Blickes gewürdigt hatte, schaute ihm nun überrascht ins Gesicht. Er sah nett aus, fand sie. Und seine Stimme … Ja, seine Stimme war ganz und gar überraschend. Sanft, Vertrauen einflößend und doch mit einem Ton darin, der etwas Herausforderndes und Verlockendes hatte, und dabei zugleich einen Hauch von Gefahr verströmte. So, wie ein verlockendes Geschäftsangebot vielleicht, von dem man im Grunde weiß, dass es viel zu schön ist, um wirklich wahr sein zu können.

»Mir steht der Sinn nach einem Tee«, sagte er, steckte die Hände in die Hosentaschen und stieß dabei einen glücklichen Seufzer aus, der signalisierte, dass er bereits den Entschluss gefasst hatte, ihn auch zu bekommen. »Ich hatte bislang einen ganz guten Tag, wissen Sie? Und wenn es Ihre Zeit erlaubt, sind Sie herzlich dazu eingeladen, mir Gesellschaft zu leisten. Selbstverständlich auch zu dem Tee.«

»Auch zu dem Tee?«

»Sind Sie eingeladen.« Er lachte und lächelte. »Nicht nur zum Gesellschaftleisten, meine ich.«

Jetzt lachte sie ebenfalls. »Aber wir kennen uns doch noch gar nicht«, entgegnete sie.

»Oh, das lässt sich leicht ändern, meinen Sie nicht?«, sagte der kleine Mann und bot ihr seinen Arm an. »Mein Name ist Herbert. Herbert George Wells. Und ich kenne da ein gemütliches Pub unweit von Windsor, das ich Ihnen unbedingt zeigen möchte.«

Er hatte es schon vielen jungen Damen gezeigt.

KAPITEL 16

Es regnete wieder, als Swanson und Phelps den Yard verließen, um nach East Acton zu fahren, wo sich die Tischlerei und Schreinerwerkstatt von Warren P. Rawlston befand.

Sie beanspruchte auf der Straßenseite, auf der sie lag, ganze drei Gebäude für sich – ein Wohnhaus, eine große Werkstatt mit deckenhohen Sprossenfenstern und einen rot gestrichenen, scheunenartigen Anbau mit schwarzen Flügeltoren, der dem königlichen Marschstall des Buckingham Palace zur Ehre gereicht hätte. Eine schwarze, von zwei prachtvollen Pferden gezogene Beerdigungskutsche, geschmückt mit Blumen und Trauerflor stand davor.

Die Luft war angefüllt mit dem Geruch von Sägespänen. Swanson und Phelps folgten dem Geräusch der kreischenden Sägen und fanden auf dem Innenhof vor der Werkstatt einen der Arbeiter. Der hatte Hände, so groß wie Kohleschaufeln und lud gerade einige Holzlatten von seiner mächtigen Schulter auf eine am Boden stehende Holzpalette.

Swanson sprach ihn an und fragte ihn nach Mr Rawlston.

»Gehen Se mal da durch bis ganz nach hinten und dann die Treppe rauf. Der Chef müsste im Büro sein.« Und er deutete mit einer seiner Kohlenschaufeln in das staubige Zwielicht der Werkstatthalle, wo eine Handvoll weiterer Arbeiter an den Maschinen standen, Holzbretter hobelten oder Nägel einschlugen.

Überall tanzte Sägemehl in der Luft. Es roch nach Harz, frisch geschnittenem Holz und dem Schweiß schwer arbeitender Männer.

Sie fanden Warren P. Rawlston schließlich an der Treppe, die zu seinem Büro hinaufführte. Er stand vor einem Stapel großer Holzkisten und hielt ein Klemmbrett in der Hand, auf dem er sich mit einem Bleistift Notizen machte.

»Mr Rawlston?«, rief Swanson, und übertönte nur schwerlich das Gekreische der Sägen. »Können wir sie kurz sprechen?«

»Ja, sicher.« Rawlston warf das Klemmbrett schwungvoll auf eine der Kisten. »Kommen Sie. Gehen wir nach hinten, da ist es leiser.«

Statt die Treppe hinauf in sein Büro, brachte er Swanson und Phelps in einen großen Lagerraum neben der Werkstatt. Er schloss die Tür und die Geräusche wurden auf ein erträgliches Maß gedämpft.

»So ist's besser, was?« Rawlston wischte sich die Hände an seinem vorspringenden Bauch ab. »Worum geht es?«, fragte er.

Phelps zog den Brief aus der Tasche, den Sie bei ihrem ersten Besuch im Haus der O'Hanlons gefunden hatten, faltete ihn auseinander und hielt ihn Rawlston hin. »Ist der von Ihnen?«

Er schnappte danach, wie eine Schlange nach einer Maus. »Klar ist der von mir. Steht ja mein Name drauf, hab' ich recht?« Er gab Phelps den Brief zurück. »Wurde aber mal auch Zeit, dass Sie kommen. Ich bin nicht die Wohlfahrt, wissen Sie? Nicht mehr lange, und ich hätte einen Anwalt eingeschaltet.«

»Es tut mir sehr leid, Mr Rawlston«, sagte Swanson ruhig. »Doch wir sind nicht hier, um diese Rechnung zu begleichen. Wir ermitteln in einem Mordfall.«

»Mordfall?« Er machte ein entgeistertes Gesicht. »Was denn für'n Mordfall, verflucht?«

»Der Mann, dem Sie diese Rechnung geschickt haben, ist ermordet worden«, sagte Swanson. »Vielleicht haben Sie davon gehört.«

»Gar nichts hab' ich gehört«, blaffte er. »Ich hab' keine Zeit für so'n Zeug. Und das ist keine Rechnung. Das ist eine Mahnung. Und zwar die letzte.« Er rammte die Hände in die Hosentaschen. »Ja, aber, wenn der Kerl tot is', wer bezahlt mich dann jetzt?«

»Das weiß ich nicht, Sir.« Geld war doch immer das Wichtigste, dachte Swanson. Da kamen nicht Mal Mord und Totschlag mit. »Wann wurde Ihnen der Auftrag erteilt?«

»Ist lange her. Im ersten Quartal, würd' ich sagen. Hab zig Mahnungen verschickt. Aber der hat einfach nich' gezahlt, der Schweinehund – bis heute nich'.« Rawlston spuckte auf den Boden. »Dabei hat der Kerl wirklich ausgesehen, als könnt' er's sich leisten.«

Phelps klappte seinen Block auf und schlug eine Seite um. »Können Sie den Mann beschreiben? War er älter, etwa zwischen fünfzig und sechzig?«

»Nee. War so'n junger Kerl im schnieken Zwirn. Dunkle Haare, wenn ich mich recht erinnere. Keiner, der je mit seinen Händen gearbeitet hat. Glatte Haut wie'n Frauenzimmer, als würd' er sich ständig eincremen.«

Die Beschreibung passte auf Benjamin Garrick. Swanson fragte: »Hat er seinen Namen genannt?«

»Na, welchen Namen soll er schon genannt haben?«, meinte Rawlston spöttisch. »Den, der auf der Mahnung steht, will ich meinen.«

»Es würde uns interessieren, was er bei Ihnen in Auftrag gegeben hat.«

»Was er gekauft hat? Ich dachte, dass wär' Ihnen klar.« Rawlston breitete die Arme aus und drehte sich hin und her. »Na sehen Sie sich doch um, was wir hier tun. Hat gekauft, was alle kaufen. Zwei Särge hat er bestellt, die er abholen ließ.« Er schürzte die Lippen. »Bloß ans Bezahlen hat der verdammte Sauhund nicht mehr gedacht.«

Reginald Caine erwachte aus einem schönen, bildrei-
chen Traum. Er hatte in einer gotischen Kirche gesessen
und einem ganz in schwarz gekleideten Violinisten
gelauscht, der eine Bach Partita spielte. Meisterhaft
spielte.

Caine lag vollständig bekleidet auf seinem Bett. Er
hatte sein Augenlicht im Alter von vierzehn Jahren verloren, träumte jedoch oft so lebhaft, so wirklich, dass
er jedes Mal einen Schrecken bekam, wenn er erwachte
und feststellte, nicht sehen zu können.

Er hatte bloß ein kurzes Nachmittagsschläfchen halten wollen. Jetzt hatte er das untrügliche Gefühl, viel
länger geschlafen zu haben. Traurigkeit befiel ihn, als
die Bilder verschwanden und mit dem Erwachen auch
die Erinnerung daran verblasste.

Er setzte sich im Bett auf.

Draußen war es bereits dunkel. Caine, der seine
Augenbinde neben sich liegen hatte, nahm den Unterschied von hell zu dunkel wahr. Und dann wurde ihm
klar, weshalb er von der Musik geträumt hatte.

Er hörte Musik!

Das muss Miss Carter sein, dachte er. Sie spielte
virtuos.

Eine Weile blieb er einfach auf der Bettkante sitzen
und lauschte den zarten Klängen, die aus dem Zimmer
nebenan kamen.

Die Traurigkeit, die kurz Besitz von ihm ergriffen
hatte, wich dabei einem Gefühl tiefer Glückseligkeit.
Es gab wenig in dieser schlechten Welt, dass Reginald
Caine so dermaßen mit Glück erfüllte, wie gute Musik
es vermochte. Am liebsten hätte er sich auf ihren Klän-

gen davontragen lassen, wie ein Blatt auf einem munter dahinplätschernden Bach. Weit fort, bis ins Meer.

Die Musik verstummte abrupt. Dann ging nebenan die Tür. Miss Carter hatte aufgehört zu spielen.

Zeit an die Arbeit zurückzugehen, dachte er.

Caine tastete nach seiner Augenbinde, fand sie und legte sie an.

Dann stand er auf.

*

Nach einem schweren Gewitter am Nachmittag besserte sich das Wetter nun von Stunde zu Stunde. Ebenso die Laune der anwesenden Gäste. Im Pub herrschte um halb neun ein geselliges Durcheinander, und Dick Porter und Sue Thompson kamen kaum mit dem Ausschenken der Getränke nach.

Reginald Caine spürte Miss Lydia Carters Anwesenheit mehr, als dass er sie an ihrem Parfum erkannt hätte.

Ihre Schritte waren unverkennbar. Sie ging ganz anders als die ältliche Mrs Maltby oder Miss Thompson. Den leichten Duft nach Jasmin, den er bereits bemerkt hatte, als sie gestern vor ihm die Treppe hinaufgegangen war, nahm er erst wahr, als sie sich an die Schmalseite der Theke stellte, vermutlich um auf den Wirt zu warten.

Als sie die Hände auf die Theke legte – das Klingklang ihres Perlenarmbandes verriet es ihm – ging er zu ihr und sprach sie an.

»Es muss herrlich sein, ein Instrument so virtuos zu beherrschen, wie Sie es vermögen, Miss Carter«, sagte er.

An Ihrer Reaktion – ein kurzer hastiger Atmer, auf den eine Sekunde des Schweigens folgte – konnte er ablesen, dass sie mit ihren Gedanken vermutlich bei etwas gänzlich anderem als ihrer Musik gewesen war.

»O«, machte sie dann. Ihre Stimme klang überrascht und etwas atemlos. »Sie haben mich spielen hören, Mister – ?«

»Wie überaus unhöflich von mir«, sagte Caine. »Sie einfach so hinterrücks zu überfallen, war unangemessen.« Er lächelte. »Mein Name ist Caine. Ich bitte vielmals um Verzeihung. Ich hoffe, Sie werden mir meine Aufdringlichkeit nachsehen. Aber ich liebe Bach. Und Ihre Interpretation der Partita in D-Moll war mir ein Hochgenuss.«

»O«, machte sie wieder. Dann schien sie sich zu besinnen und sagte: »Sie schmeicheln mir, Mr Caine. Ich bin weit davon entfernt sie virtuos zu spielen.«

»Für meine Ohren waren Sie virtuos«, entgegnete er. »Ich bin blind, wie Sie unschwer erkennen. Daher bin ich auf mein Gehör angewiesen. Ich vermag das Außergewöhnliche vom Mittelmaß zu unterscheiden. Und Sie, meine verehrte Miss Carter, sind außergewöhnlich begabt.«

Er hörte, wie sie ihre Hand aufs Dekolleté legte und mehrmals flach einatmete. »Ich danke Ihnen, Mr Caine. Sie schmeicheln mir zu sehr.« Sie stockte, und er konnte sich vorstellen, wie sie errötete. »Es ist allerdings auch ein außergewöhnlich gutes Instrument, müssen Sie wissen.«

»Daran zweifle ich nicht.« Sie war bescheiden, wie alle großen Künstler, dachte er bei sich. Es waren stets Arroganz und Prahlerei, die den Stümper auszeichneten. »Dennoch sollten Sie ihr Licht nicht unter den Scheffel stellen«, meinte er.

»Ach, es ist so schön, das zu hören, wissen Sie?«
Sie legte ihm die rechte Hand auf den Arm. Er konnte ihr Lächeln hören. »Sie können nicht ermessen, wie sehr ich mich selbst quäle, um besser und besser zu werden. Ich habe mit vier Jahren begonnen, Geige zu spielen. Meine Mutter bestand darauf, weil sie es selbst nie konnte. Und unglücklicherweise besaß ich ein gewisses Talent für das Instrument. Manchmal wünschte ich mir, ich wäre nicht zu ihr gekommen.«

»Unglücklicherweise?« Er fand die Bemerkung seltsam.

»Von außen betrachtet sollte ich wahrscheinlich dankbar sein, nicht wahr?« Sie nahm die Hand von seinem Arm, und am Klang ihrer Stimme hörte er, dass sie jetzt zu Boden schaute, während sie sprach. »Meine Kinderjahre bestanden aus nichts weiter als Musik. Ich bekam gleich einen Hauslehrer für Violine – da war ich vier. Derweil meine Geschwister mit dem Mädchen in den Park gingen und Reifen schlugen oder verstecken spielten, saß ich in einem großen kalten Zimmer und lernte die Noten. Das ist wohl der Preis für eine gute Familie. Aber ach –« Sie stieß ein kleines glucksendes Lachen aus. »Was rede ich da für einen fürchterlichen Unsinn, Mr Caine. Ich liebe meine Geige. Und es ist ein Segen, dass Mutter mir das Studium der Musik ermöglichte. Viele andere Mädchen und Frauen haben nichts weiter vorzuweisen als ihre Handarbeiten und sind bloß schmückendes Beiwerk ihrer Ehegatten. Wenn sie überhaupt jemanden haben.«

»Grollen Sie Ihrer Frau Mutter nicht«, sagte Mr Caine, dem die tiefe Verbitterung in Miss Carters Stimme nicht entgangen war. »Ihnen wurde ein großes Talent geschenkt, Miss Carter. Nicht jede Familie kann es sich erlauben, ihre Töchter auf solche Weise zu unterstützen, wie es die Ihre tat.«

»Das ist mir ja durchaus bewusst. Und ja, ich bin sehr dankbar. Ich kann reisen. Ich verdiene mein eigenes Geld. Keine Frau, die ich kenne, hat dieselben Privilegien, die ich genieße. Und ich genieße sie bloß, weil ich gelernt habe, dieses Instrument zu beherrschen.«

Caine lächelte. Er mochte sie. Ihre Stimme hatte einen warmen, angenehmen Klang, der seinen Ohren beinahe ebenso schmeichelte, wie die wunderbaren Klänge, die sie ihrem Instrument entlockte, wenn sie spielte.

»Ich hoffe, wir werden alle noch in den Genuss Ihres Spiels kommen, Miss Carter«, sagte er. »Es wäre wundervoll, wenn Sie an einem Abend auch hier für uns Spielen könnten.«

»Aber mit dem größten Vergnügen, Mr Caine.«

»Das freut mich. Wann wäre es Ihnen denn recht?«

»Die nächsten Tage habe ich kein Engagement«, entgegnete sie. »Wenn Sie mit Dick Porter sprechen, bin ich gerne bereit an einem Abend für die Gästen zu spielen.« Sie senkte die Stimme kaum merklich, als sie sagte: »Nur bitte – Sie müssen ihn fragen, ja, Mr Caine. Mir wäre es nämlich schrecklich peinlich es selbst zu tun. Ich dränge mich nicht gerne auf.«

Caine bemerkte das schwere Fliederparfum der alten Mrs Maltby, und kurz darauf hörte er sie sagen: »Bitte verzeihen Sie. Ich kam nicht umhin, Ihr Gespräch zu belauschen. Es ist einfach fabelhaft, was Mr Caine vorgeschlagen hat. Sie würden uns allen eine Riesenfreude damit machen, Miss Carter.«

»Dann wird es mir ein besonderes Vergnügen sein«, gab sie mit einem Lächeln in der Stimme zurück. »Sie sind wirklich zu freundlich.«

»Ich werde die Damen jetzt allein lassen und einmal nach dem Wirt sehen«, sagte Caine und griff nach seinem Stock.

»Sie gehen doch hoffentlich nicht wegen mir«, fragte Mrs Maltby. »Ich wäre untröstlich.«

»Nein, nein, gewiss nicht. Doch ich habe bereits genug von Miss Carters Zeit in Anspruch genommen. Ich überlasse sie nun Ihrer Obhut, Mrs Maltby.« Als er auf dem Weg zur anderen Seite der Theke an einem der Tische vorüberkam, hörte er Benjamin Garrick und Mr Averett miteinander über das Wetter in Frankreich sprechen.

Er würde sich später noch mit beiden unterhalten. In einem Pub war es leicht mit jedermann ins Gespräch zu kommen.

Er fand Dick Porter an den Zapfhähnen, wo er ihm sogleich ohne Umschweife Miss Carters Angebot unterbreitete.

KAPITEL 17

Der Schankraum füllte sich zusehends.

Neben dem blinden Reginald Caine, der sich mit Miss Lydia Carter über Musik unterhielt und unentwegt lächelte, waren auch der junge Benjamin Garrick, Mrs Maltby und der stets schlecht gelaunte Mr Averett von ihren Zimmern heruntergekommen und saßen an Tischen oder standen zwischen den Gästen aus dem Ort an der Theke.

Joe war einer der Stammgäste und auch heute Abend wieder mit von der Partie. Jeden Tag schlenderte er um fünf Uhr nachmittags herein. Man konnte die Uhr danach stellen. Jetzt war er zum wiederholten Male in eine lebhafte Diskussion mit seiner Tochter verstrickt. Worum es auch gehen mochte, Sue würde die Oberhand behalten und als Gewinnerin daraus hervorgehen, daran zweifelte Frederick nicht eine Sekunde.

Ihren ausladenden Gesten nach zu urteilen und ihrem Blick, der einen weniger betrunkenen Mann augenblicklich in eine Salzsäule verwandelt hätte, war Sue dabei, ihrem Vater zu erklären, dass Schluss tatsächlich Schluss bedeutete.

Als Joe auch weiterhin auf sie einredete, ließ sie ihn stehen und wandte sich Benjamin Garrick zu, der augenscheinlich in Gedanken versunken an einem Glas mit dunklem Bier nippte.

Sue sagte offenbar etwas Ermunterndes zu ihm, denn er nickte lebhaft und lächelte sie offen an.

Frederick Greenland saß, ein Glas Badger Bitter vor sich, in der Ecke beim Fenster, einem Platz, den er langsam als seinen Stammplatz betrachtete, und versuchte so unauffällig wie möglich auszusehen, während er Garrick beobachtete. Anfangs hatte er nicht gewagt, ein Notizbuch mit in den Schankraum zu nehmen, aus Sorge, man könnte seinen Geheimauftrag, Informationen für Chief Inspector Swanson zu sammeln, durchschauen. Doch bis auf diesen kleinen Schriftsteller Wells, der gestern in Begleitung einer jungen Frau erschienen war, die jedoch recht schnell wieder abgerauscht war, als er ihr anbot, ihr sein Zimmer zu zeigen, hatte sich rein niemand für ihn oder das, was er dort tat, interessiert. Und schließlich war es ja kein Verbrechen, sich Notizen zu machen.

Also war er am Ende dazu übergegangen, sein Buch ganz offen auf den Tisch zu legen, anstatt es heimlich auf seinen Knien zu balancieren.

Wenn man etwas unter den Augen der Menschen tat, anstatt krampfhaft zu versuchen, es vor ihnen zu verbergen, fiel man am wenigsten auf.

Wells jedoch war gleich herübergekommen, als er Frederick mit Buch und Bleistift in seiner gemütlichen Ecke erblickt hatte. Doch das lag wahrscheinlich daran, dass er selbst schrieb. Artikel und Bücher, wie er ihm erzählt hatte.

Wells war augenscheinlich gleich begeistert gewesen, jemanden zu treffen, der ebenfalls einen Bleistift in der Hand halten konnte, ohne Zahlen damit aufs Papier zu kritzeln. Vermutlich hielt er ihn für einen Kollegen.

Frederick lehnte sich mit einem Seufzer gegen die Lehne des Stuhls zurück. Was er sich mittlerweile fragte, war, ob Herbert Wells tatsächlich an all das glaubte, was er ihm erzählt hatte. Von einer Apparatur, mit deren Hilfe der Mensch sich vorwärts und rückwärts in der Zeit bewegen konnte; ganz so, als würde man eine Landstraße in die eine und in die andere Richtung hinauf- und hinunterfahren. Das Buch darüber hatte er bereits geschrieben – es würde noch in diesem Jahr erscheinen, wie er ihm versicherte. Ein anderes Buch dagegen existierte gegenwärtig allein in seinem Kopf: die Geschichte von kaltblütigen Marsianern, die die Erde überfielen, wie riesige Heuschrecken aus Metall, um die Menschheit auszulöschen.

Stundenlang hatte er sich außerdem den Inhalt eines Romans angehört, den Wells für das nächste Jahr plante. Es ging darin um einen Wissenschaftler der ein Serum entwickelt, das unsichtbar machte.

Wells, der ein kleines Zimmer im Ostrich hatte, es jedoch nur benutzte, wenn er eine Dame mitbrachte, hatte sich gegen vier Uhr überschwänglich verabschiedet, da er eine Verabredung im Dorf hatte.

Frederick konnte sich ausmalen, wie diese aussah, denn Wells hatte ihm zum Abschied anzüglich zugezwinkert.

Er nahm einen Schluck von seinem Bier. Er hatte eine Aufgabe zu erledigen, und sich nicht in Gedanken um Herbert Wells und dessen Geschichten zu verlieren.

Er tat so, als schriebe er etwas und linste dabei nach links, dorthin, wo Benjamin Garrick saß.

Sue sprach nach wie vor mit ihm, hatte sich sogar zu ihm an den Tisch gesetzt, was sie sonst bei niemandem tat. Sie schien ihn offenbar recht gern zu haben.

Miss Lydia Carter lachte über etwas, das der blinde Reginald Caine gesagt haben musste, denn sie beugte sich zu ihm (ein wenig zu vertraulich, wie Frederick fand) und legte ihm die Hand auf den Unterarm. Ihr Lachen klang wie das helle Zwitschern eines Vogels am Morgen.

Frederick mochte sie. Sie kam ihm anders vor, als die meisten Frauen, die er kannte. Freier und weniger konventionell. Doch das war kein Wunder. Die einzigen Damen, mit denen er für gewöhnlich Umgang pflegte, waren Miss Magda, das Hausmädchen seiner Nachbarn, die mit Morten seinem Butler ging – obwohl sie beide stets bemüht waren, es zu verheimlichen –, das schüchterne Mädchen in dem Geschäft am Strand, in dem er seine Zigarren kaufte, und seine Verlobte Louisa.

Er legte den Bleistift aus der Hand und klappte sein Notizbuch zu.

Caine, der neben Miss Carter gestanden hatte, bot ihr jetzt den Arm an und führte sie, unter zu Hilfenahme seines Stockes, zu einem Tisch beim Kamin. Er schob ihr den Stuhl zurecht und nahm dann selbst ihr gegenüber Platz.

Der Mann war ihm unheimlich. Die Art, wie er sich bewegte, hatte etwas Katzenhaftes, und seine leise, hohe Stimme hatte etwas Verschlagenes.

Wenn er es recht bedachte, konnte Frederick in jedem hier einen Hauch von Verschlagenheit oder heimlicher Boshaftigkeit sehen, wenn er es sich nur kräftig genug einbildete.

Doch was wusste er schon von Polizeiarbeit? Chief Inspector Swanson hatte mehr als einmal zu ihm gesagt, man könne es den Menschen nicht ansehen, ob sie das Böse in sich trügen. Die grimmigen und schlecht gelaunten dieser Welt würden nicht zwangsläufig zu denen zählen, die Finsteres im Schilde führten. Die Fratze des Bösen sei im Gegenteil häufig hinter der Maske der Freundlichkeit versteckt.

Doch konnte man davon auch die Regel ableiten, dass jeder Gast, der einen beim Hereinkommen freundlich anlächelte und einen angenehmen Tag wünschte, als mutmaßlicher Mörder zu betrachten sei?

Wohl kaum.

Frederick nahm einen weiteren Schluck von seinem Bier, klappte das Notizbuch wieder auf und spähte über dessen Rand hinweg in Richtung Bar.

Dort saß Mrs Maltby, eine ältere, allein reisende Dame von einiger Aufdringlichkeit. Frederick schätzte sie auf Ende fünfzig. Sie hatte ihren Stock auf den Knien und las in der Times. An dem Lärm, den die anderen Gäste machten, allen voran Joe Thompson, schien sie sich nicht im mindesten zu stören. Im Gegenteil. Sie hatte sich vor einer Weile mit Joe unterhalten, war sogar mit ihm vor die Tür gegangen. Sie sprachen so vertraulich miteinander, als würden sie sich schon ewig kennen, fand Frederick.

Außerdem schien die alte Dame einen Narren an Miss Carter gefressen zu haben. Sie belagerte sie immer wieder. Anfangs musste ihr das noch geschmeichelt haben, doch mittlerweile ging sie der alten Dame möglichst aus dem Weg. Einmal waren sie an diesem Abend gemeinsam vor die Tür gegangen, doch Miss Carter war nach wenigen Minuten bereits wieder hereingekommen. Sie hatte geradezu entnervt ausgesehen, und der ansonsten so griesgrämige Mr Averett hatte die junge Frau vor Mrs Maltby gerettet, indem er die alte Dame nun seinerseits mit Beschlag belegt und sie zu einem Glas Sherry eingeladen hatte.

So war das wohl, wenn man sich einen gewissen Ruhm erarbeitet hatte, dachte Frederick und malte ganz in Gedanken eine Geige in sein Buch. Die Bewunderer folgten einem auf Schritt und Tritt.

Bei Caine war das anders. Im Gegensatz zu Mrs Maltby erkannte er, wann er zu aufdringlich wurde, entschuldigte sich unter irgendeinem Vorwand, und ging davon, ehe es peinlich werden konnte.

Mr Averett, der Mrs Maltby mittleiweile verlassen hatte und nun genauso mürrisch wie immer aussah, nippte an einem Glas Bier und starrte Löcher in die Luft, während Sue, die hinter der Theke mit den Gläsern hantiert und Bier ausgeschenkt hatte, ehe sie sich zu Garrick setzte, für jedermann ein gutes Wort parat hatte.

Dick Porter brachte Benjamin Garrick ein Bier, woraufhin Sue sich mit einem Schulterzucken erhob und in die Küche eilte.

Chief Inspector Swanson hatte Frederick gebeten, auf Garrick ein besonderes Auge zu haben, doch der Mann kam ihm eher langweilig vor. Er machte auf ihn den Eindruck, als hielte er sich absichtlich von allen anderen fern. Nur mit Mr Averett hatte er ihn zwei, drei Mal sprechen sehen.

Garrick war schlank und dunkelhaarig, eher die Sorte Mensch, die im Sommer keinen Sonnenbrand bekam. Seine Haut hatte einen dunklen Teint, der die hellen blauen Augen noch mehr zur Geltung brachte. Doch abgesehen von seinem ansprechenden Äußeren – Sue Thompson umsurrte ihn nicht umsonst wie eine Biene den Rosenbusch – umwehte ihn eine Aura der Langeweile.

Garrick bedankte sich für das Bier, trank und sah zur Küchentür hin, vermutlich um nachzuschauen, wo

Sue geblieben war. Dann warf er gelangweilt und mit hängenden Lidern einen Blick auf seine Taschenuhr.

Wenn so ein Mörder aussah, dachte Frederick, klappte sein Notizbuch zu und steckte den Reisefederhalter ein, dann konnte jeder hier im Pub einer sein – sogar er selbst.

Er nahm das Notizbuch und sein Bier und stand auf.

Wollen wir ihm doch mal ein bisschen auf den Zahn fühlen, dachte er und schlenderte zu Benjamin Garricks Tisch hinüber.

*

Garrick war ihm gleich sympathisch.

Frederick hatte nicht das Gefühl, einem Mann gegenüber zu sitzen, der zwei Menschen ermordet hatte. Im Gegenteil, Garrick schien eher ein zurückhaltender, vorsichtiger Mensch zu sein. Niemand, der einem anderen mit einem Hammer den Schädel einschlug.

Mittlerweile saßen sie draußen in der angenehm kühlen Luft der hereinfallenden Nacht und sprachen über Badger. Der Himmel war sternenklar.

»Sie haben mit Ihrem Jungen sicherlich alles richtig gemacht, Mr Greenland.« Garrick lächelte ihn offen an. »Ich bin selbst Vater. Und ich kann Ihnen eines sagen: Ich verbringe nicht halb so viel Zeit mit meiner Tochter, wie ich es gern wollte. Sie dagegen beschäftigen sich mit ihm. Bei uns zu Hause kümmern sich Constance und das Hausmädchen um die Kleine. Und selbst wenn ich es wollte, sie würden mich nicht lassen.« Er lachte verlegen. »Wahrscheinlich darf ich sie haben, wenn sie älter ist. Noch hält man mich wohl für keinen guten Umgang, fürchte ich.«

Frederick sah den Moment gekommen, das Thema auf Garricks Beruf und seine Verbindung zu den O'Hanlons zu lenken. »Ich kann mir denken, Sie sind den Tag über mächtig eingespannt. Mit Ihrer Arbeit, meine ich. Sie hätten sicherlich kaum Zeit für Ihre Tochter.«

Er senkte den Kopf, drehte sein Glas hin und her und seufzte leise. »Ich bin Kaufmann, wissen Sie? Zurzeit jedoch leider ohne Anstellung.«

»Das muss schwierig für Sie sein, stelle ich mir vor. Vor allem, wenn man Familie hat und Angestellte.«

»Es war schwierig«, sagte er. »Sehen Sie, ich bin kürzlich zu etwas Geld gekommen.«

»Wie erfreulich.«

»Nun nicht ganz, Mr Greenland.« Er blickte wieder auf sein halbvolles Glas hinunter. »Es ist eine zweischneidige Sache. Freunde von mir, um die ich mich eine Zeitlang gekümmert habe, sind gestorben.«

»Das tut mir aufrichtig leid«, meinte Frederick. Er suchte in Garricks Gesicht nach einer Spur Verschlagenheit. Fand jedoch nichts. »Sehr enge Freunde?«

»Nun ja – schon. Sie haben mir etwas hinterlassen.«

»Und nun haben Sie ein schlechtes Gewissen?« Frederick trank einen Schluck und stellte das Glas wieder auf den Tisch.

»Ja.« Garrick nickte kurz. »Sehen Sie …«

»Garrick, mein Bester!« Es war Mrs Maltby. Sie stand an der Seitentür zur Bar und hob winkend die Hand. »Haben Sie wohl einen Augenblick Zeit für mich?«

Verflucht! Frederick hätte die Frau umbringen können. Er blieb sitzen und lächelte sie herzlich an.

Garrick erhob sich höflich. »Ich war eben im Gespräch mit Mr Greenland«, sagte er. »Ich komme gerne in einer halben Stunde zu Ihnen.«

»Ich fürchte, ich gehe recht bald zu Bett«, entgegnete sie. »Ob Sie wohl jetzt einen kurzen Moment für mich erübrigen könnten? Es geht um ein Konzert, das Miss Carter in den nächsten Tagen für uns geben wird.«

»Selbstverständlich.« Garrick leerte sein Glas. »Bitte entschuldigen Sie, Mr Greenland«, sagte er, die Augenbrauen gewölbt. »Ich werde kurz hinübergehen und sehen, wie ich helfen kann. Bleiben Sie hier?«

Frederick warf einen Blick auf seine Taschenuhr. Es war zwanzig Minuten nach zehn. Er hatte keine Lust darauf zu warten, bis Mrs Maltby Garrick endlich aus ihren Klauen entließ. So, wie er sie einschätzte, konnte das Stunden dauern. Er sagte: »Ich werde noch einen kleinen Spaziergang machen und mir einmal den Bachlauf ansehen. Machen Sie sich um mich keine Gedanken, Mr Garrick.« Auch er trank aus und erhob sich. »Was halten Sie davon, wenn wir beide morgen nach dem Frühstück ein wenig durch die Hügel streifen?«

Garrick lächelte wieder. »Nichts lieber als das. Sagen wir halb acht?«

»Um halb acht beim Frühstück«, sagte Frederick und reichte ihm die Hand.

»Mr Garrick?« Mrs Maltby trat neben ihn, ihren Stock wie eine Waffe umklammert. Ihre Stimme klang ungeduldig. »Kommen Sie nun oder kommen Sie nicht?«

»Ich komme, Mrs Maltby. Ich komme.«

Frederick wartete, bis sie im Haus verschwunden waren. Dann wandte er sich in die Richtung, in der der Bach liegen musste.

Der Mond beschien hell die Hügel ringsum.

SIEBTER TEIL

KADENZ

»Wenn es in der Kneipe
laut hergeht, so lassen sie
entweder einen leben,
oder sie bringen einen um.«

Wilhelm Schlichting (um 1930)

KAPITEL 18
Colnbrook

Als Frederick an diesem Morgen um kurz vor sieben sein Zimmer verließ, war er bester Laune. Die Aussicht, mit dem jungen Benjamin Garrick einen Spaziergang durch die Weidenlandschaft von Colnbrook zu unternehmen, und den Mann dabei noch besser unter die Lupe nehmen zu können, beflügelte ihn förmlich.

Fröhlich vor sich hin pfeifend trat er in den dunklen, mit dickem Teppich ausgelegten Gang hinaus, schloss seine Zimmertür ab, ging an Mrs Maltbys Zimmer vorüber und stieg die kurze Treppe hinunter, die in den ersten Stock führte, wo vier der Gäste wohnten: Mr Caine, der ihm äußerst suspekt war, Miss Carter, die er ganz reizend fand, Mr Averett, ein älterer, nichtssagender Herr, der alles besser wusste, und Mr Garrick, mit dem er in einer halben Stunde zum Frühstück verabredet war.

Der Korridor war ebenso dunkel wie der Gang auf seiner Etage, denn durch das eine winzige Fenster zum Hof, am Ende des Flures, fiel kaum etwas Tageslicht herein, und die Gaslampen an den Wänden waren bereits gelöscht worden.

Er kam an dem ausgestopften Straußen vorbei, der schweigend und majestätisch neben seinem Ei stand, und wollte eben nach links zur Treppe gehen, die nach unten in den Schankraum führte, als er in der Nische zwischen dem toten Vogel und der Anrichte, die linker Hand an der Wand stand, ein Paar Füße mit Damenschuhen daran entdeckte.

Im ersten Augenblick glaubte er, jemand habe sich einen Scherz erlaubt und eine große Puppe dort an die Wand gelehnt.

Doch dann erkannte er das Kleid. Mrs Maltby hatte es gestern Abend getragen.

Frederick trat in die kleine Nische und ging in die Hocke. Jetzt sah er auch das Gesicht. Es war tatsächlich Mrs Maltby. Und sie war mausetot. Ihre Augen waren weit geöffnet und zwischen ihren blaugeschwollenen Lippen quoll die Spitze ihrer Zunge hervor. Ein dünnes Rinnsal Blut lief ihr aus dem linken Mundwinkel.

Großer Gott, dachte er.

Er schauderte. Was war hier nur passiert? War die alte Dame vergiftet worden? Es sah ganz danach aus. Doch warum hatte sie sich dann in diese Nische zurückgezogen, anstatt zu versuchen, nach unten in den Schankraum zu kommen?

Er stand wieder auf.

Was für ein fürchterlicher Morgen. Er musste unbedingt dafür sorgen, dass niemand die Leiche berührte, ehe die Polizei vor Ort war.

»Was ist hier geschehen, Mr Greenland?«, fragte Mr Caine, der, wie aus dem Nichts, plötzlich neben ihm auftauchte. Er musste eben aus seinem Zimmer gekommen sein. Einen Schritt vor der Toten am Boden blieb er stehen. Die Spitze seines Stockes verharrte in der Luft, nur wenige Zentimeter von den Beinen der Leiche entfernt.

Frederick hatte keinen Laut von sich gegeben, dachte er zumindest, und er fragte sich, wie dieser Caine es fertigbrachte, ihn zu erkennen und ob er auch von der Toten wusste.

»Ich fragte Sie, was hier geschehen ist«, widerholte Mr Caine, noch ehe Frederick etwas entgegnen konnte. »Wer ist der Tote?«

»Mrs Maltby«, sagte Frederick noch immer erstaunt. »Woher wissen Sie davon?«

»Ich spüre es, Mr Greenland. Ich kann es riechen, wenn Sie so wollen?«

»Sie können es riechen?« Das war ja ekelhaft. Er hielt seine eigene Nase in die Luft und sog ein paar Mal die Luft ein, doch er roch nichts bis auf die alten Tapeten und den muffigen Teppich.

»Wie ist sie gestorben?«

»Das weiß ich nicht, Sir. Aber es sieht so aus, als sei sie nicht auf natürliche Weise ums Leben gekommen.«

»Dann müssen wir die Polizei verständigen«, stellte Mr Caine fest.

»Das habe ich vor, Sir. Und nun gehen Sie bitte weiter. Hier gibt es nichts zu sehen«, sagte Frederick und winkte den großen dunklen Mann mit beiden Armen an der Leiche der alten Dame vorbei. Dann blickte er in das ausdruckslose Gesicht des Okkultisten mit der Augenbinde und wurde sich seines Fauxpas' bewusst. »Bitte entschuldigen Sie, Mister Caine«, sagte er und hüpfte beiseite, als der Blindenstock des Mannes klappernd und tastend dreimal gegen seine blank polierten Schuhe schlug. »Ich wollte nicht unhöflich sein.«

»Nein, selbstverständlich nicht.« Caine schmunzelte. »Ich fürchte Sie selbst können herzlich wenig dafür«, sagte er mit seiner hohen, leisen Stimme. »Sie wurden wohl so erzogen. Geben Sie Ihren Eltern die Schuld.«

»Kein Grund frech zu werden, Sir.«

»Da haben Sie wohl recht. Ich bitte um Verzeihung.« Er klemmte sich den Stock unter den rechten

Arm. »Wenn Sie mich bitte durchlassen würden, Mr Greenland.«

»Ich muss Sie bitten, das Gebäude nicht zu verlassen, Mr Caine«, sagte Frederick. »Halten Sie sich bitte für eventuelle Fragen der Polizei bereit. Und erzählen Sie den übrigen Gästen nichts davon.«

»Sie sind nicht von der Polizei?«

»Nein, Mr Caine«, antwortete Frederick. »Wie kommen Sie darauf?«

»Ich dachte nur«, sagte er. »Nicht jeder, der am frühen Morgen über eine Leiche stolpert, spricht dabei mit solch ruhiger Stimme, wie Sie es tun.«

Erst jetzt fiel Frederick auf, wie ruhig er tatsächlich war. Er hatte die Tote entdeckt und gleich begonnen, den Tatort zu sichern. Seine Knie zitterten nicht. Und er war auch nicht in Panik verfallen. Konnte es sein, dass er allmählich abstumpfte? Mit einer Mischung aus Stolz und Unbehagen im Bauch, sagte er: »Wir haben keine Zeit zu verlieren. Wenn sämtliche Gäste hier im Flur herumlaufen, könnten sie wichtige Spuren vernichten.«

»Soll ich hinausgehen und einen Streifenpolizisten rufen?«, fragte Mr Caine.

Gott behüte, dachte Frederick. Einen Blinden loszuschicken, schien ihm keine so gute Idee zu sein. Womöglich lief er drei Mal um den Polizisten herum, ehe er ihn fand. Oder noch schlimmer, er rannte unter den Bus nach Clapham und sie hatten es mit noch einer Leiche zu tun. »Ich kümmere mich darum, Mr Caine«, sagte er schließlich. »Ich setze Dick Porter über den Leichenfund in Kenntnis und decke die Tote ab.«

»Nun denn, ich werde Frühstücken gehen. Sie finden mich unten in der Bar, wenn Sie mich brauchen.«

»Vielen Dank für Ihr Verständnis, Sir.« Er machte den Weg frei und Caine wanderte zielsicher die Stufen hinunter zur Bar, die Spitze seines Stockes zuckte dabei wie die Zunge einer Schlange gegen die Wand.

Es war noch früh. Erst halb acht.

Die meisten Gäste hielten sich noch in ihren Zimmern auf. Sie würden zum Frühstück in den Essenssalon kommen. Ein paar Minuten blieben ihm also noch. Rasch überlegte er, wie er mit der Leiche verfahren sollte.

Ein Tuch – er benötigte ein Tuch, und zwar schnell.

Er zog sein Jackett aus und legte es notdürftig über die Beine der Toten. Dann trat er einen Schritt zurück und betrachtete sein Werk. Ja, so würde es gehen, bis er etwas anderes hatte, um die Tote vor den neugierigen Blicken der Gäste zu verbergen.

Den Wirt fand er im Schankraum, wo er die Tische abwischte.

»Mrs Maltby? Tot?« Dick Porter starrte ihn ungläubig und entsetzt an.

»Haben Sie etwas, womit wir den Gang absperren können, ehe es hier von Gästen wimmelt?«, fragte Frederick. »Und zwar schnell.«

»Ein Seil, Mr Greenland. Ich kann ein Seil aus dem Stall holen.«

»Haben Sie nicht ein bisschen was Größeres? Etwas, das wir davorstellen können?«

Der Wirt schnipste mit den Fingern. »Der Paravent«, sagte er aufgeregt. »Ich hole den Paravent. Er steht in der Küche.«

Gemeinsam trugen sie das sperrige Ding die Treppe in den ersten Stock hinauf. Sie hatten ihn eben an seinen Platz gesetzt, als sich sowohl Miss Carters, als auch Mr Averetts Tür öffnete und beide lächelnd und winkend den Korridor herunterkamen.

»Guten Morgen«, sagte Miss Carter und nickte Frederick und dem Wirt freundlich zu. »Es ist schrecklich dunkel hier, finden Sie nicht? Man sieht kaum die Hand vor Augen. Vielleicht wäre es möglich, das Licht wenigstens so lange brennen zu lassen, bis alle beim Frühstück sind.« Sie lächelte. »Was für ein schöner Paravent.«

»Nicht wahr?«, sagte Frederick und zwang sich ebenfalls zu einem Lächeln. »Ich sagte gerade zu Mr Porter, wie schön er sich hier macht.«

Dick Porter blickte ihn nur sprachlos an.

»Ich finde, das abscheuliche Ding steht mächtig im Weg«, grummelte Mr Averett, der auf seinen Stock gestützt an ihnen vorbeihumpelte. »Stellen Sie ihn lieber vor der Toilettentür auf«, setzte er lauter hinzu, als er bereits auf der Treppe war. »Es ist scheußlich, beim Essen jedes Mal die schmutzigen Kacheln sehen zu müssen, wenn jemand die Tür öffnet.«

Mr Averett!«, rief Frederick. »Bitte warten Sie unten auf mich. Ich habe eine Erklärung abzugeben.« Er wandte sich Miss Carter zu. »Und auch Sie muss ich bitten, das Gebäude nicht zu verlassen.«

Mr Averett war auf der Treppe stehen geblieben. »Worum geht es, Mr Greenland. Es wäre mir lieb, wenn Sie nicht so geheimnisvoll daherredeten.«

»Ja, wirklich«, fügte Miss Carter hinzu. »Das finde ich aber auch. Was ist denn los?«

Auch Dick Porter sah ihn fragend an.

»Ich werde es gleich erklären«, sagte Frederick. »Bitte tun Sie mir den Gefallen und gehen Sie hinunter und warten Sie dort auf mich. Und Sie, Dick, klopfen Mr Garrick heraus. Wir müssen den Korridor räumen.«

Ob es Fredericks Befehlston oder einfach dem Wunsch geschuldet war, von der Leiche hinter dem Paravent wegzukommen, ließ sich schwer sagen. Doch augenblicklich löste sich der Wirt aus seiner Lethargie und eilte den Flur hinunter.

Mr Averett verschwand grummelnd und murmelnd. Und Miss Carter folgte ihm nach einigem Zögern.

Als Frederick zusammen mit Benjamin Garrick und Dick Porter zu den anderen in den Schankraum kam, saßen alle um einen der Tische in der Mitte herum und sprachen durcheinander.

Mr Caine schlug einmal mit der flachen Hand auf den Tisch und alles verstummte. Er blickte in die Runde, dann wies er mit der Hand in Fredericks Richtung. »Erzählen Sie, was geschehen ist, Mr Greenland«, sagte er.

Dick Porter holte einen Stuhl für Benjamin Garrick, und Miss Carter und Herbert Wells rückten ein Stück auseinander, um ihm Platz zu machen.

Als Mr Garrick sich gesetzt hatte, sagte Frederick: »Es ist meine unangenehme Aufgabe, Ihnen mitzuteilen, dass es einen Unfall im Haus gegeben hat.«

Miss Carter schlug sich die Hand vor den Mund.

»Einen Unfall?«, rief Mr Averett. »Was für einen Unfall?«

Und Herbert Wells meinte, man solle Mr Greenland doch endlich mal reden lassen.

Als endlich wieder Stille eingekehrt war, sagte Frederick: »Mrs Maltby ist tot.«

»Was?«, entfuhr es Mr Averett, und das allgemeine aufgeregte Gemurmel ging von vorne los, und alles redete wieder durcheinander. »Das kann nicht sein. Ich habe sie doch gestern Abend noch gesehen.« Er war kreidebleich geworden.

»Sie erfreute sich doch bester Gesundheit«, sagte Mr Garrick und zupfte sich unbehaglich seinen Hemdkragen zurecht.

Wells schnalzte mit der Zunge. »War sie denn schon so alt?«

»Wahrscheinlich krank«, sagte Miss Carter, die sich vom ersten Schreck erholt zu haben schien. »Dabei sah sie kerngesund aus. Ich wollte sie heute Nachmittag zu einem Ausflug einladen. Und dann sowas. Ich weiß nicht …«

»So hören Sie doch zu!«, rief Frederick, der einmal als Aushilfslehrer an einer Schule in Blackheath gearbeitet und gelernt hatte, sich durchzusetzen.

Miss Carter verstummte und schüttelte den Kopf.

»Dann lassen Sie sich nicht alles aus der Nase ziehen, sondern reden Sie Mann!«, rief Mr Averett ärgerlich.

»Mrs Maltby war nicht krank«, sagte Frederick so ruhig wie möglich. »Und sie hatte auch keinen Unfall. Das habe ich bloß gesagt, um Sie nicht in Panik zu versetzen. Mrs Maltby ist ermordet worden.«

Panik brach aus.

KAPITEL 19

Benjamin Garrick nahm es am schlechtesten auf. Nachdem man ihn geweckt hatte, war er so, wie er war, in Pyjama und Morgenmantel, nach unten gegangen. Er saß zusammengesunken am Tisch und stempelte mit dem Boden seines Teebechers feuchte Kringel auf die Tischplatte.

»Sie haben nicht zufällig ein Telefon, Mr Porter?«, fragte Frederick, als es ihm letztlich gelungen war, die Gemüter zumindest ein ganz klein wenig zu beruhigen.

Er hatte.

Da Frederick wusste, dass Scotland Yard über keinen Telefonanschluss verfügte, ließ er sich kurzerhand mit dem Red Lion Pub in der Parliament Street verbinden und bat die Wirtin dort, so schnell wie möglich Chief Inspector Swanson an den Apparat zu holen.

Und gut zwei Stunden später kam der mit Sergeant Phelps, einem Arzt und zwei weiteren Beamten im Schlepptau im Ostrich an.

*

Mittlerweile war die Leiche abtransportiert worden. Dem Polizeiarzt zufolge war die alte Dame irgendwann zwischen Mitternacht und vier Uhr morgens gestorben. Genaueres würde er ihm erst nach der Obduktion sagen können – in zwei, drei Tagen möglicherweise.

Swanson hatte Phelps gebeten, die beiden Zimmer zu untersuchen und sah die Gäste jetzt der Reihe nach an.

Einer von ihnen musste der Mörder von Mrs Maltby sein.

Benjamin Garrick hockte mit leerem Blick auf seinem Stuhl am Tisch. Er spielte mit einem beinahe leeren Teebecher zwischen seinen Händen herum; drehte ihn mal nach links mal nach rechts und richtete ihn so auf einem Bieruntersetzer aus, dass er genau in der Mitte stand.

Herbert Wells lehnte an der Theke, eine Zigarette in der Hand. Er schien das alles – die ganze Aufregung und die Anwesenheit der Polizei im Pub – eher mit Amüsement als mit Sorge zu betrachten.

Miss Carter saß weinend beim Kamin, zusammen mit Frederick Greenland und Joe Thompson, der sich an etwas stärkerem als Tee festhielt. Swanson vermutete, dass es sich, der Farbe nach zu urteilen, eher um Brandy als um Whisky handelte.

Mr Averett blickte mürrisch in die Runde. Seinen Stock hatte er vor sich auf den Tisch gelegt.

Dick Porter und Sue Thompson waren hinter der Theke geblieben. Sie sahen wie Bedienstete aus, die darauf warteten, dass die Herrschaft sie zu sich rief, fand Swanson.

»Mr Garrick«, sagte er, und der junge Mann nahm wie ein Schüler, den man bei einer Ungezogenheit ertappt hat, die Hände vom Glas und setzte sich aufrecht hin – den Rücken gerade.

»Ja, Mr Swanson?«

»Kommen Sie bitte mit mir.« Swanson ging, ohne ihn eines weiteren Blickes zu würdigen, an ihm vorbei zum Speisezimmer. Dort hielt er Garrick die Tür auf und wartete, bis dieser eingetreten war. Dann folgte er ihm und schloss die Tür hinter ihnen.

Garrick sah aus, als würde er gleich in Tränen ausbrechen. Und als Swanson ihm einen Stuhl zuwies, setzte er sich sofort und verschränkte die Arme.

»Ich wollte Sie nicht vor den anderen befragen, um Sie nicht bloß zu stellen«, sagte Swanson, nachdem er sich gesetzt hatte. »Sie können sich sicher denken, wie merkwürdig ein weiterer Mord in ihrem Dunstkreis aussieht.«

»Ich weiß nichts darüber. Wirklich nicht.«

»Wo waren Sie heute Morgen, ehe der Mord entdeckt wurde?«

»Auf meinem Zimmer. Ich habe geschlafen.«

»Stimmt es, dass Sie mit Mr Greenland um halb acht zum Frühstück verabredet waren?

»Ja.«

»Warum waren Sie dann noch nicht fertig angezogen?«

»Ich war gestern sehr lange wach.« Er sah seine Fingerspitzen an. »Ich habe ganz einfach verschlafen.«

»Wann gingen Sie zu Bett?« Swanson faltete die Hände auf dem Tisch.

»Ich zog mich gegen halb elf zurück«, entgegnete er. »Allerdings habe ich noch bis weit nach Mitternacht gelesen.«

»Wann haben Sie Mrs Maltby zuletzt gesehen?«

»Nachdem ich Mr Greenland draußen verlassen hatte, unterhielt ich mich etwa eine Viertelstunde mit ihr über Miss Carters Konzert. Sie bat mich, einige Stücke zu begutachten, die sie dafür ausgewählt hatte.« Er verdrehte die Augen. »Ich habe keinen blassen Schimmer von Musik. Dann ging ich rauf in mein Zimmer. Mrs Maltby blieb unten bei den anderen, soviel ich weiß.«

»Und Sie wurden erst wach, als der Wirt an Ihre Tür klopfte?«

Er nickte schwach.

»Haben Sie draußen auf dem Flur irgendetwas gehört, während Sie wachlagen? Einen Streit, ein verdächtiges Geräusch?«

»Nein, nichts. Nur einmal kurz die Violine von Miss Carter. Doch sie spielte nicht lange. Es war ja auch sehr spät. Mein Zimmer ist das letzte auf dem Gang. Es ist das blaue Zimmer«, fügte er hinzu.

»Danke, Mr Garrick«, sagte Swanson. »Gehen wir wieder zu den anderen hinüber.«

*

»Mein Zimmer liegt gleich neben dem von Mr Garrick«, sagte Miss Carter auf Swansons Frage hin, ob sie in der fraglichen Zeit verdächtige Geräusche wahrgenommen habe. »Es gibt eine Verbindungstür zwischen den beiden Zimmern. Das Haus ist recht hellhörig. Und ich habe einen sehr leichten Schlaf. Ich höre es jedes Mal, wenn seine Tür geht.« Sie zuckte die Achseln. »Es wäre mir bestimmt aufgefallen, wenn Mr Garrick sein Zimmer verlassen oder jemand in der Nacht über den Flur gegangen wäre.« Sie hob den Kopf und bedachte Garrick mit einem aufmunternden Blick.

»Wie lange blieben Sie wach?«

»Ich spielte bis kurz vor elf«, antwortete sie vorsichtig.

»Das kann ich bestätigen, Chief Inspector«, wandte Reginald Caine ein. Er hatte sich zwischenzeitlich ebenfalls zu Miss Carter und Frederick Greenland gesetzt. Joe Thompson stand nun an der Bar und trank dort weiter. »Ich wunderte mich, die Musik noch zu so vorgerückter Stunde zu hören.«

»Ich hatte überhaupt nicht bemerkt, wie spät es bereits war«, sagte Miss Carter. »Ich war ganz versunken in meine Musik. Es war mir richtiggehend peinlich, als ich es schließlich bemerkte. Da habe ich gleich aufgehört und bin ins Bett gegangen.«

»Wann verließen Sie heute Morgen Ihr Zimmer?«

»Auf die Zeit habe ich nicht geachtet«, sagte sie. »Aber es muss gegen sieben oder kurz danach gewesen sein. Ich wache fast immer zur selben Zeit auf und gehe hinunter.«

»Das trifft zu«, sagte Frederick. »Ich verließ mein Zimmer um kurz vor sieben, weil ich noch in Ruhe mein Frühstück einnehmen wollte, ehe ich mich mit Mr Garrick traf. Miss Carter und Mr Averett kamen etwa um zehn nach sieben an Dick Porter und mir vorüber. Ein paar Minuten nach Mr Caine.«

Swanson blickte Miss Carter freundlich an und fragte: »Wie war Ihr Verhältnis zu Mrs Maltby?«

»Verhältnis?« Sie hob erstaunt den Blick. »Sie war ein Gast. Ich unterhielt mich gelegentlich mit ihr. Ich kannte sie ja nicht weiter.«

»Nun, mir kam zu Ohren, Sie könnten sich von ihr … nun, wie soll ich mich ausdrücken? Sie könnten sich ein wenig belästigt gefühlt haben?«

Sie lachte glockenhell auf. »Aber nein, Chief Inspector. Die arme Mrs Maltby. Sie belästigte mich doch nicht.«

»Sie gingen ihr nicht absichtlich aus dem Weg?«

Sie senkte den Blick kurz und sah dann wieder auf. »Ich gebe zu, dass ich sie manchmal etwas distanzlos fand, ja. Sie hätte sich wohl am liebsten rund um die Uhr mit mir über Musik unterhalten. Doch belästigt? Nein, belästigt habe ich mich zu keinem Zeitpunkt gefühlt. Sie schien einfach großes Interesse an meiner Musik zu haben.«

Swanson bedankte sich und wandte sich Mr Averett zu.

»Wie standen Sie zu Mrs Maltby?«, fragte er.

»Nicht anders als jeder hier. Was soll ich sagen, ich kannte sie ja kaum«, meinte Averett im selben gereizten Tonfall, den er für jeden übrig hatte.

Garrick warf ihm einen entsetzten Seitenblick zu, der wohl so viel bedeutete, wie: Das macht ihren Tod auch nicht weniger schlimm.

»Ist Ihnen je aufgefallen, ob sie sich mit einem der Gäste gestritten hätte? Oder bekam sie womöglich Besuch von außerhalb?«

»Sie war eine ruhige, nette Frau«, meinte Averett nun in einem weit weniger angriffslustigen Tonfall. »Wer sollte ihr was gewollt haben? Sie hat sich mit allen verstanden. Und dass sie Besuch gehabt hätte, ist mir nicht bekannt.« Er sah zur Theke und Joe Thompson hinüber. »Sogar mit dem alten Säufer hat sie sich abgegeben. Freundlich und nett. Mehr kann ich über sie nicht sagen.«

»Gehört haben Sie letzte Nacht nichts?«, fragte Swanson.

»Nein. Aber befragen Sie doch mal Mr Greenland hier«, gab er brummelnd zur Antwort. »Vielleicht hat er etwas gehört. Sein Zimmer befindet sich immerhin direkt neben dem der alten Dame.«

»Das ist richtig«, sagte Frederick. »Allerdings ging ich erst um zwölf nach oben. Da war alles ruhig. Ich habe Mrs Maltby weder gesehen, noch habe ich etwas gehört. Auch sonst niemanden. Dummerweise ist auf mich in dem Punkt wenig verlass, wie ich fürchte.« Er stieß einen langen Seufzer aus. »Ich bekomme es nicht einmal mit, wenn mein eigener Sohn nachts heimlich aus dem Fenster steigt.«

*

Reginald Caine war, wie Benjamin Garrick, um halb elf auf sein Zimmer gegangen und hatte es bis zum Morgen nicht mehr verlassen. Wie Swanson bereits vermutet hatte, war Caine der Versicherungsdetektiv, der für die Firma Abercrombie verdeckte Ermittlungen durchführte und Benjamin Garrick beinahe auf Schritt und Tritt beobachtete.

Er habe zwar bemerkt, wie Garrick um halb elf auf sein Zimmer gegangen sei, deswegen sei er selbst nicht länger an der Bar geblieben, doch sicher könne er natürlich nicht sein, dass der Mann es später nicht wieder verlassen habe. Obgleich er sehr gute Ohren habe, wie er Swanson versicherte, hatte Caine außer Miss Carters Violine nichts gehört.

Und Herbert Wells, der Schriftsteller, hatte den Abend und die Nacht auswärts verbracht. Er war erst zum Frühstück wieder in den Ostrich zurückgekehrt.

Nur Joe Thompson vermochte keinerlei Zeitangaben zu machen. Alles, woran er sich erinnerte, war, dass er sich draußen hinter der überdachten Terrasse in ein Gebüsch übergeben und sich dann zum Schlafen auf eine Bank gelegt hatte. Seine Tochter hatte ihn erst heute Morgen dort entdeckt, als sie um fünf Uhr zur Arbeit erschienen war.

KAPITEL 20
The Ostrich Inn, Colnbrook

»Der alte Knabe hatte dabei ganz sicher seine Hände im Spiel«, sagte Dick Porter mit gesenkter Stimme, als er Frederick am folgenden Morgen um sieben Uhr das Frühstück servierte: Kippers und dazu einen Kanten grobes Brot und Butter. »Jede Wette. Der bringt nichts Gutes mit, das hab ich mir gleich gedacht, als er letzte Woche hier in die Stube reingeklappert kam.«

Frederick, dessen Gehirn um diese frühe Morgenstunde noch nicht ganz auf Touren gekommen war, brauchte einen Augenblick, ehe ihm schwante, von wem Dick Porter da eigentlich sprach.

»Sie reden von dem Mord. Und von Mr Caine?«

»Pssst!«, machte Dick, hielt sich seinen schwieligen Zeigefinger an die Lippen und sah sich nervös nach rechts und links um. »Ja. Natürlich. Aber du meine Güte, schreien Sie doch nicht so.«

»Ich habe nicht geschrien«, widersprach Frederick im Flüsterton. »Was haben Sie gegen den Mann?« Für ihn kam er als Täter nicht in Frage. Zum einen war er blind. Und zum anderen war er für einen Mörder viel zu ruhig.

»Sehen Sie ihn sich doch nur mal an. Wie er hier durch das Haus schleicht. Wie ein Gespenst, das den Ort seines schrecklichen Ablebens aufsucht.« Dick legte beide Hände an den Hals, als wolle er sich selbst erwürgen. »Und immer dieses grausliche Klopfen von seinem Stock. Tock. Tock. Tock.«

Frederick lachte. »Gespenster sind tot. Er kann ja schlecht beides sein – Mörder und Opfer. Da müssen Sie sich schon entscheiden.«

»Sie nehmen mich nicht ernst, Mr Greenland. Sie werden schon sehen, am Ende stellt sich raus, er ist es gewesen«, sagte Dick. »Sie denken vielleicht, er kann es nicht getan haben, weil er nichts sieht. Ich sage Ihnen, er kann es doch.«

»Was?«, fragte Frederick, der sich nicht sicher war, ob der Wirt damit Mr Caines Sehvermögen oder seine Qualitäten als Mörder meinte.

»Den Mord begangen haben, meine ich«, sagte Dick. »Er bewegt sich so geschickt umher, als könne er ausgezeichnet sehen. Vielleicht tut er ja auch bloß so, als sei er blind. Obwohl ich das nicht glaube. Caine hat Ohren wie ein Luchs und eine Nase, sage ich Ihnen.«

»Ich bin sicher, er ist unschuldig«, meinte Frederick. »Es ist niemals derjenige, den man von Anfang an verdächtigt.«

»Und wenn es nun mal doch so ist?«

»Dann können Sie hinterher sagen, ich hätte mich geirrt.«

»Sie finden das alles hier wohl mächtig lustig, wie?« Dick trat einen Schritt zurück. »Vielleicht sind Sie es ja gewesen. Dann können Sie natürlich drüber lachen, weil Sie genau wissen, dass ich mit Caine Unrecht habe.«

»Sie bringen es auf den Punkt«, sagte Frederick.

Dick erbleichte. »Sie waren es, der Mrs Maltbys Leiche gefunden hat. Woher weiß ich, dass Sie die arme Frau nicht selbst umgebracht haben und dann so taten, als hätten Sie sie gerade erst gefunden?

»Das können Sie nicht wissen.« Frederick hob seine Teetasse, pustete sachte hinein und trank einen kleinen Schluck. »Nur bin ich es nicht gewesen.«

»Das sagen Sie.«

»Vor einer Minute waren Sie noch felsenfest davon überzeugt, Caine habe den Mord verübt.«

»Ich habe meine Meinung geändert«, sagte Dick und schluckte schwer.

»Also gut.« Frederick stellte betont langsam seine Tasse auf den Tisch und stand auf. »Sie haben mich ertappt«, sagte er mit einer Stimme, die so düster klang, als käme sie aus einem Grab. Er hoffte es wenigstens. »Wir sind ganz allein. Niemand ist hier, um Sie zu retten.« Er streckte die Hände aus.

Dick wich zwei Schritte zurück. »Lassen Sie das, Mr Greenland«, krächzte er. »Das ist nicht komisch.«

»Da haben Sie recht. Es soll auch nicht komisch sein.«

Dick wich weiter zurück, den Blick wie hypnotisiert auf Fredericks ausgestreckte Hände gerichtet, die auf seinen Hals zielten. Er brachte keinen Ton heraus. Als sein Rücken die Messingeinfassung der Theke berührte, stieß er ein schwaches »Oh!« aus.

Frederick, der so dicht vor dem Wirt stand, dass sich ihre Schuhspitzen beinahe berührten, nahm die Hände runter und grinste breit. »Wissen Sie, warum ich Sie nicht umbringe, Dick?«

Er schüttelte wortlos den Kopf, offensichtlich völlig verwirrt von Fredericks Verhalten.

»Weil ich nämlich nicht der Mörder von Mrs Maltby bin«, sagte er. »Und wenn Sie es für sich behalten, verrate ich Ihnen ein Geheimnis.«

Diesmal nickte Dick wortlos. Doch noch immer starrte er Frederick an, der nach wie vor keinen Zentimeter zurückgewichen war.

»Ich bin im Auftrag von Chief Inspector Swanson hier. Er bat mich, einen anderen Gast für ihn unter die Lupe zu nehmen, den er für den Mörder hält.«

»Wen?« Dicks Stimme klang brüchig. Er schluckte trocken.

»Das, mein Lieber, kann ich Ihnen leider nicht verraten«, meinte Frederick gutgelaunt. Er klopfte Dick mit der rechten Hand einmal gegen die Schulter und kehrte zu seinem Frühstück zurück. »Es steht Ihnen natürlich frei, ihn selbst danach zu fragen.«

»Sie haben mir einen Riesenschrecken eingejagt.« Dick löste sich allmählich aus seiner Erstarrung. »Warum, zum Teufel, haben Sie das getan?«

»Um Ihnen zu zeigen, wie sehr man sich irren kann.« Er nahm einen großen Bissen Hering mit Brot. Genüsslich kauend, sagte er: »Nur weil Sie sich in den Kopf gesetzt haben, in Caine einen blutrünstigen Killer zu sehen, muss das noch lange nicht stimmen. Ganz egal, wie seltsam er sich verhält oder wie unheimlich er aussieht.« Er legte das Besteck auf den Teller und warf einen Blick auf seine Taschenuhr.

Gleich halb acht.

Blieben noch dreißig Minuten Zeit, bis er sich mit Benjamin Garrick traf. Er trank aus und hielt die Tasse in die Höhe. »Ich nehme noch ein Kännchen von diesem köstlichen Tee«, sagte er. »Und wenn es das Letzte ist, was ich tue.«

KAPITEL 21

In der Bar war es an diesem Nachmittag dunkel und still. Die meisten der Gäste waren ausgegangen. Nur Frederick und Dick Porter waren übriggeblieben. Und von oben aus Miss Carters Zimmer drang mit kurzen Unterbrechungen noch leise das Spiel der Violine an ihre Ohren. Für den morgigen Abend war ihr Solokonzert angekündigt worden und sie wollte vorher noch ein wenig üben.

Frederick, der an der Theke saß und Dick auf ein Glas Badger Bitter eingeladen hatte, streckte die Beine aus. Die letzten Minuten hatten sie damit zugebracht, sich über den Mord an Mrs Maltby zu unterhalten. Dick war nach wie vor nicht gänzlich von Reginald Caines Unschuld überzeugt. Frederick dagegen wusste von Swanson, dass Caine für eine Versicherung arbeitete und es höchst unwahrscheinlich war, dass er nebenher auch noch im Trüben fischte.

»Und wenn es nicht der Blinde war«, sagte Dick Porter, der das Glas hinter die Theke stellte, »wer sollte es sonst gewesen sein.«

Darüber hatte Frederick längst nachgedacht. Und eine Weile hatte er sogar geglaubt, es zu wissen. Swanson hatte ihn immerhin nicht ohne Grund nach Colnbrook geschickt, um Benjamin Garrick zu beschatten. Er besaß das beste Motiv – Habgier. Allerdings kam ihm der Mann nicht wie ein kaltblütiger Mörder vor. Und der Tod von Mrs Maltby schien ihm mächtig zuzusetzen. Ganz im Gegensatz zum Griesgram Averett, den der Mord an der alten Dame fast kalt zu lassen schien.

»Ich habe aber auch nicht die leiseste Ahnung«, sagte Frederick schließlich. »Am Ende könnte es jeder gewesen sein. Sogar Sie.«

»Mir die eigenen Gäste umbringen?«, knurrte Dick. »Ich müsste ja völlig meschugge sein. Und ich weiß ja, dass ich es nicht getan habe, stimmt es nicht?«

Frederick wollte eben zu einer Entgegnung ansetzen, als die Violine mitten im schönsten Spiel abrupt verstummte und beinahe zeitgleich ein Poltern zu hören war, so laut, als sei in einem der oberen Stockwerke ein Möbelstück umgefallen.

Frederick stellte sein Glas auf den Tresen. »Was war das?«

»Das kam von hinten, aus Miss Carters oder Mr Garricks Zimmer«, sagte Dick erschrocken. Er warf den Lappen weg, den er in der Hand gehalten hatte und kam hinter der Theke hervor.

»Sind Sie sicher?« Frederick sprang auf. Er fragte sich, woher Dick das so genau wusste. Für ihn hätte es überall im Gebäude sein können.

»Die Geige – sie hat aufgehört.« Er sah Frederick abwartend an. »Sollten wir nicht nachsehen?«

Du liebe Güte, natürlich! Frederick löste sich aus seiner Erstarrung und lief zum Gang.

Gemeinsam rannten sie, zwei Stufen auf einmal nehmend, die Treppe hinauf nach oben.

Frederick erreichte Miss Carters Zimmer als Erster.

Ohne anzuklopfen riss er die Tür auf und trat ein. Die Verbindungstür zum Nebenzimmer stand offen, wie er bemerkte.

Dann erst sah er Miss Carter. Sie lag wie tot vor dem Bett am Boden, das Gesicht zur Seite gedreht und die Augen geschlossen. Sie hatte eine böse Platzwunde links auf der Stirn, nahe der Schläfe, gleich unter dem Haaransatz. Ihre Geige und der Bogen lagen neben ihr.

Frederick ging auf die Knie, beugte sich über sie und befühlte ihr Handgelenk. Er konnte ihren Puls spüren.

Er ging zum Waschbecken, ließ das Wasser laufen und befeuchtete eines der Handtücher, die ordentlich gestapelt in dem Schränkchen daneben lagen. Dann kehrte er zu Miss Carter zurück und legte ihr das feuchte Tuch auf die Stirn.

Sie schlug die Augen auf und stöhnte.

»Was …?«, fragte sie.

»Nicht sprechen, Miss Carter«, sagte Frederick und hielt ihr behutsam den Kopf. »Sie sind verletzt. Nicht sehr schlimm, glaube ich.«

»Was … was ist passiert?« Sie stöhnte wieder.

»Das wollte ich Sie eben fragen.« Frederick schnappte sich eines der Chinzkissen vom Bett und legte es ihr unter den Kopf. »Bitte bleiben Sie liegen, Miss Carter.«

»Es geht mir schon wieder ganz gut«, sagte sie mit schwacher Stimme. »Da war … da war ein Mann.«

»Was für ein Mann?«, fragte Dick Porter, der nach wie vor in der offenen Tür stand, und sich nicht ins Zimmer traute.

»Ich weiß nicht.« Sie schloss die Augen und berührte mit den Fingern vorsichtig ihre Stirn. »Ich habe ihn bloß aus dem Augenwinkel gesehen.« Sie schüttelte leicht den Kopf, dann verzog sie vor Schmerzen den Mund. »Es ging alles so schnell.«

»Haben Sie die Zwischentür geöffnet?« Frederick deutete zum Nebenzimmer.

»Nein.« Sie runzelte die Stirn. »Sie ist immer verschlossen. Hat Mr Porter jedenfalls gesagt.«

»Ist sie auch«, beeilte der sich zu versichern. »Sie wurde seit Jahren nicht mehr benutzt. Ich dachte, die Scharniere seien eingerostet.«

»Haben Sie jemals überprüft, ob sie sich öffnen lässt?«, fragte Frederick.

»Nein.« Dick machte einen zögerlichen Schritt ins Zimmer. »Der Vorpächter hat gesagt, sie sei verschlossen.«

Das kam Frederick ein wenig merkwürdig vor. »Sie sind schon eine ganze Weile Pächter des Ostrich, oder nicht?«

»Drei Jahre«, sagte Dick. Er stemmte die Hände in die Hüften.

»Dann sollten Sie mittlerweile wissen, welche Türen sich öffnen lassen und welche nicht.« Frederick schüttelte den Kopf.

»Sie war immer versperrt«, meldete Sue sich zu Wort. Sie stand plötzlich hinter Dick und hatte die Hände am Hals. »Ich hab es mehrfach ausprobiert.«

»Welcher Raum liegt dahinter?« Frederick stand auf.

»Das ist Mr Garricks Zimmer«, sagte Sue und Dick nickte bekräftigend.

»Haben Sie ihn heute Nachmittag irgendwo gesehen?«

Allgemeines Kopfschütteln.

Frederick ging wieder in die Hocke. »Kann es sich bei dem Mann, der Sie niedergeschlagen hat, um Garrick gehandelt haben, Miss Carter?«

»Nein … ja, vielleicht. Ich … ach, ich weiß es nicht. Ich habe ihn ja gar nicht richtig gesehen.«

»Schon gut.« Er erhob sich wieder. Auf dem Flur war ihnen niemand entgegengekommen. Vielleicht versteckte sich der Mann noch irgendwo dort drin. Frederick bat Sue Thompson herein. Dann ging er langsam auf die offene Verbindungstür zu.

Ehe er sie erreicht hatte, sagte Dick Porter im Flüsterton und mit bebender Stimme: »Gehen Sie nicht dahinein, Mr Greenland!«

Frederick nahm einen silbernen Kerzenleuchter vom Tisch. Zur Not würde er sich damit verteidigen.

Langsam einen Fuß vor den anderen setzend, betrat er den Raum.

Die Vorhänge waren zugezogen und im Dämmerlicht vermochte Frederick nur eine Silhouette auszumachen. Die Gestalt saß auf einem Stuhl mitten in Benjamin Garricks Zimmer. Einer der Vorhänge bewegte sich leicht in der Zugluft. Das Fenster zum Hof schien offen zu sein.

Er trat näher.

Es war Averett. Sein Kopf war auf die Brust gesunken, die Augen waren weit geöffnet, und die Zunge quoll ihm zwischen den blauen, geschwollenen Lippen hervor.

Ganz offensichtlich war er mausetot.

Von seinem Mörder war keine Spur zu finden. Anscheinend war er aus dem Fenster geflohen.

*

Derweil Sue Thompson sich um Miss Carter kümmerte und deren Kopfverletzung verarztete, sorgte Frederick dafür, dass niemand mehr das Zimmer mit der Leiche betrat. Als er die Treppe wieder hinuntereilte, sah er, wie Reginald Caine gerade durch die Tür vom Garten her in die Bar kam.

»Mr Caine?« Frederick stürzte sogleich auf ihn zu. »Waren Sie hinten im Hof, Mr Caine?«

»Nein, Mr Greenland. Ich saß draußen auf der Terrasse und habe Miss Carters Musik gelauscht.«

»Haben Sie dort draußen jemanden …« Er hielt inne, und überlegte, wie man diese Frage einem Blinden am besten stellte. »Haben Sie unter Umständen jemanden gehört, Mr Caine? Oder irgendwen bemerkt?«

»Nein, ich war ganz allein. Ich hörte einen Rumms und kam nur herein, weil Miss Carter so plötzlich zu spielen aufgehört hat. Wahrscheinlich war sie nicht ganz zufrieden mit sich.« Er tippte sich ans Ohr. »Aber was ist denn los? Sie klingen ja so aufgeregt, als wäre noch jemand ermordet worden.«

»Es ist noch jemand ermordet worden«, sagte Frederick. Dann ging er zum Telefon und wählte abermals die Nummer des Red Lion in der Parliament Street.

KAPITEL 22
Ostrich Inn, Colnbrook

Die Leiche war mittlerweile abtransportiert worden. Swanson hatte den Tatort untersucht und die Gäste befragt. Niemand hatte etwas gehört oder gesehen. Miss Carter hatte offenbar mit dem Rücken oder seitlich zur Tür gestanden und auf ihrer Violine gespielt, als der Schlag gegen die Schläfe sie getroffen hatte. Sie konnte weder den Täter beschreiben, noch hatte sie Mr Averetts Anwesenheit bemerkt.

Garrick war angeblich im Dorf gewesen. Er beschwor, nichts mit dem Mord zu tun zu haben. Das Gleiche galt für die übrigen Gäste. Lediglich Frederick Greenland und Dick Porter hatten sich zum Zeitpunkt des Anschlages an der Bar aufgehalten. Sue Thompson war zur selben Zeit in Mrs Maltbys Zimmer gewesen, um es für neue Gäste herzurichten. Als sie den Lärm hörte, war sie nach unten gelaufen.

Reginald Caine hatte sich seiner Aussage nach zum Zeitpunkt des Anschlags auf Miss Carter im Garten aufgehalten, wo er ihrem Geigenspiel gelauscht hatte. In der Bar sei er dann auf Frederick Greenland getroffen, der ihm von dem Mord erzählt habe. Wenn jemand aus dem Fenster von Garricks Zimmer geklettert wäre, er hätte nichts davon mitbekommen.

Nur Herbert Wells, der angehende Schriftsteller, war noch nicht wieder eingetroffen. Swanson würde wohl oder übel auf ihn warten müssen.

Jetzt betrachtete Swanson nachdenklich das Modell im Glaskasten an der Wand beim Kamin. Es zeigte den Querschnitt des Hauses. Im oberen Stockwerk befand sich ein Bett, in dem ein Mann mit Nachtmütze schlief. Sein Koffer und einige seiner Kleidungsstücke lagen auf dem Stuhl bei der Tür.

Im unteren Teil des Gebäudes spielte sich offenbar eine Küchenszene ab. Ein mächtiger Kochtopf, gefüllt mit brodelndem Wasser, stand auf einer Feuerstelle am Boden; daneben die Figuren eines Mannes und einer Frau. Haltung und Gesichtszüge der beiden ließen erahnen, dass sie die Suppe im Topf ganz sicher nicht zum Wohle ihres schlafenden Gastes kochten.

An der rechten Seite des puppenhausartigen Modells war eine kleine Kurbel angebracht. Swanson drehte daran und sah zu, wie die Matratze des Bettes langsam kippte und der nichtsahnende Schläfer kopfüber in den Topf in der Küche gestürzt wäre, hätte man die kleine Puppe nicht auf der Kippvorrichtung fixiert.

»Das waren verdammt arme Teufel damals, was?« Die Stimme gehörte zu Dick Porter, der plötzlich hinter Swanson stand, ein frisch gezapftes Glas Bitter in der Hand. »Dachte mir, Sie könnten eins vertragen, Mr Swanson, Sir.« Und er hielt ihm das Glas hin.

Swanson nahm es und bedankte sich. »Bitte schreiben Sie es auf die Rechnung.« Halbherzig klopfte er seine schottischen Taschen ab, während er einen Schluck nahm. »Leider trage ich kein Bargeld bei mir.«

»Ach, nein, Sir, bloß nicht. Wir müssen Sie doch bei Laune halten, damit Sie den Mörder bald am Kragen haben, nicht wahr?«

»Ich möchte nicht unhöflich oder gar undankbar erscheinen, Mr Porter, aber das kann ich leider nicht annehmen.«

»Jetzt sagen Sie nicht, es schmeckt Ihnen mit einem Mal nicht mehr.«

»Oh, nein, im Gegenteil«, sagte Swanson, der bemerkte, wie enttäuscht der Wirt aussah. »Es ist ganz ausgezeichnet. Aber ich muss dafür bezahlen.«

»Ich möchte's Ihnen doch aber ausgeben, Sir.«

»Das ist wirklich sehr freundlich, Mr Porter, aber ich würde in Teufelsküche kommen, wenn ich es annähme.«

»Das verstehe ich nicht.« Der Wirt wischte sich seine ohnehin trockenen Hände gewohnheitsmäßig an der Schürze ab.

»Sehen Sie, wenn ich es täte, würde ich mich selbst strafbar machen. Ich bin Polizist. Ich muss unbefangen bleiben. Vor Gericht würde man mir sonst unterstellen, mein Urteil sei getrübt gewesen, weil ich von einem Verdächtigen Gefälligkeiten entgegengenommen habe.«

»Aber das bin ich ja nicht.« Dick lächelte. Dann sah er ihn plötzlich entsetzt an. »Das soll doch jetzt nicht bedeuten, ich bin verdächtig, Mr Swanson?«

»Ich fürchte im Augenblick ist jeder verdächtig, der sich zum Zeitpunkt der Tat in der Nähe aufgehalten hat. Und das haben Sie doch, nicht wahr?«

»Aber ich bin's nicht gewesen. Das ist der Unterschied.« Er warf das Handtuch auf die Theke. »Ich werd' doch meine eigenen Gäste nicht umbringen. Das wär' verrückt, oder?«

»Nicht, wenn Sie ein Motiv hätten«, sagte Swanson, dem Dicks Reaktionen langsam Spaß machten. Er war sicher, der Wirt hatte nichts mit den Morden zu tun.

»Ein Motiv? Was meinen Sie damit?«

»Einen Grund.«

»Einen Grund? Für was?«

»Irgendjemand hat ein Motiv für die Taten«, sagte er und nahm einen Schluck von seinem Bier. »Kein Mord wird ohne Grund verübt. Habgier, Eifersucht, Rache. Sie haben mir eben selbst von den Jarmans erzählt. Und die waren habgierig.«

»Also ich bin habgierig genug, niemanden umzubringen«, meinte Dick. »Ich komme lieber auf andere Weise an das Geld meiner Gäste.«

*

Um halb neun am Abend marschierte Herbert Wells gutgelaunt zur Tür des Schankraumes herein. Swanson ging gleich zu ihm und erzählte ihm von dem Mord an Averett.

Wells schien nicht sonderlich überrascht. »Unangenehmer Zeitgenosse«, sagte er bloß. »Aber schlimm natürlich. Ich hätte lieber gehabt, er wäre abgereist anstatt sich umbringen zu lassen. Ich komme häufig und gerne her. Und ich verabscheue Gewalt zutiefst.«

»Waren Sie heute Nachmittag zwischen drei und fünf Uhr hier im Ostrich oder im Ort?« Swanson blickte Mr Wells abwartend an.

»Zwischen drei und fünf?« Wells kniff die Lippen zusammen und kaute eine Weile nachdenklich auf seinem Schnurbart herum. »Wissen Sie, ich habe es augenblicklich nicht so mit der Zeit.« Er verdrehte nachdenklich die Augen zur Decke und kratzte sich mit dem Daumen das Kinn. »Wenn ich schreibe, bin ich zu nichts weiter zu gebrauchen. Aber warten Sie – nein, nein, ich kann Ihnen doch sagen, wo ich gewesen bin.« Er verstummte, nickte und lächelte zufrieden.

»Und?« fragte Swanson nach einer Weile.

»Und was, Chief Inspector?« Wells blickte ihn noch immer lächelnd und mit hochgezogenen Augenbrauen gutgelaunt an.

»Wenn es Ihnen wieder eingefallen ist, Mr Wells«, sagte Swanson, »dann wäre es unter Umständen sinnvoll, es mir zu erzählen. Finden Sie nicht auch?«

»Oh, aber natürlich. Wie dumm von mir.« Er deutete auf einen der Tische beim Fenster. »Wollen wir uns da rüber setzen? Es ist umso vieles gemütlicher dort. Und es redet sich viel ungezwungener im Sitzen, habe ich Recht?«

Swanson nickte. Während Wells geschäftig voranging, die Stühle in Position schob, sich einen Aschenbecher vom Nachbartisch angelte und sich setzte, fragte Swanson sich, ob er diesen kleinen Mann tatsächlich richtig einschätzte. Er mochte die Statur und das Aussehen eines Beamten haben, doch darunter lag etwas anderes, dessen war er sich sicher. Etwas weit Düstereres möglicherweise.

Als Swanson ebenfalls Platz genommen hatte, zog Wells ein silberglänzendes Zigarettenetui aus der Außentasche seines Jacketts, steckte sich eine Zigarette zwischen die Lippen und meinte: »Eigentlich rauche ich gar nicht. Nur zu besonderen Gelegenheiten, wissen Sie?« Offenbar betrachtete er ihr Zusammentreffen als solch besondere Gelegenheit, denn er hielt Swanson das aufgeklappte Zigarettenetui hin. »Hier. Nehmen Sie ruhig auch eine.«

»Sehr freundlich, Sir.« Er nahm tatsächlich eine. Das tat er beinahe immer, wenn Verdächtige sie ihm anboten. Es entspannte von vornherein die Situation und gaukelte ihnen eine gewisse Verbundenheit vor, die so manches Mal dazu führte, dass sie in einem Moment der Arglosigkeit die Maske fallen ließen.

Wells riss ein Zündholz an und gab ihm Feuer. Als beide Zigaretten vertraulich qualmten, sagte er: »Ich will ganz ehrlich zu Ihnen sein, Chief Inspector. Ich habe keinen sehr geregelten Lebenswandel. Ich bin Schriftsteller, wissen Sie, und da treibt es mich mal hierhin und mal dorthin.«

»Und heute Nachmittag?« Swanson legte die Zigarette in den Aschenbecher. Sie schmeckte ihm nicht. Er rauchte selten, und wenn überhaupt, dann eine seiner eigenen Zigarren. »Wohin trieb es Sie da, Mr Wells?«

»Ich war geschäftlich in London unterwegs.« Wells zog an seiner Zigarette und drückte sie, halb angeraucht, wie sie war, in den Aschenbecher. »Suchte meinen Verleger in Covent Garden auf, um verschiedene Dinge zu besprechen, die mit der bevorstehenden Publikation meines Romans in Verbindung stehen.«

»Nahmen Sie den Zug?«

»Nein. Ich leistete mir ein Hansom Cab.« Er schüttelte sich unmerklich. Vermutlich in Erinnerung an den horrenden Fahrpreis.

»Fuhren Sie allein?«

»Nicht die ganze Strecke«, entgegnete er. »Unterwegs kamen wir an einer jungen Dame vorüber, die mir etwas hilfsbedürftig erschien. Ich lud sie ein, mitzufahren.«

»Kam sie Ihrer Einladung nach?«

»Oh, ja.«

»Ich nehme an, Sie kannten die junge Dame«, meinte Swanson, wenngleich er fest vom Gegenteil überzeugt war. Männer wie Mr Wells scherten sich nicht um Anstand und gute Sitten. Sie waren für die Gesellschaft das, was Kinder für ihre Eltern sind – ein schartiger Stein, mit dem die Verkrustungen althergebrachter Wertevorstellungen aufgebrochen und neu festgelegt werden. Ein ewig währender Prozess, gegen den er, Swanson nicht das Geringste einzuwenden hatte. Als Wells ihn nur stumm anblickte, sagte er: »Nun?«

»Nein. Nein, vorher war ich nicht mit ihr bekannt.« Wells lachte hinter vorgehaltener Hand und zwinkerte verschmitzt. »Doch wir lernten uns ein wenig kennen. Immerhin verbrachten wir den Tag zusammen, und ich verließ sie erst, als ich am Abend um sieben den Zug zurück nach Colnbrook bestieg.«

»Könnte die Dame das bezeugen, Mr Wells?«

»Sie könnte und würde vermutlich, wenn es darauf ankäme, mich vor einer Verurteilung wegen Mordes zu bewahren«, antwortete er. »Nur fürchte ich zu meinem Unglück, wird sie schwer wieder aufzutreiben sein. Denn ich kenne ihre Adresse nicht.«

Das hatte Swanson sich bereits gedacht. »Was ist mit ihrem Namen?«, fragte er. »Wenn es darauf ankäme, meine ich.«

»Sie wird ihn sicherlich erwähnt haben. Dummerweise erinnere ich mich nicht mehr daran. Aber ich kenne ihren Vornamen. Er lautet Paula.« Wieder lachte er. Es war ein leises, hohes Lachen, beinahe wie das einer Frau. Dann wurde er übergangslos ernst. »Es ist mir durchaus bewusst, wie ungebührlich mein Verhalten auf Sie wirken muss, Chief Inspector. Es ist gegen alle Regeln und den Anstand und so weiter. Allerdings versichere ich Ihnen, es ist zwischen uns nichts geschehen, was eine moderne Frau nicht auch für sich beanspruchen würde.« Wie um seine Worte zu unterstreichen, legte er seine gefalteten Hände auf den Tisch.

»Solange Sie nicht anfangen, das Gesetz zu übertreten, Mr Wells, haben Sie von mir nichts zu befürchten. Es steht mir nicht zu, über Sie zu urteilen«, sagte Swanson in freundlichem Ton. Er hatte durch Frederick Greenland von den jungen Damen gehört, die Wells in den Ostrich mitgebracht hatte. Sie alle schienen alt genug für das zu sein, was sie mit Wells verband, und bei keiner von Ihnen war in Greenland der Eindruck gereift, der Mann hätte sie zu irgendetwas gezwungen. Im Gegenteil. »Alles, was ich feststellen muss, ist, ob ich Sie von meiner Liste der Verdächtigen streichen kann oder nicht.«

»Was ist mit meinem Verleger? Er kann bezeugen, wann ich bei ihm vorsprach. Und das Cab, das ich nahm, war von dem Droschkenstand gleich ein Stück die Straße hinunter.« Er nahm die Hände vom Tisch, klappte sein Zigarettenetui auf und zündete sich eine an. »Es werden immer dieselben Fahrer sein. Ich könnte versuchen …«

»Schon gut, Mr Wells«, unterbrach ihn Swanson, der sah, wie nervös der Mann plötzlich geworden war. »Machen Sie sich vorerst keine Gedanken. Ich werde meinen Sergeant hinschicken. Wenn Sie die Wahrheit erzählen, kann Ihnen nichts geschehen.«

Wells seufzte erleichtert. »Das tue ich. Das tue ich. Sie werden sehen. Und was die Rückfahrt angeht – ich habe das Billett verwahrt, falls Sie es sehen wollen.«

»Das würde helfen. Danke.«

»Sie werden feststellen, ich bin ganz unschuldig«, sagte Wells, jetzt wieder deutlich gelassener. »Nun ja, vielleicht nicht in allen Belangen.« Er nahm einen kräftigen Schluck von seinem Bier. Dann sagte er: »Die eigentliche Frage ist doch die: Wer hatte ein Motiv, diese Leute umzubringen. So nennt man das doch.«

»So nennt man das«, stimmte Swanson ihm zu. »Und wer hatte die Gelegenheit, Mr Wells. Das ist eine weitere Frage. Wenn ich Sie also für die Gelegenheit ausschließen kann, sind Sie beinahe aus dem Schneider.«

»Ich habe keines von beiden, wie Sie feststellen werden. Warum bin ich dann nur beinahe aus dem Schneider?«

»Weil es durchaus möglich ist, dass Sie es auf andere Weise geschafft haben könnten. Auf eine Weise, die mir nicht in den Sinn kommt. Durch einen Trick, den ich noch nicht durchschaue.«

»Als Gedankenspiel ist es freilich ganz interessant«, stellte Wells fest. »Ich könnte jemanden angeheuert haben, der den Mord für mich verübt. Irgendjemanden, den ich zufällig im Zug getroffen habe.«

»Sie würden es vermutlich schwierig finden, einen vollkommen Fremden dazu zu bringen«, meinte Swanson, dem der Gedanke etwas zu weit hergeholt erschien.

»Vermutlich.«

»Sie halten sich schon eine beträchtliche Zeit im Ostrich auf. Ist Ihnen am Verhalten der Gäste untereinander irgendetwas aufgefallen? Eine Merkwürdigkeit vielleicht?«

»Ehrlich gesagt, habe ich mich kaum um die anderen gekümmert. Bloß mit Mr Greenland habe ich mehr als ein paar Worte gewechselt. Averett war ein Griesgram, wie gesagt. Dem bin ich meist absichtlich aus dem Weg gegangen.«

»Was ist mit Benjamin Garrick?«, fragte Swanson. »Was halten Sie von dem?«

»Ganz angenehmer Bursche, soweit ich das beurteilen kann. Unaufdringlich und nett. Und so sterbenslangweilig wie nette unaufdringliche Burschen nun mal eben sind.« Er zündete sich eine weitere Zigarette an. Dann grinste er anzüglich und sagte: »Mit Miss Carter habe ich mich ebenfalls länger unterhalten. Sie ist recht ansprechend, finden Sie nicht? Dummerweise konnte ich sie nicht von mir überzeugen.«

Swanson hätte es sich eigentlich denken können. »Sie haben versucht, sie ...« Er ließ die Worte unausgesprochen.

»Selbstverständlich, Chief Inspector. Das Leben ist zu kurz für Zag und Zauder. Ich hätte es mir nie verziehen, wenn ich es nicht versucht hätte.«

»Doch sie wies Sie ab?«

»Leider ja. Zu dumm. Aber die alte Mrs Maltby scharwenzelte ja auch ständig um sie herum. Glaubte wohl, Miss Carter hätte in meiner Gegenwart eine Anstandsdame nötig.« Er sah sich zur Theke um, wo Sue Thompson gerade ihren Dienst antrat. Wells winkte ihr und sie winkte zurück.

»Immer auf der Suche nach einem kleinen Abenteuer, was Mr Wells? Ich frage mich, wann Sie die Zeit für Ihre Bücher finden.«

Swanson kannte mittlerweile einige Vertreter dieser Zunft: Conan Doyle, Wilde, Stoker und jetzt diesen kleinen, verdorbenen Mr Wells, nicht einen von Ihnen hatte er jemals beim Schreiben gesehen. Sie alle schienen über unendlich viel freie Zeit zu verfügen.

Doch keiner von ihnen war ihm so kaltblütig vorgekommen wie Herbert George Wells.

Swanson bedankte sich und ging.

Das Gejaule verstummte, als Swanson die Teeküche betrat. Es hatte geklungen, als quäle jemand ein Kind. Er sah gerade noch, wie eine der beiden Katzen, die rostbraune, durch das Fenster zum Hof verschwand. Vermutlich aufs Dach. Er ahnte nichts Gutes. Wenn das Paarungsgebaren war, hätten sie bald einen ganzen Stall voller Katzen im Yard.

»Oh, hallo, Sir.« Sergeant Penwood kam mit einem Tablett voller leerer Teebecher herein, balancierte es wie die Bedienung des Ostrich mit einer Hand durch den Raum und stellte es in den Spülstein. »Dachte, Sie wären in Colnbrook.«

»Das war ich auch. Haben Sie das Geheule eben gehört?«

»Ja. Ganz fürchterlich, Sir. Was war das?«

»Ein Liebestanz. Ich will Ihnen was sagen, Clarence: Wenn Sie die Katzen weiterhin so herumtollen lassen, wird das Konsequenzen für uns haben. Ich fürchte, dass die beiden sich vermehren wollen. Und ich sage Ihnen noch etwas: Sollte es dazu kommen, werde nicht ich derjenige sein, der dem Chief Superintendenten Rede und Antwort steht. Sind Sie sich darüber im Klaren?«

»Nein, Sir.« Er wischte sich die Hände an den Taschen seiner Uniformjacke ab. »Ich meine, ja, Sir. Ich bin mir darüber im Klaren, Sir. Sie werden nicht derjenige sein, der Rede und Antwort steht, meine ich.«

»Dann ist ja gut.«

»Beinahe hätte ich es vergessen – es ist eine Nachricht von einem Dr. Portman vom London Hospital für Sie angekommen, Sir. Er scheint etwas entdeckt zu haben, das Sie sich ansehen sollen.«

»Danke, Clarence.«

Swanson war schon fast zur Tür hinaus, als Penwood fragte: »Meinen Sie wirklich, die … die reproduzieren sich, Sir?« Der Sergeant errötete vor Scham. Seine Brillengläser beschlugen. »Hier … hier, bei uns?«

»Katzen paaren sich, wo immer es ihnen gefällt«, sagte Swanson. »Rücksicht auf Ihr ausgeprägtes Schamgefühl werden sie dabei kaum nehmen, Clarence.«

Penwood errötete noch mehr. Er hüstelte und wechselte rasch das Thema. »Wussten Sie, was man früher aus Katzendärmen hergestellt hat, Sir?« Er sah Swanson aus dem Augenwinkel an, während er begann, die Becher zu spülen. Seine Augenbrauen schienen über der runden Brilleneinfassung zu schweben.

Swanson wusste es nicht. Er fragte sich allerdings, wie Penwood überhaupt darauf gekommen war. Vermutlich, weil ihm schwante, was mit den Tieren geschehen würde, bekäme Chief Superintendent Wallace sie jemals in die Finger.

»Nein, Clarence. Ich weiß es nicht.«

»Man machte Saiten aus ihnen«, erklärte Penwood. »Für Musikinstrumente. Lauten und Fiedeln und so. Ich hab das von meinem Cousin, der ist Ire. Die machen ausgesprochen viel mit Fiedeln.« Er blinzelte nachdenklich. »Wenn der spielt, klingt das so ähnlich wie die jaulenden Katzen, Sir.«

»Was für den Iren die Geige, ist für den Schotten der Dudelsack«, meinte Swanson.

Penwood verharrte mit den Händen im Spülwasser. »Werden die auch aus Därmen gemacht?«

»Nein, Clarence, aus Ziegenhaut«, sagte er. Und erstaunlicherweise klangen sie auch so. In der Tür stehend, wandte Swanson sich noch einmal um. »Werden Sie die beiden Streuner los, ehe es zu spät ist. Nehmen Sie sie von mir aus mit nach Hause. Denn falls wir uns erst einen Kammerjäger ins Haus holen müssen, um der Katzenplage Herr zu werden, möchte ich wirklich nicht dabei sein, wenn der Chief Superintendent aus Ihrer Haut und Ihren Därmen Instrumente macht, Clarence.«

London Hospital, Gower Street, London, 1895

Dr Portman erwartete Swanson und Phelps in seinem Laboratorium. Er sah besorgt aus. Und wenn Swanson eines gelernt hatte, in all den Jahren, dann dass besorgte Polizeiärzte nichts Gutes verhießen.

»Ich habe Ihre Nachricht erhalten, Doktor«, sagte Swanson. »Sie klang dringend. Worum geht es?«

»Ich habe die Leichen von Mr Averett und Mrs. Maltby untersucht. Sie wurden erdrosselt. Entweder erstickt das Opfer, oder es bricht das Zungenbein. Bei beiden Opfern ist Letzteres geschehen.« Er rieb sich die Stirn. »Und die Frau hat ebenfalls ein Kind zur Welt gebracht.«

»Genau wie Sarah O'Hanlon«, stellte Swanson fest. Dies war bereits die dritte Leiche in Benjamin Garricks Dunstkreis, die man erdrosselt hatte. »Das wird jedoch nicht der Grund dafür sein, weshalb sie ein dermaßen besorgtes Gesicht machen, Doktor.«

»Nein, es sind ihre Füße, Chief Inspector.«

»Ihre Füße?«

»Wenn ich nicht genau wüsste, dass die beiden nicht miteinander verwandt sind, müsste ich annehmen, sie seien Geschwister gewesen.«

Swanson war verblüfft. »Können Sie mir das erklären?«

»Sie beide litten an einer Erbkrankheit. An einer Deformation des linken Fußes«, sagte Dr. Portman. »*Pes equinovarus et plantiflexus adductus congenitus.*«

Phelps versuchte nicht einmal es aufzuschreiben.

»Sie haben Klumpfüße. Etwa eines von Tausend Kindern kommt mit dieser Missbildung zur Welt.«

Phelps sah irritiert aus. »Noch ein Geschwisterpaar?«

»Es könnte sicherlich ein Zufall sein …«

»Ich glaube nicht an Zufälle, Doktor«, sagte Swanson.

»Und da ist noch etwas. In der Strangulationsmarke habe ich etwas gefunden, das ich nicht identifizieren kann«, sagte Dr. Portman. »Höchstwahrscheinlich stammt es vom Tatwerkzeug. Ich fand dieselbe wachsartige Substanz auf beiden Leichen«, fügte er hinzu.

»Was genau meinen Sie damit, dass die Substanz vom Tatwerkzeug stammt?«, fragte Phelps.

»Die Opfer sind stranguliert worden. Dazu ist ein Mindestmaß an Druck von Nöten«, erklärte Dr. Portman. »Auch wenn das Zungenbein bei älteren Menschen schneller bricht. Dieser Druck überträgt winzige Partikel des Tatwerkzeuges auf die Leiche.« Er streckte die Hand aus, wischte mit dem Zeigefinger über ein Stempelkissen, das auf dem Arbeitstisch lag, und drückte die Fingerkuppe auf die Tischplatte. »Sehen Sie? So wie die schwarze Farbe auf der Oberfläche der Tischplatte eine Spur hinterlässt, verhält es sich auch mit den Substanzen, die sich auf der Tatwaffe befinden. Sie werden auf den Hals des Opfers übertragen.«

»Können Sie irgendwelche Rückschlüsse auf das Tatwerkzeug ziehen?«

»Gewiss. Es wird sich um eine Schnur oder eine Art Band handeln, dass aus einzelnen dünnen Fäden besteht, jedes nicht dicker als ein Haar, würde ich sagen. Über das Material lässt sich leider gar nichts sagen, denn es hinterließ keine Faserspuren. Ein dünnes Seil oder Stoffband kann ich daher ausschließen.«

Phelps leckte die Bleistiftspitze an. »Wie können Sie da so sicher sein?«

»Im Fall O'Hanlon hat der Mörder ein Hanfseil benutzt«, sagte Dr. Portman. »Dieses hinterließ, wie man es erwarten würde, winzige Hanfpartikel auf der Haut. Sie sind mit dem bloßen Auge nicht zu erkennen, lassen sich aber unter dem Mikroskop eindeutig identifizieren. Wolle, oder jede andere Art von natürlichem Stoff, würde ebenfalls Fasern verlieren.«

Das leuchtete Swanson ein. Er fragte: »Und in diesem Fall fanden Sie nichts – bis auf das Wachs?«

»Ganz recht.« Dr. Portman nickte nachdenklich. »Ob es sich jedoch tatsächlich um Wachs handelt, muss anderweitig geklärt werden.«

»Könnte es ein Draht gewesen sein?«, fragte Phelps. »Metall würde keine Spuren hinterlassen, denke ich mir.«

»Das stimmt nicht ganz.« Dr. Portman sog an seiner Oberlippe. »Es gäbe immer einen leichten, metallischen Abrieb. Außerdem ist die Strangulationsmarke zu breit dafür. Und sie verläuft um den gesamten Halsumfang herum. Das Tatwerkzeug ist mindestens fünf Millimeter breit, eher einen Zentimeter. Einen Draht von solcher Stärke biegen Sie nicht mit bloßen Händen. Und er hinterlässt nicht diese feinen einzelnen Spuren.«

»Und wenn es sich um eine Schnur aus Wachs handelt?«

»Mir ist kein Wachs bekannt, das gleichzeitig biegsam und stabil genug dafür wäre, Sergeant Phelps.« Er schüttelte den Kopf. »Nein. Der Mörder muss etwas anderes benutzt haben. Etwas, an dem diese Substanz klebte. Und es besteht aus mehreren Strängen dünneren Materials. Ich habe eine Probe von der Substanz genommen.« Dr. Portman wandte sich um und nahm den gläsernen Objektträger aus der Halterung des Mikroskops. »Sie sollten einen Chemiker eine Analyse davon machen lassen.«

Swanson hielt das Glasplättchen gegen das Licht und betrachtete es.

Für ihn sah der Schleier auf dem Glas wie die Spur aus, die ein Kutschrad in regenweichem Boden hinterließ.

KAPITEL 24

»Das könnte ein Motiv sein, Sir«, sagte Phelps, als sie eine Viertelstunde später in einem Hansom saßen und in Richtung Westminster schaukelten.

Swanson, der gänzlich anderen Überlegungen nachging, wusste nicht, worauf Phelps hinauswollte. »Worauf wollen Sie hinaus, Phelps?«

»Nehmen wir mal an, Sarah O'Hanlon gebar ein Kind und gab es weg. Wenn das Kind überlebt hätte und in einem Waisenhaus aufgewachsen wäre, hätte es dann nicht ein Anrecht auf das Geld aus der Versicherung?«

»Haben Sie vergessen, was Abercrombie gesagt hat?«

»Der Versicherungsheini?« Phelps zog die Stirne kraus. »Was hat er gesagt, Sir?«

Die Droschke rumpelte im dichten Verkehr die Charing Cross Road hinunter.

»Dass die Versicherung nicht in die Erbmasse einfließt«, sagte Swanson. »Selbst wenn es irgendwo da draußen einen Waisenknaben gibt – von dem Geld steht ihm nicht ein Penny zu. Alles was er erben würde, sind Schulden.«

»Das hatte ich vergessen, Sir.«

»Das Motiv liegt woanders.«

Eine Weile saßen sie schweigend nebeneinander, derweil sich der Hansom durch den Stau am Trafalgar Square quälte, wo der Pferdewagen einer Brauerei den Weg versperrte.

Donald Swanson dachte über die missgebildeten Füße der beiden Toten nach. Wenn er es nicht besser wüsste, würde er sie für Geschwister halten, hatte Dr. Portman gesagt. Das konnte tatsächlich die Lösung dieses Falles sein.

Sie rollten auf Whitehall zu, als Phelps plötzlich meinte: »Apropos Waisenknabe, Sir. Wo steckt eigentlich Constable Wensley? Ich habe ihn schon länger nicht mehr gesehen.«

»Vermissen Sie ihn, Phelps?«

»Nicht unbedingt. Mir fiel nur gerade ein, dass er uns erzählt hat, er sei in einem Waisenhaus aufgewachsen. Und ich frage mich, wo er abgeblieben ist.«

»Er ist in meinem Auftrag in Holborn unterwegs«, entgegnete Swanson. »Sie werden es kaum glauben. Er ist Ihnen ähnlicher, als Sie denken. Auch er sucht einen Waisenknaben.« Er sah Phelps ernst an. »Und jetzt vergessen Sie ihn mal für den Augenblick. Denn wir müssen den Arzt der O'Hanlons ausfindig machen, Phelps. Und zwar gleich.«

»Ihren Arzt? Aber sie sind tot, Sir.«

»Ich habe da einen schlimmen Verdacht, mein Junge. Wenn ich damit richtig liege, würde das auch die verschwundenen Schuhe erklären.«

»Da komme ich nicht mehr mit, Sir. Was hat der Arzt mit den Schuhen zu schaffen.«

»Alles«, sagte Swanson. »Denn was ist, wenn die Leichen im Garten überhaupt nicht die der O'Hanlons waren?«

Tief im Bauch der größten und fortschrittlichsten Polizeiorganisation der westlichen Welt roch es an diesem Spätnachmittag nach Salmiak, Kohlegas und Knoblauch. Das war an sich nichts Ungewöhnliches, denn Inspector Charles H. Stedman, der Leiter der noch jungen forensischen Abteilung des Yard, war ein Anhänger gesunder Ernährung. Sehr zum Leidwesen seiner Kollegen Collins und Hunt, die mit ihm in den feuchten Gewölben nahe dem Fluss arbeiteten, schwor er auf den gesundheitsfördernden Verzehr von frischen Knoblauchzehen zum Frühstück, zur Mittagsstunde und am Abend. Da das Innenministerium jedoch die Gelder für Uhren zurückhielt und nur das künstliche Licht der flackernden Gaslampen die dunklen Räume erhellte, wusste niemand so genau, wann es morgens, mittags oder abends war. In der Folge hatte Inspector Stedman angefangen, ein kompliziertes Zeiteinteilungssystem zu entwickeln, bei dem die Maßeinheit in Knoblauchzehen gemessen wurde. Und die meiste Zeit über ging diese Art von Uhr entsetzlich vor.

Diesmal jedoch lagen die Dinge anders.

Stedman arbeitete mit Hochdruck an einem Serum, mit dessen Hilfe es gelänge, Tierblut von Menschenblut zu unterscheiden. Einige bescheidene, wenn auch vielversprechende Versuche, waren ihm bereits mit verschiedenen Säuren gelungen, doch eine feste, wiederholbare Regel ließ sich bislang noch nicht aus den Versuchen ableiten. Nachdem er eine Zeit lang auf der Stelle getreten war, war er zu dem Entschluss gekommen, es mit dem Saft des Knoblauchs zu probieren – ein Versuch konnte schließlich nicht schaden.

Als Chief Inspector Donald Swanson den Raum betrat, fand er Charles Stedman wie immer bei der Arbeit.

Auf dem Arbeitstisch, über dem eine durch Kristalllinsen und Spiegel verstärkte Lampe ihr Licht verstreute, stand die Apparatur aus Messingstangen, in der Erlenmeyerkolben und Reagenzgläser mit Klemmen und Schrauben befestigt und durch Glasröhren miteinander verbunden waren.

»Es tut mir leid, Sie unterbrechen zu müssen. Aber es ist äußerst dringlich.«

»Warten Sie, Donald, ich bin gleich für Sie da.« Stedman sah hochkonzentriert aus. Er hielt eine Pipette in der rechten Hand, hob sie prüfend ins Licht und ließ dann einige Tropfen des Schweinebluts, das sich darin befand, in den köchelnden Glaskolben mit Knoblauchextrakt fallen.

Es brodelte und zischte.

Swanson, der ansonsten ein geduldiger Mann war, trat neben ihn. »Es ist dringend, Charly.«

»Nur einen Augenblick noch.« Die Substanz verfärbte sich leicht bläulich. Stedman stieß einen leisen Grunzlaut hervor und ließ die Schultern hängen. Dann drehte er sich abrupt zu Swanson um. Er sah enttäuscht aus.

»Ein Fehlschlag?«

»Einer von vielen, Donald. Einer von vielen. Nicht der Rede wert.« Er schob sich die Lupenbrille auf die Stirn. »Was kann ich für Sie tun?«

»Ich möchte, dass Sie sich diese Probe hier ansehen.« Swanson hielt ihm den Objektträger hin, den Dr. Portman ihm zur Verfügung gestellt hatte. »Die Substanz wurde in der Strangulationsmarke zweier Leichen gefunden. Finden Sie heraus, um was es sich handelt.«

Stedman warf einen Blick darauf. »Sieht aus wie irgendein Fett. Und Spuren von weißem Pulver.«

»Der Pathologe hielt es für Wachs.«

»Hm.« Er schob sich die Lupe wieder vor die Augen und drehte den Objektträger im Schein der Lampe hin und her. »Das wird ein bisschen dauern. Könnte alles Mögliche sein.«

»Eines können Sie bereits ausschließen«, meinte Swanson und ging zur Tür. »Es ist kein Narbengewebe.«

Die alte Frau sah aus wie eine Hexe. Lange weiße Haare, die ihr in Strähnen über die Schultern fielen, ein uraltes faltiges Gesicht mit großer Nase und die runzligen Lippen eingefallen.

Sie stand hinter einem Holzkasten, auf dem in schrägen Fächern Äpfel lagen, die ebenso alt und schrumpelig aussahen wie die Frau selbst.

Doch Badger hatte Hunger. Seit dem Morgen hatte er keinen Bissen mehr zu sich genommen. Nur einen Tee hatte er sich geleistet, als er in einem kleinen Geschäft nach jemandem gefragt hatte, der Mr Specs Haus der verlorenen Kinder gekannt hatte. Wenn er die Hexe ablenkte, gelang es ihm sicherlich einen der Äpfel zu stibitzen.

Doch noch ehe er ein Wort gesagt hatte, fragte sie: »Na, willst nen Apfel, Kleiner?«

Badger funkelte sie an. »Ich bin nicht klein!«

Wortlos und lächelnd nahm sie einen der weniger verschrumpelten Äpfel aus der Auslage, polierte ihn kurz mit einem Zipfel ihrer Schürze und reichte ihn Badger. Der bedankte sich artig und biss so gierig hinein, dass ihm der Saft über Wangen und Kinn lief.

»Danke, Mam«, sagte er mit vollem Mund kauend. Sie mochte eine Hexe sein und ihre Äpfel die hässlichsten und ältesten der Welt, doch nichts hatte je köstlicher geschmeckt, als dieser Apfel. »Danke.«

»Gehörst nich hierher, oder?«, fragte sie milde. Sie stützte sich mit den Händen auf den Holzkasten. Ihre Finger waren dünn und knotig wie verdorrte Zweige.

»Klar gehör ich hier her«, entgegnete er eine Spur zu unwirsch und wischte sich mit dem Ärmel über den

Mund. »Bin am Hill aufgewachsen. Wie komm' Sie da drauf?« Er musste sich richtig Mühe geben, wie ein Straßenjunge zu sprechen.

»Bist wohl zu Geld gekommen, was?« Sie lächelte noch immer. »Bist ganz hübsch angezogen für einen von hier.«

»Man tut, was man kann.« Das hatte Meg auch immer gesagt, wenn ihm einer zu neugierig wurde. Aber er durfte es sich mit der Frau nicht verscherzen. So alt wie sie war, hatte sie bestimmt eine Menge gesehen. Vielleicht hatte sie sogar den alten Mr Specs gekannt. Oder beobachtet, wer ihm die Kinder brachte. »Hab n gutes Händchen gehabt in letzter Zeit«, sagte er schließlich und hoffte, das reiche ihr als Erklärung aus.

»Ein gutes Händchen. So so.« Sie nickte langsam, hielt den Kopf schief und beugte sich über den Kasten. »Und bei wem bist du untergekommen, wenn ich fragen darf?«

Er verschlang den letzten Bissen und warf den Stiel des Apfels hinter sich auf die Straße. »Kenn' Sie den alten Specs?«

Sie schob nachdenklich die faltigen Lippen vor. »Der ist lange tot. Da kommt niemand mehr unter.«

»Ich stelle Nachforschungen an«, sagte Badger rasch. »Für jemanden, der mal bei dem gelebt hat – einen Freund von mir.«

Sie nickte wieder. »Nachforschungen also.«

»Und?« Er wurde langsam ungeduldig. »Kannten Sie den alten Specs?«

»Das Haus der verlorenen Kinder haben sie es genannt«, murmelte sie mehr zu sich selbst. »Ich kannte es. Und ich kannte auch den alten Gauner.« Sie lachte leise und hoch. Dann hielt sie ihm einen weiteren Apfel hin. Diesmal polierte sie ihn nicht.

Badger deutete ein Nicken an und steckte ihn in die Hosentasche.

»Was für Nachforschungen sind das, die du da anstellst?«, fragte sie.

»Er möchte seine Familie finden, mein Freund. Seine Mutter.«

»Schwierig«, sagte sie. »Das ist wohl das Schwierigste überhaupt.«

»Wo hatte er die Kinder her? Wurden sie ihm gebracht?«

Sie blickte ihn traurig an. »Wo sie alle her sind, mein Junge.«

»Und wo sind sie alle her?« Badger war ganz gefangen von ihren Worten. Eine weise alte Frau, die die Antworten auf alle Fragen kannte.

»Von Müttern, die ihre Kleinen nicht behalten durften. Das ist manchmal so. Auch wenn sie es noch so gerne täten, sie dürfen es nicht.«

Das war Badger gänzlich unverständlich. Welcher Mutter sagte man denn, sie könne ihr Kind nicht behalten? Wer hatte eine solche Macht, so etwas zu befehlen? Was für ein entsetzlich grausamer Mensch musste das sein? »Das ... das glaube ich nicht.«

»Das verstehe ich«, sagte sie. »Das verstehe ich gut. Aber es ist die Wahrheit. Leider.«

»Kann man noch herausbringen, wer einen nicht behalten durfte?«

»Sicher. Es gibt Register, in denen steht, wer deine Ma ist.«

»Die von meinem Freund«, sagte Badger und spürte, wie er unter den trüben Blicken der Alten errötete.

Er konnte nur hoffen, dass der Dreck, den er sich ins Gesicht geschmiert hatte, es verdeckte. »Wo sind diese … diese Register?«

»Da kommst du nicht dran. Das ist Erwachsenensache. Doch vielleicht kann ich dir helfen.«

»Wie?«

»Wo lebst du?«

Verrate bloß nie, wo du untergekrochen bist, hatte Meg ihm eingebläut. *Am Ende stehst du nämlich ohne deine Siebensachen da und staunst Bauklötze.* Und daran würde er sich halten. Megs Ratschläge waren immer noch die besten gewesen.

»Das sag ich nich.« Er schüttelte vehement den Kopf. »Ich bin ja nicht dumm, wissen Sie?«

»Nein, das bist du nicht.« Sie lachte wieder ihr leises hohes Lachen. Das Lachen einer Hexe, doch in Badgers Ohren klang es nett. »Komm morgen wieder«, sagte sie. »Am Nachmittag gegen drei. Wenn du Glück hast, habe ich dann jemanden hier, der dir helfen kann, Junge.«

»Abgemacht«, sagte er. »Morgen gegen drei.« Es war ein sicheres Geschäft, auch wenn ein Risiko bestand. Er musste es eingehen. Und wenn er einen Copper sah oder auch nur roch, wäre er wieder weg wie der Blitz.

Als er ging, deckte die alte Frau ihren Apfelstand mit zwei grauen Tüchern ab und humpelte zu einer Tür, deren Klingeldraht sie zog.

Doch das sah Badger nicht. Auch nicht den Mann, der ihr die Tür öffnete, denn da war er bereits um die nächste Häuserecke verschwunden.

Gut gemacht, Kleiner, sagte Meg.

»Ich bin nicht …« Badger zuckte grinsend die Achseln. Er war jetzt viel zu aufgeregt, um sich darüber zu ärgern.

KAPITEL 25

Am Morgen des folgenden Tages erhielt Swanson von Constable Evans die Adresse des Hausarztes der O'Hanlons. Er hatte sie in den Papieren gefunden, die Penwood und Wilson im Haus sichergestellt und ihm zur Durchsicht gebracht hatten.

Dr. William Mortimer M.D. residierte, wie es sich für den Arzt eines ehemals wohlhabenden Geschwisterpaars geziemt hatte, in einer imposanten Praxis in der Harley Street. Allein das vergoldete Messingschild neben dem Eingang musste ein kleines Vermögen gekostet haben. Es war auf Hochglanz poliert.

Das Wartezimmer war voller Patienten. Swanson erklärte der Sprechstundenhilfe, die in einem gläsernen Kasten saß, der eher an eine Bank als an die Rezeption eines Arztes erinnerte, dass sie umgehend mit Dr. Mortimer sprechen müssten. Sie würden es kurzhalten, um den Betrieb nicht länger als absolut nötig aufzuhalten.

Sie war nicht begeistert. Dennoch verschwand sie, um dem Doktor den Besuch der Scotland Yard Beamten anzukündigen. Nach kaum einer Minute kehrte sie zurück.

Es sei in Ordnung, sagte sie. Der Doktor würde sie empfangen. Ihrem Gesichtsausdruck nach zu urteilen, gefiel ihr das jedoch ganz und gar nicht.

Dr. Mortimer selbst war ein kleiner, pummeliger Mann um die fünfzig, mit einem freundlichen Gesicht.

Lustige Lachfältchen umrahmten seine Augen. Er hatte einen Becher Tee vor sich stehen.

Er erhob sich, als Swanson und Phelps eintraten. »Scotland Yard, wie ich hörte«, sagte er. »Wie kann ich Ihnen helfen, Gentlemen?« Und nachdem Swanson sich und seinen Sergeant vorgestellt hatte: »Gibt es etwa eine Leiche, die man auf mich zurückverfolgen konnte?«

»Zwei.« Swanson verzog keine Miene.

»Verzeihung.« Dr. Mortimers gute Laune war schlagartig verflogen. »Aber das ist nicht Ihr Ernst.« Er setzte sich, griff nach dem Teebecher, hielt ihn in der Hand, trank jedoch nicht davon. »Wie meinen Sie das – zwei Leichen?«

»Sagt Ihnen der Name O'Hanlon etwas, Doktor?«

»Ja. Sicher. Sie waren nicht nur meine Patienten.« Er stellte den Becher wieder ab, ohne einen Schluck genommen zu haben. »Man kann sagen, wir waren befreundet. Schrecklich. Ich las in der Zeitung davon. Sie wurden tot in ihrem Garten gefunden.«

»Ganz recht.« Swanson deutete auf die beiden Stühle vor dem Schreibtisch. »Dürfen wir Platz nehmen?«

»Bitte. Ja.«

»Danke. Sagen Sie, zahlten die O'Hanlons pünktlich Ihre Rechnungen?«

»Das ist eine merkwürdige Frage, Chief Inspector.« Er nippte an seinem Tee. »Ehrlich gesagt weiß ich es nicht. Da müssten Sie Mrs Travers, meine Sprechstundenhilfe, fragen. Sie macht die Abrechnungen. Ich halte mich da völlig heraus. Meinen Blick auf den Patienten möchte ich nicht durch seine Zahlungsmoral beeinträchtigen lassen.«

»Verstehe, Doktor.« Swanson nickte. »Meine nächste Frage mag Ihnen vielleicht noch merkwürdiger vorkommen, Doktor Mortimer. Doch für unsere Ermittlungen ist die Antwort darauf enorm wichtig.« Er beugte sich vor. »Können Sie uns sagen, ob es eventuell eine Krankheit oder irgendeine gesundheitliche Besonderheit bei den O'Hanlons gab, die sowohl Sarah als auch Michael O'Hanlon betraf.«

»Warum drücken Sie sich dermaßen geheimnisvoll aus?«

»Ich möchte Sie nicht beeinflussen, Dr. Mortimer«, antwortete Swanson. »Das ist alles.«

»Wie Sie sicherlich wissen, darf ich nicht über die Leiden meiner Patienten sprechen.«

»Sie sind tot«, sagte Phelps. »Es wird ihnen nicht mehr schaden.«

»Das ist unerheblich.« Dr. Mortimer lehnte sich zurück. »Der hippokratische Eid, Sie verstehen?«

»Sie sagen, Sie waren mit Michael und Sarah befreundet.« Swanson benutzte absichtlich die Vornamen. »Jemand hat sie brutal aus dem Leben gerissen.«

»Ich weiß.« Dr. Mortimer schloss die Augen und sog hörbar die Luft ein. Als er sie wieder öffnete, sagte er: »Ich könnte meine Zulassung verlieren, wenn es herauskäme.«

Swanson blickte ihm direkt in die Augen. »Denken Sie nicht, Sarah und Michael würden wollen, dass Sie uns helfen, Doktor?«

»Also gut. Da sie beide verstorben sind, denke ich, ich kann darüber sprechen«, sagte er. »Aber ich spreche nicht als ihr Arzt, sondern als ihr Freund. Es stimmt. Es gab durchaus diese eine Besonderheit, ja.«

»Und welche wäre das?«

»Nun ja, es war ihnen unangenehm, deshalb verbargen sie es vor der Öffentlichkeit. Wir scherzten allerdings oft, sie seien möglichweise mit Lord Byron verwandt.«

Phelps hatte den Namen schon einmal gehört. »Byron, der Dichter?«

Dr. Mortimer nickte. »Er war einer der größten Liebhaber seiner Zeit, nicht wahr? Trotz seines Leidens. Eine Erbkrankheit.«

»Welche?« Phelps zog in Erwartung eines unaussprechlichen lateinischen Wortes die Augenbrauen hoch.

»Sie waren wie Byron«, sagte Dr. Mortimer. »Sie beide hatten einen Klumpfuß.«

*

Auf Donald Swansons Veranlassung hin identifizierte Dr. Mortimer die Toten aus dem Ostrich Inn noch an diesem Nachmittag als die der Geschwister O'Hanlon. Anschließend kehrten der Chief Inspector und sein Sergeant zum Yard zurück.

»Die Leichen, die wir im Garten gefunden haben, hatten ganz gewöhnliche Füße«, stellte Peter Phelps fest. Er trat an die Tafel, auf der sie ihre Ermittlungsergebnisse festhielten, und betrachtete die Fotografien der beiden Toten mit den zerschmetterten Gesichtern, die ganz oben angebracht waren. »Aber wenn Mr Averett und Mrs Maltby in Wahrheit die O'Hanlons waren, wer zum Teufel sind dann diese anderen Leute?«

»Jemand, der von niemandem vermisst wird, Phelps«, sagte Swanson und rieb sich nachdenklich mit der flachen Hand über die Stirn. »Jemand mit gewöhnlichen Füßen. Daher mussten natürlich auch die Schuhe verschwinden. Die O'Hanlons werden wegen der Missbildung spezielle Schuhe getragen haben. Wir hätten sofort bemerkt, dass sie nicht den Toten im Sarg gehörten.«

Phelps steckte die Hände in die Hosentaschen. »Doch wer sind sie?«

»Obdachlose, nehme ich an. Die O'Hanlons galten als wohltätig. Es wird ein Leichtes gewesen sein, sie ins Haus zu locken; unter dem Vorwand, ihnen etwas Gutes tun zu wollen, möglicherweise.«

»Doch stattdessen wurden sie dort getötet«, sagte Phelps.

»Und in den Särgen begraben, die die Geschwister zuvor selbst gekauft hatten«, ergänzte Swanson.

»Es ging also von Anfang an um die Versicherungssumme.« Phelps zog die Stirne kraus. »Nur wie passt Benjamin Garrick da hinein?«

»Er war der Mittelsmann, Phelps. Ich nehme an, er ließ sich auf das Ganze ein, weil er in Geldnöten war – genau wie die O'Hanlons selbst. Er wird die Gräber für sie ausgehoben haben. Die Versicherung wurde zwar an ihn ausbezahlt, doch ich gehe davon aus, dass er lediglich einen stattlichen Anteil bekommen sollte. Den Löwenanteil benötigten die O'Hanlons für sich. Und so mieteten sie sich unter dem Namen Averett und Maltby im Ostrich ein, um das Geld heimlich zu übergeben.« Die Stücke fügten sich zusammen. Langsam ergab alles einen Sinn.

»Also muss Garrick doch der Mörder sein.«

»Können Sie es ihm beweisen?« Swanson breitete die Arme aus.

»Nein, dummerweise nicht. Eine ganz fürchterlich perfide Geschichte, Sir.«

»Zweifellos, mein lieber Phelps.« Und ein Zitat von Byron kam Swanson in den Sinn. »S'ist seltsam aber wahr. Doch die Wahrheit ist immer seltsam.«

KAPITEL 26
Ostrich Inn, Colnbrook

Um kurz vor fünf hatte Donald Swanson angerufen und Dick Porter angewiesen, die verbliebenen Gäste um acht Uhr in den Speisesaal zu bitten. Die Ankündigung, der Chief Inspector vom Yard würde noch an diesem Abend in den Ostrich kommen und sie alle sprechen wollen, war allgemein mit wenig Begeisterung aufgenommen worden, wie Swanson von Frederick Greenland erfuhr, als er mit Sergeant Phelps und Constable Bingley im Schlepptau um zwanzig nach acht im Ostrich erschien. Sie waren mit einer Black Maria hergefahren, denn sie würden eine Verhaftung durchführen müssen.

Donald Swanson bat Dick Porter, sämtliche Türen zu verriegeln, dann begab er sich mit Phelps in den Speisesaal.

Swanson blickte in acht schweigende Gesichter, die ihn erwartungsvoll ansahen. Joe Thompson hatte ein Whiskyglas in der Hand. Immer wieder nahm er kleine Schlucke davon. Seine Tochter Sue saß neben ihm. Sie kaute nervös auf ihrer Unterlippe herum. Lydia Carter und der blinde Reginald Caine saßen sich an einem der Tische gegenüber. Garrick hatte sich einen einzelnen Platz ausgesucht. Niemand sonst saß bei ihm. Vor ihm stand ein halbvolles Glas Bier. Der Einzige, der halbwegs entspannt aussah, war Frederick Greenland. Er saß an einem Tisch mit Dick Porter und Herbert Wells. Und selbst der Schriftsteller nestelte voller Unbehagen an seinen Manschetten herum.

Lydia Carter fragte in die Stille hinein: »Haben Sie den Mann mittlerweile gefasst, der Mr Averett ermordet und mich niedergeschlagen hat?«

»Bislang leider nicht«, antwortete Swanson. »Jedoch bin ich recht zuversichtlich, ihn noch heute Nacht dem Haftrichter in Bow Street vorführen zu können.«

Sie nickte erleichtert, fuhr sich mit der Zunge über die Lippen und legte züchtig die Hände in den Schoß.

»Mr Garrick«, hob Swanson an, derweil Peter Phelps seinen Notizblock und einen Bleistift hervorkramte und sich auf der Kante eines Tisches niederließ. »Mit Ihnen möchte ich zuallererst sprechen.«

Garrick sah anders aus, als bei ihrem letzten Besuch. Er kam Swanson blasser und weniger gepflegt vor. Sein Haar war ungekämmt, und der Kragen seines Hemdes war aufgeknöpft und saß schief. Der Mann starrte bloß mit leerem Blick vor sich hin, als nähme er keinerlei Notiz von den anderen. Als Swanson ihn ansprach, hob er den Kopf.

»Als ich das erste Mal bei Ihnen vorsprach, schonte ich Sie, um Ihnen Gelegenheit zu geben, offen mit mir zu sprechen und sich die Schuld von der Seele zu reden.« Swanson ging langsam zu Garricks Tisch. Es war nichts Freundliches, nichts Entgegenkommendes mehr in seinem Blick. Er war kalt und hart wie in Stein gemeißelt. »Heute bin ich weniger nachsichtig mit Ihnen. Was Sie getan haben, wird ohnehin ans Licht der Öffentlichkeit gezerrt werden. Man wird Sie vor Gericht stellen, Mr Garrick. Und wenn ich meinen Einfluss geltend machen kann, werden Sie und Ihre Familie nicht einen einzigen Penny des Geldes sehen, auf das Sie es so begierig abgesehen hatten.«

Garrick war bei jedem Wort mehr in sich zusammengesunken. Dennoch war sein Blick nach wie vor auf Swanson gerichtet. Er schluckte schwer und sagte mit belegter Stimme: »Du lieber Gott, es ist aus.« Er schlug die Hände vors Gesicht und blickte die Tischplatte an.

»Schauen Sie mich an, wenn ich mit Ihnen spreche«, sagte Swanson. Ein Raunen ging durch den Speisesaal. Garrick gehorchte. »Ich werde Sie festnehmen müssen. Sie stehen unter dem dringenden Verdacht des Versicherungsbetrugs und des vierfachen Mordes.«

»Aber ich … ich habe niemanden ermordet«, sagte er schwach und tonlos.

»Alle Beweise sprechen gegen Sie. Ich will Ihnen erklären, wie es gegenwärtig aussieht.« Er machte eine Pause, strich sich mit der Hand über den Schnurrbart und sagte: »Sarah und Michael O'Hanlon waren in extremen finanziellen Schwierigkeiten. Und da kamen Sie ins Spiel. Eine Versicherung über 5000 Pfund Sterling wurde abgeschlossen und Sie als Nutznießer eingetragen. Sie willigten außerdem ein, zwei Obdachlose zu töten und sie im Garten zu vergraben, damit man allgemein annahm, die Geschwister O'Hanlon seien einem Mord zum Opfer gefallen.« Garrick hob zu sprechen an, doch Swanson gebot ihm mit einer Handbewegung zu schweigen. »Damit niemand den Unterschied bemerkte, schlug man den Opfern die Gesichter ein und machte sie damit unkenntlich. Doch die O'Hanlons hatten ein Geheimnis. Sie litten an einer Verformung ihres linken Fußes. Nur wusste niemand außer ihrem Arzt davon. Daher mussten sämtliche Schuhe aus dem Haus verschwinden. Um ein Alibi für die Tatzeit zu haben, reisten Sie mit Ihrer Familie nach Dieppe.

Nach Ablauf der Frist und der Zahlung durch die Versicherungsgesellschaft Abercrombie mieteten Sie drei sich anschließend im Ostrich ein, wo die Geldübergabe stattfinden sollte. Stimmt das soweit, Mr Garrick?«

»Ich habe nichts mit den Morden zu tun«, krächzte er. »Ich habe die Särge für sie gekauft und die Gräber ausgehoben, nichts weiter.«

»Das glaube ich Ihnen nicht«, sagte Swanson kalt. »Weder Sarah noch Michael O'Hanlon waren in der körperlichen Verfassung, die Gräber wieder zu verschließen.«

»Ja. Ja, ich habe die Särge in die Gruben hinuntergelassen und die Gräber zugeschaufelt.« Er hatte zu schwitzen begonnen und wischte sich mit dem Hemdsärmel über Stirn und Gesicht. »Mit allem anderen habe ich nichts zu tun.«

»Sie wurden gierig, Mr Garrick. Wieviel Geld haben die Geschwister Ihnen für Ihre Dienste angeboten?«

»Tausend Pfund«, sagte er.

»Doch das genügte Ihnen nicht.«

»Das entspricht nicht der Wahrheit.«

»Wenn Sie beide töteten, würde die gesamte Summe an Sie fallen«, fuhr Swanson unbeirrt fort. »Doch irgendwann muss Ihnen klar geworden sein, dass der Verdacht auf Sie fallen musste, wenn herauskam, wer Mr Averett und Mrs Maltby wirklich waren. Und so verließen Sie am Nachmittag von Averetts Tod das Pub, kehrten jedoch heimlich zurück, weil Sie sich mit Averett in Ihrem Zimmer verabredet hatten. Sie schlugen Miss Carter nieder, erdrosselten den alten Mann und verschwanden wieder.«

»Nein!«, schrie er. »So ist es nicht gewesen! Miss Carter sagte, der Angreifer sei in ihr Zimmer gekommen.

Warum hätte ich das tun sollen, wenn ich mit Averett in meinem Zimmer verabredet war?«

»Ja, Chief Inspector«, fragte Mr Caine. »Das ergibt doch gar keinen Sinn.«

»Averett saß mit dem Rücken zur Verbindungstür«, antwortete Swanson knapp.

»Woher hätte Mr Garrick das wissen sollen?«, meinte Wells mit hoher Stimme. »In einem Roman würde es nicht funktionieren. Und im Leben auch nicht.«

»Letztendlich ist das Leben kein Roman, Mr Wells«, entgegnete Swanson. Dann drehte er sich wieder zu Benjamin Garrick um. »Warum wurde der Ostrich Inn ausgewählt? Und um Ihrer selbst willen rate ich Ihnen, jetzt offen zu sprechen und nichts zu verschweigen, junger Mann. Ihr Leben steht auf dem Spiel.«

»Sarah kannte jemanden hier«, gab Garrick mit leiser, heiserer Stimme zur Antwort. Er blickte in Joe Thompsons Richtung. Dann deutete er auf ihn.

»Danke, Mr Garrick«, sagte Swanson. »Das habe ich mir gedacht. Dass Sie derjenige waren, wurde mir klar, als ich von Mr Greenland erfuhr, wie vertraut Sie mit Mrs Maltby umgingen. Sie kannten sie von früher, habe ich Recht, Mr Thompson? Allerdings kannten Sie sie unter ihrem richtigen Namen – Sarah O'Hanlon.«

Niemand sprach. Alle Augen waren auf Joe und Chief Inspector Swanson gerichtet.

Dick Porter schaute dem Schauspiel mit offenem Mund zu.

»Es ist schon sehr lange her«, sagte Joe Thompson leise. »War eine ganz andere Zeit damals. Sarah war eine wunderschöne Frau. Für mich jedenfalls. Sie war sehr gebildet, Chief Inspector. Ich nicht.« Ein Lächeln kräuselte für eine Sekunde seine Lippen. »Ich war bloß ein grober Kerl, der sich mit Gelegenheitsarbeiten über Wasser hielt. Und dennoch hat sie mit mir gesprochen, als sei ich einer von ihresgleichen.«

»Wo haben Sie sich kennen gelernt?« Swanson musterte ihn.

Joe kratzte sich die rotgeäderte Nase. »Bristol«, sagte er. »Beim Tanzen. Sarah hat schon immer gerne getanzt. Damals jedenfalls.«

»Sie hatte eine Missbildung des Fußes«, sagte Swanson. »Wussten Sie davon?«

»Mich hat's nicht gestört. Und tanzen konnte sie damit wie eine Königin.«

»Waren Sie intim mit ihr?«

Er schwieg einen Moment lang. Dann sagte er: »Einmal nur. Dann zog sie plötzlich weg.«

»Gab es einen besonderen Grund, weshalb sie fortging?«

»Sie war in Umständen.«

»In Umständen?« Phelps blickte auf. »Sie meinen, Sarah O'Hanlon erwartete ein Kind?«

»So ist das wohl, wenn man in Umständen ist, nicht wahr, junger Mann?«

Swanson musterte ihn genau. »Waren Sie der Vater?«

»Nein. Sie war bereits schwanger, als wir uns trafen.«

»Sie hat es Ihnen gesagt? Hat sie auch erwähnt, wer der Vater war?«

»Ja.« Er sah zu Boden.

»Nun, Mr Thompson?« Swanson sah ihn abwartend an.

»Ihr Bruder Michael.«

Ein Raunen ging durch die kleine Gruppe.

»Hat sie das Kind bekommen?«, fragte Sergeant Phelps.

»Ich nahm es damals an. Was hätte sie auch tun sollen? Heute weiß ich, dass sie es bekam und jemanden bezahlte, der sich um das Kind kümmerte.«

»Woher wissen Sie das?«

»Sie hat es mir gesagt – an dem Abend bevor sie ermordet wurde.« Er hielt sich die Hand vor den Mund. In seinen Augen standen Tränen. »Wir waren draußen im Garten. Und sie hat mir alles erzählt.«

»Was taten Sie?«, fragte Swanson.

»Nichts. Ich hörte mir ihre Geschichte an. Sie gab das Kind in eine Familie, wo es ihm gut ging.«

»Verstehe.« Swanson strich sich nachdenklich über den Schnurrbart. »Hat Sarah O'Hanlon Ihnen auch gesagt, wohin sie das Kind gab? Und ob es ein Junge oder ein Mädchen war?«

»Nein.« Er schüttelte mehrmals kurz den Kopf. »Sie wollte es mir nicht sagen. Ich habe sie natürlich gefragt.«

»Kannten Sie Sarah O'Hanlons Bruder?«, wollte Phelps wissen.

»Nein. Ich habe ihn nie getroffen«, antwortete Joe. »Hätte ich ihn getroffen, dann mit der Faust mitten ins Gesicht, das können Sie mir glauben.«

Swanson glaubte es. »Warum haben Sie nichts gesagt, als man Sarahs Leiche fand?«, fragte er. »Sie wussten, wer Mrs Maltby wirklich war. Und doch haben Sie es nicht gesagt.«

»Ich dachte, wenn ich es sage, glauben alle, ich hätte sie auf dem Gewissen. Das ist der Grund.«

»Haben Sie sie getötet?«

»Nein.«

*

261

Reginald Caine war die Ruhe selbst. Swansons Frage, ob er an Benjamin Garricks Verhalten irgendetwas Verdächtiges gefunden habe, verneinte er.

»Wie Sie wissen, bin ich im Auftrag der Versicherung Abercrombie hier. Ich habe Garrick auf Schritt und Tritt verfolgt. Wäre mir etwas aufgefallen, ich hätte Sie umgehend verständigt, Chief Inspector.«

»Falls Sie das Geld für die Versicherung retten könnten, Mr Caine«, sagte Swanson und stützte sich auf die Rückenlehne eines Stuhls, »was geschähe dann?«

»Ich bekäme eine Erfolgsprämie.«

»Wie hoch wäre die?«

»Zehn Prozent vom Gesamtwert der Police«, antwortete er. »Sie beläuft sich auf 5000 Pfund Sterling.« Sein Gesicht war unbewegt.

»500 Pfund sind eine Menge Geld«, stellte Phelps fest. Er saß auf der Kante eines Tisches und blickte von seinen Notizen auf. »damit käme man eine ganze Zeit sehr gut zurecht, nicht wahr?«

»Sicherlich, Sergeant. Nur werde ich wohl nichts davon bekommen.« Caine zuckte gleichmütig mit den Schultern. »Benjamin Garrick hat sich meiner Kenntnis nach nichts zu Schulden kommen lassen. So scheint es jedenfalls.«

»Das wird sich erst noch herausstellen«, meinte Swanson. »Immerhin war er an dem Versicherungsbetrug der O'Hanlons beteiligt.«

»Sie sind beide tot«, gab Caine zu bedenken. »Der Gegenstand des Betrugs ist damit hinfällig geworden.«

»Das werden die Gerichte entscheiden müssen«, stellte Swanson fest. »Ich möchte noch einmal auf den Tag zurückkommen, an dem Mr Averett starb. Sie sagten, Sie hätten draußen gesessen und hätten das Poltern

gehört, das auch Mr Greenland und den Wirt auf-
schreckte.«

»Das stimmt.« Er nickte langsam, so als riefe er sich
das Geschehen noch einmal ins Gedächtnis zurück.
»Ich hörte eine Art dumpfen Schlag und wie Miss Carter ihr Violinspiel abbrach. Daraufhin ging ich hinein,
um nachzusehen.«

Eine seltsame Bemerkung für einen Blinden, dachte
Swanson. »Miss Carters Zimmer liegt auf der anderen
Seite des Gebäudes«, sagte er. »Wie kann es sein, dass
Sie es überhaupt hörten?«

»Das weiß ich nicht. Womöglich hat das Haus eine exzellente Akustik. Oder der Wind stand günstig.
Allerdings verfüge ich auch über ein mehr als ausge-
zeichnetes Gehör, wissen Sie? Wie alle Blinden«, setzte
er hinzu. »Wie dem auch sei – ich hörte ihr Spiel.« Er
deutete ein Kopfschütteln an. »Die Geige klang nicht
halb so brillant, wie zu anderen Gelegenheiten.«

»Was meinen Sie damit?«

»Ich dachte mir, Miss Carter wird aufgeregt sein. Sie
probte ja für das große Ereignis am Abend. Ich hatte
den Eindruck, sie war deswegen etwas nervös.«

Swanson sah zu Lydia Carter hinüber. »Stimmt das?«

Sie blickte ihn so überrascht an, als hätte man sie
gerade aus einem leichten Schlaf geweckt. »Ja. Gewiss.
Ich war schrecklich nervös. Das bin ich immer.«

»Sie spielen viele Konzerte im Jahr. Da nimmt es
mich Wunder, dass Sie an Lampenfieber leiden«, sagte
Swanson mit einem Lächeln.

»Als Teil eines Orchesters, Mr Swanson«, entgegnete
sie schüchtern. »Das macht einen Unterschied. Wissen
Sie, ich spiele zwar die erste Geige, doch im Grunde
mag ich die ganze Aufmerksamkeit nicht besonders.

Noch schlimmer ist es, wenn ich allein vor Publikum spiele.«

»Während sie probten, waren Sie jedoch allein.«

»Die Vorstellung, am Abend hier unten vor so wenigen fremden Menschen zu spielen … All die erwartungsvollen Blicke, die auf mich geheftet sind. Der Druck, alles perfekt machen zu müssen. Das ist äußerst anstrengend für mich.«

»Das verstehe ich gut, Miss Carter«, sagte Herbert Wells. »Ich spielte als Kind die Tin Whistle.« Er lachte leise. »Gar nicht so übel, wie ich wohl sagen darf. Doch ich hasste es vor Publikum zu spielen. Auf Familienfesten zwang man mich oft –«

»Ich möchte jetzt noch einmal das Zimmer sehen, in dem der Überfall geschah«, unterbrach Swanson Wells' nostalgische Schwelgereien. Er ließ die Stuhllehne los und wandte sich zur Tür. »Bitte kommen Sie mit mir, Herrschaften.«

KAPITEL 27

Miss Carter selbst ging voran und schloss ihre Zimmertür auf. Swanson bemerkte den gepackten Koffer auf ihrem Bett. Davor stand ein Paar Schuhe. Swanson bückte sich und sah sie sich an. Nachdem er sie wieder hingestellt hatte, fragte er: »Sie reisen ab?«

»Ich kann keine Nacht länger in diesem Zimmer schlafen, Mr Swanson. Es ist entsetzlich, wenn ich mir vorstelle, was gleich nebenan geschehen ist.«

»Das verstehe ich«, meinte er. Sein Blick fiel auf Miss Carters Geige, die zusammen mit dem Bogen offen in ihrem Koffer auf der Anrichte lag.

»Darf ich mir Ihr Instrument einmal ansehen, Miss Carter?«

Sie zögerte. Nach einem Moment der Stille nickte sie schließlich und sagte: »Bitte, Mr Swanson. Aber seien Sie vorsichtig. Es ist ein extrem kostbares und seltenes Stück.«

Er besah sich das Instrument, ohne es aus seinem Koffer zu nehmen. Dann sah er Miss Carter an. »Ist die Violine beschädigt worden, als sie herunterfiel?«

»Gott sei's gedankt, nein.« Sie schüttelte den Kopf.

»Sie spielten gerade, als der Schlag Sie traf?«

»Ja«, erwiderte sie.

»Können Sie mir zeigen, wo Sie standen, als es passierte?«

»Ungefähr, ja.« Sie begab sich an die Stelle vor dem Bett, wo Frederick sie am Boden liegend gefunden hatte. »Hier«, sagte sie. »Ich stand ungefähr hier.«

Swanson nickte. »Danke, Miss Carter.« Er schaute zur Tür, wo Dick Porter, Frederick Greenland, Herbert Wells und Sue Thompson mit ihrem Vater standen. »Hätten Sie es nicht bemerken müssen, wenn jemand ins Zimmer kam?«

»Wenn ich spiele, versinke ich ganz und gar in meiner Musik, Mr Swanson«, sagte sie. »Als ich den Mann sah, bekam ich auch schon den Schlag gegen den Kopf.« Unbewusst fuhr ihre Hand hoch zu der Platzwunde oberhalb ihrer rechten Schläfe.

»Sie konnten demnach nicht sehen, wer der Angreifer war?«

»Ich glaube, er trug etwas Schwarzes.« Sie schloss die Augen, wie um sich zu erinnern. Dann schüttelte sie mit einem Seufzer den Kopf. »Nein, Mr Swanson. Nein, es tut mir leid.«

Swanson wandte sich wieder der Geige zu. Er deutete auf die Saiten und zupfte mit dem Daumen daran. »Was tun Sie, wenn mal eine davon reißt?«

»Das kommt sehr selten vor«, sagte sie. »Aber dann lasse ich eine neue aufziehen.«

»Sie ziehen Sie nicht selber auf?«

»O doch, natürlich – manchmal.«

»Wo bewahren Sie die Ersatzsaiten auf, Miss Carter?«

»In meinem Koffer.« Sie klappte ein kleines Fach im Deckel des Geigenkastens auf und entnahm ihm ein Papiertütchen. »Ich habe stets einen Satz bei mir – für den Fall, dass ich sie selbst ersetzen muss.«

Swanson nahm das Tütchen und schüttelte die in Schlaufen aufgewickelte Saite heraus. »Wie lange würde es dauern, eine solche Saite aufzuziehen?«

»Ein paar Minuten, denke ich.«

»Wie lange genau?«

»Etwa fünf Minuten.«

»Sie erlauben, dass ich sie abwickle?«

»Sicher, Mr Swanson.«

Er wickelte die Saite auseinander. Sie war vielleicht fünfzig Zentimeter lang. Zu kurz um jemanden damit zu erdrosseln, wie er feststellte, denn um die Enden fest zu greifen, musste man sie sich wenigstens einmal um die Finger wickeln. Er legte sich die Schlinge an seinen Hals. Sie reichte nicht einmal zu drei Vierteln herum.

Miss Carter schlug die Hände vors Gesicht. »Sie denken doch nicht, jemand hat eine meiner Geigensaiten benutzt, um Mr Averett zu ermorden?«

»Nein, Miss Carter.« Swanson wickelte die Saite wieder auf und steckte sie in das Tütchen zurück. »Sie ist nicht lang genug. Die Schlinge, mit der Mr Averett erdrosselt wurde, war länger und breiter.« Dann nahm er den Geigenbogen in die Hand, betrachtete ihn eingehend und strich sanft mit dem Zeigefinger über das Rosshaar. Ein feiner, pulverartiger Schleier blieb auf seiner Fingerkuppe zurück, der sich verreiben ließ. »Was ist das?«, fragte er. »Staub?«

»Kolophonium«, entgegnete sie. »Ein Wachs, das man aufträgt, um das Rosshaar rauer zu machen. Es bringt die Saiten besser zum Klingen.«

Der Bogen erschien Swanson beinahe ebenso schön, wie das Instrument selbst. Er hatte sich nie die Mühe gemacht, einen Geigenbogen genauer zu betrachten. Sogar eine kleine Perlmutteinlage hatte er am Griff, aus dem eine kleine Schraube herausschaute. »Wofür ist diese Schraube?«, fragte er.

»Zum Spannen des Bogens«, entgegnete Miss Carter. Swanson drehte die Schraube langsam nach rechts. Das Haar des Bogens straffte sich.

»Wissen Sie, diesen Teil des Bogens nennt man den Frosch.« Caine trat vor, tastete mit der linken Hand nach dem Bogen und tippte behutsam mit dem Zeigefinger der rechten Hand darauf. »Früher als es die kleine Schraube noch nicht gab, war es nötig, das Endstück beim Spielen mit der Hand festzuhalten – was nicht immer gelang.« Er lächelte schwach. »Ab und an sprang es fort. Daher der Name.«

»Sie kennen sich mit Streichinstrumenten aus, Mr Caine?«

»Ich habe mich immer dafür interessiert«, entgegnete er. »Diese Instrumente sind wunderschön, nicht wahr?« Und er berührte die Geige im Kasten sanft mit den Fingerspitzen, ließ sie über die leichte Wölbung des Korpus' gleiten, als streichle er den Körper einer Frau. Dann zog er sie wieder zurück. »Als Kind, ehe ich erblindete, konnte ich mich nicht satt genug sehen an ihnen.«

Swanson drehte noch zweimal an der Schraube, bis das Haar ganz straff gespannt war.

Miss Carter, die einige Schritte zurückgewichen war, verschränkte die Arme vor der Brust. »Bitte zerbrechen Sie den Bogen nicht, Mr Swanson.«

Er achtete nicht auf sie. Und als er die Schraube jetzt in die andere Richtung drehte, erschlaffte das Haar nach und nach. Als er weiterdrehte, hielt er die kleine Schraube plötzlich in der Hand. Der Teil, den Caine als den Frosch bezeichnet hatte, löste sich. Swanson ließ ihn los. Wie das Ende einer Reitpeitsche hing das Rosshaar in voller Länge herab.

Ein etwa ein Zentimeter breites Band, das aus vielen einzelnen Haarsträngen bestand.

Dann ging alles sehr schnell.

Lydia Carter hielt plötzlich ein Messer in der Hand.

»Machen Sie sich nicht unglücklich«, sagte Garrick entsetzt. Er hatte zwei Meter vor ihr im Zimmer gestanden, und jetzt sprang er zu ihr, wohl um ihr das Messer zu entreißen, doch als er bei ihr anlangte, zuckte er plötzlich zusammen, als habe ihn ein heftiger Schlag vor die Brust getroffen.

Miss Carter schrie auf, starrte Garrick eine Sekunde lang an.

Garrick fasste sich reflexartig an den Hals und zwischen seinen Fingern quoll ein kräftiger Schwall dunkelrotes Blut hervor. Ein gurgelnder Laut entrang sich seiner Brust, dann sackte er zu Boden und fiel aufs Gesicht.

Miss Carter starrte den am Boden liegenden Mann an. »Das … das wollte ich nicht.« Ihr Blick huschte zu den anderen, die wie versteinert dastanden. Dann stieß sie Dick Porter beiseite und rannte den Korridor zur Treppe hinunter.

Das alles hatte nur wenige Sekunden gedauert.

»Sie kümmern sich um Mr Garrick«, sagte Swanson und gab Phelps einen Stoß gegen die Schulter. »Die anderen bleiben auf dem Flur.« Dann eilte er zur Tür hinaus und hinter ihr her über den Korridor. Er zog seinen handlichen Tranter Revolver hervor, als er die Treppe nach unten erreichte, und lauschte. Hinter ihm das entsetzte Stimmgewirr aus Miss Carters Zimmer, vor ihm Stille.

Langsam stieg Swanson die knarzenden Stufen hinab. Die Türen nach draußen waren verschlossen. Er hatte Dick Porter darum gebeten, gleich nachdem er und Phelps eingetroffen waren.

Er betrat den Schankraum und sah sich nach rechts und links um. Nichts. Keine Spur von ihr. Sie konnte entweder in den Speiseraum gerannt sein oder sich hinter der Theke verstecken. Langsam ging er um die Theke herum und hakte das kleine Türchen auf, das Sue Thompson und Dick Porter benutzten, wenn sie die Getränke der Gäste zapften.

Swanson rechnete beinahe damit, sie dort am Boden kauernd aufzufinden, doch er irrte sich. Sie war nicht dort.

Aus der Küche kam ein metallisches Geräusch, als würde jemand Besteck sortieren.

Swanson steckte seinen Revolver ein. Sie saß in der Falle, und er wollte ihr nicht unnötig Angst machen. Dann drehte er den Knauf der Küchentür und spähte hinein.

Lydia Carter stand mit dem Rücken an dem großen Tisch in der Mitte der Küche und hielt ein Messer mit beiden Händen vor ihrem Bauch. Die Spitze zeigte nach vorn.

»Sie sind die Tochter von Michael und Sarah O'Hanlon«, sagte Swanson, in der Tür stehend.

»Lassen Sie mich gehen!« Sie fuchtelte fahrig mit dem Messer herum. »Ich habe nichts getan.«

»O doch, Miss Carter, das haben Sie.« Swanson betrat langsam die Küche. Mit einem leisen Klicken fiel die Tür hinter ihm ins Schloss. »Sie töteten zwei Menschen. Ihre Mutter und Ihren Vater.«

»Sie waren nicht meine Eltern.« Sie schüttelte so heftig den Kopf, dass ihr Haarknoten sich löste. Die blonden Strähnen hingen ihr wild ins Gesicht und auf die Schultern.

Swanson blickte sie voller Mitgefühl an. »Sie haben einen Klumpfuß, nicht wahr?«

»Woher ...?«

»Es ist erblich.« Er machte einen weiteren Schritt auf sie zu. »Eine Missbildung, die nur in gerader Linie vererbt wird. Wann erfuhren Sie davon, dass Sie die Frucht einer inzestuösen Beziehung waren?«

»An dem Abend, bevor ... bevor Mrs Maltby starb«, sagte sie mit einem leichten Zittern in der Stimme. »Ich hielt sie anfangs bloß für eine aufdringliche Bewunderin. Doch dann erzählte sie mir alles.« Sie ließ die Spitze des Messers ein wenig sinken. »Oh, Gott! Hätte sie doch bloß nichts gesagt. Hätte sie doch nur ihren Mund gehalten.«

»Sie verfolgte Ihre Karriere als Musikerin, habe ich recht?« Der Koffer, den sie im Haus der O'Hanlons gefunden hatten, kam ihm in den Sinn. Er war voller Zeitungsberichte über Musikveranstaltungen gewesen. Zu einigen war sie vermutlich selbst gereist, um ihre Tochter mit eigenen Augen sehen zu können. »Sagte sie es Ihnen?«

Sie nickte schwach, schaute kurz zu Boden.

Hinter sich hörte er das Murmeln der anderen. Hörte Frederick Greenlands Stimme, die ihnen unmissverständlich befahl, in der Bar zu bleiben. »Warum ermordeten Sie sie, Lydia?«

»Ich habe sie nicht ermordet.« Ihr Blick wanderte von Swanson zur Decke und wieder zurück. »Ich bin es ... ich bin die, die ermordet worden ist.«

»Was meinen Sie damit?«

Tränen begannen in ihren Augen zu schimmern. »Ich hatte ein Leben, Chief Inspector. Ich hatte ein

Leben. Meine Eltern sagten es mir, als ich 21 Jahre alt war.«

»Dass Sie ein Adoptivkind waren?« Er machte einen weiteren Schritt in ihre Richtung.

Sie nickte. Wieder so heftig, dass ihr das Haar auf Brust und Rücken fiel. Swanson kam sie vor wie ein kleines Kind, das man bei einer Ungezogenheit erwischt hatte. Mit großen verängstigten Augen sah sie ihn an. »Ma erklärte mir, man habe mich aus einer armen Familie geholt, damit es mir besser ginge«, sagte sie leise. »Ma war eine gute Frau. Sie hat mir immer alles gegeben. Sie hat sich immer um mich gekümmert. Sie wollte, dass es mir gut geht. Und es ging mir gut. Ich hatte eine Familie, Chief Inspector. Ich hatte … Sie hat mich all die Jahre belogen.« Plötzlich schrie sie: »Und jetzt bin ich ein Bastard!« Sie nahm für eine Sekunde die linke Hand vom Messer und wischte sich mit dem Handrücken über den wutverzerrten Mund. »Dann lächelte sie verächtlich. »Mrs Maltby hat das alles zerstört. Sie hatte kein Recht mehr zu leben.« Sie hielt den Kopf schief und fragte: »Sagen Sie, Chief Inspector, wie kamen Sie auf mich?«

»Sie haben einen Fehler begangen«, sagte Swanson. »Sie unterschätzten Reginald Caines feines Gehör. Sie lockten Ihren Vater in Ihr Zimmer, vielleicht baten Sie ihn sogar, auf dem Stuhl in Mr Garricks Zimmer zu warten, wo er gefunden wurde. Dort erdrosselten Sie ihn mit dem Rosshaar des Geigenbogens und schraubten den Bogen wieder zusammen. Dann erst begannen Sie zu spielen. Dick Porter und Frederick Greenland hörten Sie von unten in der Bar. Ebenso Reginald Caine, der draußen auf der Terrasse saß. Ihm fiel auf, dass Ihr Spiel nicht ganz so gut klang wie gewöhnlich. Das lag daran, dass das Rosshaar durch den Kontakt mit Averetts Hals fettig geworden war und sich das Kolophonium abgerieben hatte. Greenland und der Wirt hörten den Unterschied nicht. Doch Caine ist Musikliebhaber. Er bemerkte ihn selbst auf die große Entfernung.« Er steckte die Hände in die Taschen. »Dann erst schlugen Sie sich mit dem Leuchter selbst gegen die Stirn und ließen sich zu Boden fallen.« Swanson machte einen weiteren Schritt auf sie zu.

Ruckartig hob sie die Spitze des Messers. »Bleiben Sie, wo Sie sind, Mr Swanson!« rief sie. »Keinen Schritt näher. Sie haben gesehen, was mit Mr Garrick geschehen ist.« Sie erbleichte. »Ich wollte ihn nicht verletzen.«

»Das weiß ich.«

»Wie geht es ihm?«

»Es geht ihm gut«, log er. Das Messer hatte seine Halsschlagader verletzt. Er hatte gleich gesehen, dass für Garrick keinerlei Hoffnung mehr bestand. »Machen Sie sich keine Gedanken, Miss Carter. Was ist mit Averett? War ihm bewusst, wer Sie in Wirklichkeit waren?«

»Seine Schwester hatte es ihm gesagt.« Sie strich sich mit der Hand, die das Messer hielt, das Haar aus dem Gesicht. Nach wie vor lehnte sie mit dem Rücken am Tisch. »Er kam und wollte mit mir reden.«

»Hatte er Sie in Verdacht, seine Schwester getötet zu haben?« Swanson vermutete es. Averett wird es zumindest geahnt haben, dachte er. Armer Kerl, er hatte die junge Frau völlig unterschätzt.

»Nein. Er war ganz und gar ahnungslos. Ich behauptete, ich hätte Benjamin Garrick in jener Nacht auf dem Korridor beim ausgestopften Straußen im Gespräch mit ihr beobachtet. Und als Garrick ausging, schlug ich Averett vor, sich gemeinsam das Zimmer anzusehen. Er ging sofort darauf ein.«

»Und die Verbindungstür?«, fragte Swanson. »Wie öffneten Sie die?«

»Sie war nicht verschlossen«, entgegnete sie leicht belustigt. »Schwergängig, ja. Aber nicht abgesperrt. Als ich zwei Mal daran zog, ging sie auf.«

»Garrick ist tot, Sir.« Das war Peter Phelps Stimme. Der Sergeant stand unvermittelt hinter ihm.

»Nein!«, kreischte sie. »Nein! Er kann nicht tot sein!«

Swanson machte zwei Schritte vorwärts.

»Kommen Sie nicht näher! Bleiben Sie, wo Sie sind!« Lydia Carter sah völlig panisch aus. Sie wich zur Seite aus und huschte hinter den Tisch.

»Machen Sie es doch nicht noch schlimmer, als es ohnehin schon ist«, sagte Swanson so ruhig wie möglich. »Noch können wir Ihnen helfen.«

»Nein, Mr Swanson. Das können Sie nicht. Niemand kann mir jetzt noch helfen. Mein Leben ist vorbei. Ich werde nie wieder spielen dürfen. Nie wieder. Und ich werde mich nicht in einem Gefängnis aufhängen lassen.«

Swanson warf Phelps, der sich anschickte, auf Miss Carter loszustürzen, einen warnenden Seitenblick zu und deutete ein Kopfschütteln an. Viel zu gefährlich zu versuchen, ihr in diesem Zustand noch das Messer zu entreißen. Alles Reden hatte ihn nicht einen Deut weitergebracht. Fieberhaft überlegte er, was er stattdessen tun konnte.

Lydia Carter war unterdessen bis zur äußersten Ecke der Küche zurückgewichen. Ihr musste bewusst geworden sein, dass es keinen Ausweg mehr für sie gab.

Ihr Kopf zitterte – vor Aufregung, Angst, Wut? Wer hätte das schon zu sagen vermocht.

Und dann, einen Sekundenbruchteil bevor sie auf die Knie sank, sah Swanson die Tränen in ihren Augen. Sie sah unendlich traurig aus.

Das Zittern hörte ganz abrupt auf und dann schnitt sie sich mit einer einzigen kräftigen Bewegung der Klinge die Kehle durch. Wie vom Schlag getroffen sackte sie vornüber zu Boden. Das Messer fiel klirrend neben sie und wurde rasch vom Blut eingeschlossen.

»Großer Gott.« Phelps Stimme war nicht mehr als ein heiseres Flüstern. Er war leichenblass geworden. »Ist sie tot?«

»Wir können nichts mehr für sie tun«, sagte Swanson. Was er dachte war, dass es so vielleicht besser für sie war. Denn auch im Leben wäre ihr nicht mehr zu helfen gewesen.

Er ging zu ihr, legte sie auf den Rücken, faltete ihre Hände auf der Brust und schloss mit der Hand ihre offenen Augen. Dann öffnete er die Schnalle ihres linken Schuhs und zog ihn ihr aus. Als er sah, dass er Recht behalten hatte, zog er ihn ihr wieder an. Es war unnötig, ihre Behinderung den Blicken der anderen auszusetzen.

Jetzt sah ihr Gesicht friedlich aus, fand Swanson. Fast, als schliefe sie. Das Hadern hatte ein Ende gefunden.

Er betrachtete ihre Hände. Sie waren schmal und feingliedrig. Noch waren sie warm. Ein Gefühl tiefster Trauer überflutete ihn für einen Moment, und er musste sich zwingen, ihren Tod nicht zu nahe an sich heranzulassen. Niemals wieder würden diese Hände der kostbaren Geige einen Ton entlocken. Niemals wieder würden die Klänge ein ihr wohlgeneigtes Publikum bezaubern.

Ein verschwendetes Leben, dachte er und wischte sich die Augen. Noch ein verschwendetes Leben. Sein eigenes war erfüllt davon. Manchmal fragte er sich, wie er das all die Jahre hatte überstehen können, ohne selbst Schaden zu nehmen.

Er kniete sich neben sie, legte seine Hand auf ihre Stirn und sprach im Stillen ein Gebet.

»Amen«, sagte er leise. Dann stand er auf. Und er hoffte, Lydia Carter hatte nun ihren Frieden mit Gott und dem Schicksal gemacht.

*

»An einen Fremden, der aus dem Nichts heraus auftaucht, zwei Morde begeht und wieder verschwindet, habe ich niemals geglaubt«, sagte Swanson, als er und Phelps allein in der kühlen Nachtluft vor dem Pub am Rinnstein standen und Constable Bingley die Black Maria mit den beiden Leichen verschloss. »Nachdem wir Benjamin Garrick ausschließen konnten, gab es nur eine Möglichkeit für das Motiv – das Kind, dass Sarah O'Hanlon geboren hatte.«

»Aber wie kamen Sie auf Lydia Carter? Es hätte doch auch jeder andere im richtigen Alter sein können?« Phelps hatte die Hände tief in den Taschen seines Mantels vergraben.

»Wenn die O'Hanlons den Ostrich als Zufluchtsort ausgewählt hatten, konnte es sich nur um einen der Gäste handeln, Phelps. Ob Sarah wusste, dass ihre Tochter ebenfalls hier absteigen würde, werden wir kaum noch in Erfahrung bringen können, obgleich ich es beinahe vermute. Sie scheint sehr gut über Lydia Carters Schritte informiert gewesen zu sein. Haben Sie die Schuhe vor dem Bett bemerkt, Phelps?«

»Natürlich, Sir. Sie haben Sie sich angesehen.«

»Der Linke war eine Spezialanfertigung. Sie trug Einlagen wegen ihres Klumpfußes.«

Phelps nickte. »Und der Geigenbogen?«

»Darauf brachte mich Caine mit seiner Bemerkung über Miss Carters Violinspiel. Es sei nicht so brillant wie sonst gewesen, hat er gesagt.« Er stieß einen leisen Seufzer aus. »Am Ende war es sehr einfach, nicht wahr?«

Einige Minuten standen sie schweigend beisammen, bis Sergeant Phelps plötzlich meinte: »Es ist schwerer bei einer Frau, finden Sie nicht, Sir?«

»Was meinen Sie?«

»Wenn ein Mann es getan hat, ist es eine Sache.« Er stockte. »Sie wäre so oder so gestorben. Das ist ein entsetzlicher Gedanke. Ich bin froh, dass es so wenige Mörderinnen gibt, Sir.«

Donald Swanson dachte an den Fall in Oxford. Auch damals hatte eine Frau den Mord begangen. Er würde ein andermal mit Peter Phelps darüber reden.

Draußen auf der Straße verschwand der Mond hinter einem Wolkenband.

Swanson schaute hin zu den sanften Hügeln hinter dem Pub, die mondbeschienen und grau jenseits der leeren Straße nach Windsor lagen. Auch wenn man die Sonne manchmal nicht sah, tief drinnen wusste man doch, dass sie wieder und wieder aufgehen würde. Das Leben lief ungerührt weiter.

Warm und lebendig schien sie jeden Tag neu auf Gut und Böse und die Ahnungslosen herab.

EPILOG

»Wohin man wohl im Leben geht,
wie man es wohl versteht?
Wenn man erst alle Wege sieht
Und dann den rechten geht.
Doch meistens ist es schon zu spät,
dann wird es einem klar,
dass es doch nicht der rechte ist,
den man gegangen war.«

Renate Hagemann geb. Richert (1938 – 2003)

Es war am Nachmittag des folgenden Tages, als es an der Tür von Chief Inspector Swansons Büro klopfte.

Es war Charles H. Stedman aus der forensischen Abteilung. Er trug eine viereckige Sonnenbrille, vermutlich um sich gegen das grelle Licht zu schützen, das außerhalb der finsteren Gewölbe seines Reiches erstrahlte, und hatte die Ärmel seines Hemdes hochgekrempelt.

»Wir haben die Substanz identifizieren können, die sich in der Strangulationsmarke am Hals von Michael O'Hanlon aka Averett befunden hat«, sagte er. »Es handelt sich um Kolophonium, ein Harz, das man benutzt, um das Rosshaar von Geigenbögen damit einzureiben. Hilft Ihnen das irgendwie weiter?«

»Unbedingt, Charly«, sagte Swanson. »Doch nicht mehr in diesem Fall. Wie dem auch sei, für die Zukunft werden wir es im Hinterkopf behalten.«

Am Abend läutete es an der Tür.

Wer konnte das sein, dachte Frederick. Louisa war ausgegangen, und er erwartete sie nicht vor halb zehn Uhr zurück. Er stand auf und trat auf den Balkon hinaus, der zum Gordon Square hin lag. Es war nichts zu sehen.

Wenig später erschien Morton im Salon. »Ein Polizist ist hier, Sir«, verkündete er mit unbewegtem Gesicht. »Er heißt Wensley.«

Frederick war mit einem Satz auf den Beinen. »Worauf warten Sie noch, Morton? Bringen Sie ihn herein!«

Schreckensbilder tauchten vor Fredericks geistigem Auge auf. Badger mit dem Gesicht nach unten bei der Isle of Dogs in der Themse treibend … Badger reglos und verdreckt hinter irgendeiner Lagerhalle liegend – bleich und mit offenen Augen, in die der Regen fällt … Badger auf Knien das Deck eines Schiffes schrubbend, auf dem Weg nach Indien.

*

Mit dem Helm unter dem Arm blieb Constable Wensley in der Tür stehen. »Ich habe eine gute Nachricht für Sie, Mr Greenland. Ich habe Ihren Jungen gefunden.«

»Badger!« Gott sei Dank! Wenigstens war er nicht tot. »Wo ist er?«

»Er ist hier, Sir.« Und der Constable führte ihn herein.

Badger trat mit gesenktem Kopf durch die Tür. Wie ein armer Sünder sah er aus. Mit den Armen umklammerte er die zusammengerollte Wolldecke vor seinem Bauch.

Fredericks Herz machte vor lauter Freude und Erleichterung einen Sprung und schlug ihm bis zum Hals. »Badger! Du meine Güte!« Wäre er dem ersten Impuls gefolgt, so wäre er sicherlich auf den Jungen zu gerannt und hätte ihn fest in die Arme geschlossen. Stattdessen blieb er einen Meter vor ihm stehen und sah ihn, mit aller Strenge, zu der er in diesem Moment fähig war, an. »Wo um Himmels willen bist du gewesen?«

»Unterwegs«, gab Badger lakonisch zur Antwort, ein schiefes Grinsen im Gesicht.

Frederick spürte, wie ihm die Tränen in die Augen stiegen. Um nicht loszuheulen wie ein Schlosshund, wandte er sich an den Constable. »Wo haben Sie ihn gefunden?«

»Ich muss zugeben, dass nicht ich es war, der ihn gefunden hat, Mr Greenland, Sir.«

»Wer dann?«

»Dieser Gentleman hier.« Und Wensley winkte jemandem draußen auf dem Flur.

»Hast aber echt ne piekfeine Hütte, schicker Frederick. Hast mehr Geld als Verstand, was?« Auftritt Schippen Dale. »Hab mich auch schick gemacht. Hab mir extra ein Hemd übergezogen.«

Frederick starrte ihn völlig perplex an. Nie im Leben hatte er damit gerechnet, den Mann noch einmal zu sehen. Schon gar nicht, als denjenigen, der ihm seinen Jungen zurückbrachte. Und, das musste Frederick ihm lassen, Dale hatte sich wirklich schick gemacht. Erst nach Sekunden war er in der Lage, überhaupt ein Wort von sich zu geben.

»Kommen Sie rein!«, rief er schließlich. »Kommen Sie rein! Und Sie, Morton, geben dem Mann ein Glas Whisky und einen Aschenbecher. Ach, wir nehmen alle einen. Nur der Junge natürlich nicht.«

»Sehr wohl, Sir.« Morton tat wie ihm geheißen.

Als Dale und Constable Wensley mit ihren Gläsern auf bequemen Stühlen saßen – der Constable hatte statt des Whiskys um ein Glas Wasser gebeten – stellte sich Frederick mit verschränkten Armen vor Badger hin und sagte mit einem Kopfschütteln: »Wir haben uns deinetwegen schreckliche Sorgen gemacht.«

»Brauchten Sie nicht«, entgegnete Badger.

»Ach, nein? Denkst du, es ist mir gleichgültig, was mit dir geschieht?«

»Nein – trotzdem danke.« Er machte ein paar Schritte auf Frederick zu. Klein und tapsig wie ein junger Hund. Er ließ die Decke auf den Boden fallen.

»Dir hätte sonst was passieren können, Badger.« Frederick schnappte ihn sich, hob ihn hoch und drückte ihn an sich. Der Junge umschlang ihn mit den Armen und barg sein Gesicht an Fredericks Hals. »Mein Gott ist das schön, dass du wieder da bist.«

Als er Badger endlich abgesetzt hatte, gab er Dale Feuer und fragte: »Wie haben Sie ihn gefunden?«

»Die alte Moira hat ihn zuerst gesehen, an ihrem Obststand«, sagte Dale. Er blies einen Rauchkringel zur Zimmerdecke. »Hat mir Bescheid gegeben, weil sie meinte, das könnte der Junge sein, den Sie gesucht haben. War er dann ja auch. Hab gleich an seinen schicken Schuhen erkannt, dass der nicht vom Hill ist. Hat versucht sich nen Apfel zu stehlen, der Junge.«

»Nie im Leben!«, protestierte Badger und verzog angewidert den Mund. »Die schrumpeligen alten Dinger hätt' nur ein Esel genommen.«

»Na, jedenfalls bin ich mit ihm zur Wache, nachdem wir die Decke aus dieser Brandruine geholt hatten. Und jetzt sind wir hier.«

»Ich weiß gar nicht, wie ich Ihnen danken soll«, sagte Frederick.

»Keine Ursache«, sagte Dale. »Hab ich doch gern gemacht. Wenn du das nächste Mal in der Gegend bist, rauchen wir wieder eine zusammen. Aber dann bringst du mal den Tabak mit.«

*

Eine Stunde darauf, als Lionel Dale und Constable Wensley gegangen waren, blieben Frederick und Badger allein im Salon zurück.

Frederick legte dem Jungen beide Hände auf die Schultern und sah ihn mit zusammengekniffenen Lippen an. »Sag mal – was wolltest du eigentlich da draußen, so ganz alleine?«

Badger blickte zu Boden und sagte nichts.

»Gefällt es dir hier nicht?«

»Doch.«

»Aber?«

»Ich dachte … ich dachte, ich könnte meine Ma finden.«

Du meine Güte, dachte Frederick, dem mit einem Schlag ganz flau im Magen wurde. »Du hast nach deiner Mutter gesucht?«

»Ja.«

»Aber wieso hast du denn nicht ein Wort gesagt, Badger?«

»Weil Sie ja doch nichts getan hätten.«

Frederick legte die Arme um ihn und drückte ihn ganz fest an sich. »Ich hätte dir immer geholfen, mein Junge«, sagte er leise. »Mach das nie wieder – bitte.«

»Mach ich nicht.«

»Wir haben uns wirklich fast zu Tode gesorgt um dich.« Tränen der Erleichterung stiegen ihm in die Augen, als er darüber nachdachte, was dem Jungen alles hätte geschehen können. »Warum, zum Teufel, hast du denn nicht wenigstens eine Nachricht hinterlassen?«

Badger löste sich aus der Umarmung, zog die Augenbrauen zusammen und wackelte verständnislos mit dem Kopf. »Aber das hab ich doch. Haben Sie denn meinen Brief nicht gefunden? Da steht alles drin. Wo ich hin bin. Und warum.«

»Ach – und wo, bitteschön, hast du diesen Brief hingelegt?«

»Na, in den Shakespeare natürlich. Ich dachte, wenn, dann schauen Sie da bestimmt als erstes nach.«

Er bedachte Frederick mit einem Man-kann-sich-bei-Ihnen-aber-auch-auf-gar-nichts-verlassen-Blick und plumpste mit einem langen Seufzer zwischen die Sofakissen.

ENDE

Chief Inspector Donald Sutherland Swanson, ein unbestechlicher und aufrechter Beamter der Metropolitan Police (Scotland Yard)

Annie Swanson, liebende Gattin und Mutter

Peter Phelps, Swansons Sergeant und einer der Besten unter den Guten

Sergeant Clarence Penwood, hat seine Angst vor Katzen überwunden

Constable Stewart Evans, Experte für Kriminalgeschichte und das wandelnde Lexikon des Yard, praktiziert Yoga

Charles H. Stedman, Chef des noch jungen forensischen Teams der Londoner Kriminalpolizei

Inspector Walter Dew, wird 1910 durch den Mordfall Crippen berühmt

Inspector Walter Hughes, lässt widerwillig zwei Constables nach Särgen graben

Police Constable Frederick Porter Wensley, ein Polizist mit Ambitionen

Frederick Greenland, wohlhabender Lebemann aus Bloomsbury und manchmal undercover unterwegs

Billy Bob Badger, Frederick Greenlands Ziehsohn, wandelt auf Abwegen

Miss Louisa Balshaw, ehemaliges Medium und Fredericks Verlobte

Morton, Frederick Greenlands Butler

Michael & Sarah O'Hanlon, ein wohltätiges Geschwisterpaar

Adolphus Abercrombie, Versicherungsagent

Arthur Conan Doyle, Autor und Hobbydetektiv

Touie, Conan Doyles kranke Gattin

Mr Dawson, ein besorgter Nachbar

Warren P. Rawlston, Schreiner

Lionel Dale, gut gebauter Bauarbeiter, genannt Schippen Dale

Dr. Portman, Pathologe des Innenministeriums

Bernard Spilsbury, ein angehender Mediziner. Wird 1910 durch den Mordfall Crippen berühmt, als er das Mordopfer anhand einer Operationsnarbe identifiziert

Dr. William Mortimer M. D., Hausarzt der O'Hanlons

Im Ostrich Inn:

Dick Porter, Wirt des Ostrich Inn

Sue Thompson, Bedienung im Ostrich

Joe Thompson, Sues Vater, spricht dem Alkohol zu

Benjamin Garrick Nutznießer einer Lebensversicherung

Miss Lydia Carter, eine Violinvirtuosin

Reginald Caine, ein blinder Musikliebhaber

Mrs Maltby, eine sehende Musikliebhaberin

Mr Averett, kein Menschenfreund

Herbert George Wells, Autor und Frauenheld

Des Weiteren zahlreiche Constables, zwei Katzen, ein uraltes Orakel, diverse Bankangestellte und Droschkenkutscher und ein geheimnisvoller Mörder.

Falls Sie Fragen und Anregungen haben, oder etwas über Roberts Arbeit, seine Recherchen oder sein Kriminalmuseum erfahren möchten, schauen Sie doch einfach mal auf www.robertcmarley.com bei ihm vorbei.

Danksagung

Als 2014 mit dem Fluch des Hope Diamanten der erste Inspector-Swanson-Roman erschien, rechnete ich nicht im Mindesten damit, dass daraus einmal eine ganze Serie entstehen würde.

Während ich dies hier schreibe, plane ich bereits den neunten Band und blicke staunend auf die letzten Jahre zurück – auf die Reisen nach England und Schottland, die Besuche bei Bill und Nevill Swanson, und auf die glücklichen und schweren Momente.

Es ist unglaublich, wie schnell die Zeit vergeht, und was sich alles von Jahr zu Jahr verändert.

Die erste Fassung dieses Romans schrieb ich nicht, wie sonst, in meinem privaten Kriminalmuseum, sondern größtenteils in einem zum Camper umgebauten VW Bulli auf dem Parkplatz einer nahegelegenen Burg. Jeden Morgen fuhr ich los, arbeitete sechs bis acht Stunden und kehrte am Abend wieder nach Hause zurück. Das war eine interessante Erfahrung mit vielen wunderbaren Begegnungen. Eine ältere Dame, die mich bei offener Tür auf dem Notebook tippen sah, fragte mich eines Tages beispielsweise, was ich denn dort täte.

»Schreiben«, sagte ich. »Ich arbeite an einem Roman.«

»Oh! Wirklich?« Ihre Augen leuchteten vor lauter Begeisterung auf. »Und was für einen Roman schreiben Sie?«

»Einen Kriminalroman.«

»Oh.« Das zweite ›Oh‹ klang reichlich enttäuscht. »Na, macht ja nichts.« Und dann begann sie ohne Umschweife, mir die Geschichte ihres Lebens zu erzählen.

So etwas entschädigt beinahe für die fehlenden Begegnungen in England. Denn leider konnte ich die heilige Insel aus den uns allen bekannten Gründen schon länger nicht besuchen, was mir sehr schwerfiel. Besonders vermisse ich Nevill, der letztes Jahr verstarb, und meine Freunde Lis, Stewart und Rosie, die Gott sei's gedankt, so gesund aussehen, als würden sie zumindest hundert Jahre alt werden.

In Deutschland danke ich meiner Verlegerin Sandra Thoms und meinem Lektor Andreas Barth für ihre Geduld, Arbeit und Ermunterung. Dank schulde ich Andrea, Merlin & Felix, die ganz schön viel aushalten mussten in letzter Zeit, und Hanne Wiehe und Julio Arancibia für ihre liebevolle Unterstützung.

Mein ganz besonderer Dank gilt jedoch Shankari Susanne Hill, die seit gut anderthalb Jahren den Soundtrack zu meinem Leben schreibt.

In diesem Roman finden sich zwei bislang unveröffentlichte Gedichtfragmente meiner Mutter Renate Hagemann, geb. Richert. Ihr, die nie daran geglaubt hat, dass ich jemals etwas veröffentlichen würde, postum eine Publikation zu ermöglichen, freut mich besonders.

Also glauben auch Sie weiter an Ihre kühnsten Träume. Es ist nie zu spät, sie wahr werden zu lassen.

R. C. M.

Trudy Cos
MORD IN WINDSOR
Ein Krimi mit Samy Wilde

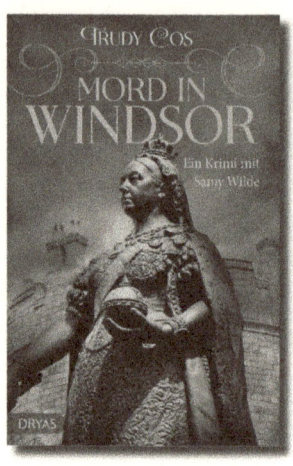

Taschenbuch
280 Seiten
Preis 12,50 EUR [D]
ISBN 978-3-948483-35-7
lieferbar

Ebook epub
ISBN 978-3-948483-36-4

Gerade als Samy Wilde ihr neues Leben in Windsor zu genießen beginnt, fällt ihr ein Toter vor die Füße. Das passt ihr gar nicht, denn die Informatikerin war durch den Verkauf einer App zu Geld gekommen und möchte sich endlich einmal den angenehmen Dingen des Lebens widmen. Stattdessen wird sie selbst des Mordes verdächtigt. Als Frau der Tat beginnt Samy mithilfe ihres guten und etwas skurrilen Freundes Cornelius, ihre eigenen Recherchen rund um das Windsor Castle durchzuführen. Dabei werden beide mit Samys Vergangenheit konfrontiert. Könnte es sein, dass der Mord mit ihrem jüngst verstorbenen Vater zusammenhängt?

Rebecca Michéle
AUF EIS GELEGT
Ein Cornwall-Krimi

Taschenbuch
352 Seiten
Preis 13,00 EUR [D]
ISBN 978-3-948483-70-8
lieferbar

Ebook epub
ISBN 978-3-940258-78-6

Kurz vor der Eröffnung des Higher Barton Romantic Hotels in Cornwall verschwindet dessen Direktor Harris Garvey samt 10.000 Pfund aus der Hotelkasse. Der beim Personal ungeliebte Chef wird schließlich auf Eis gelegt entdeckt in einer Kühltruhe. Von dem Geld fehlt jede Spur.

Die Hotelmanagerin Sandra Flemming gerät ins Visier der Ermittlungen, denn sie profitiert nicht nur als Garveys Nachfolgerin von dessen Tod, sondern hatte auch eine Affäre mit ihm. Sie beteuert ihre Unschuld, doch niemand glaubt ihr. Also beginnt sie auf eigene Faust zu ermitteln, doch der wahre Mörder ist zu allem bereit, um zu vermeiden, entdeckt zu werden ...

Philea Baker
GEGEN DIE SPIELREGELN
Ein viktorianischer Krimi

kartoniertes Buch
400 Seiten
Preis 14,00 EUR [D]
ISBN 978-3-948483-00-5
lieferbar

Ebook epub
ISBN 978-3-948483-03-6

In den Londoner Docklands explodiert der Kessel eines Segeldampfers. Dabei kommen der Geschäftsführer der Schifffahrtslinie und ein amerikanischer Ingenieur ums Leben. Inspektor Orville Baker vermutet einen Konstruktionsfehler, aber dann wird Dynamit sichergestellt. Für den jungen Ermittler wird der Fall zur Odyssee: Es finden sich keine Beweise, dafür eine Vielzahl an Motiven. Zudem hat Baker Helfer, die er sich nicht ausgesucht hat: Ryon Buchanan, ein Halbindianer und Sohn des Ingenieurs, und die Nichte eines Verdächtigen, Alessa Arlington, die sich gegen die gesellschaftlichen Regeln auflehnt und von einem Studium träumt. Gemeinsam nehmen sie die Suche nach dem Täter auf..